QED 諏訪の神霊

高田崇史

KODANSHA NOVELS
講談社ノベルス

○カバーデザインフォーマット　辰巳四郎
○カバー＋本文デザイン　坂野公一（welle design）
○ブックデザイン　熊谷博人＋釜津典之
○本文データ作成　講談社文芸局DTPルーム

南宮《なんぐ》の本山《ほんざん》は
信濃国とぞ承《うけたば》る
さぞ申す
美濃国には中《なか》の宮《みや》
伊賀国には稚《おさな》き児《ちご》の宮

『梁塵秘抄』

目次

《プロローグ》

今年の御柱祭《おんばしらさい》で人が死んだ。

それは、穴師村《あなしむら》の藍木辰夫《あいきたつお》という男性だった。

天下に名高い下社《しもしゃ》の木落坂《きおとしざか》で、地を揺るがす轟音《ごうおん》と共に転がり落ちてくる御柱に巻き込まれたのだ。私はその時、何万人という観客の中で木落しの様子を眺めていた。

国道百四十二号線を和田峠《わだとうげ》に向かって進んだ場所で御柱を待ち構えるこの木落坂は、坂の上に立っている「追掛松《おいかけまつ》」からいきなり斜度《しゃど》三十五度の急坂になる。そこを、その周囲三メートル、全長十八メートルの御柱が直滑降するのだ。


坂の上で御柱を繋《つな》いでいる追掛綱《おいかけづな》が切り落とされると同時に、うねり暴れながら落ちて行く大蛇の如き御柱に、無数の男たちが取り付き、あるいは必死によじ登りしがみつく。そんな血気盛んな男たちを引きずるようにして、御柱は約八十五メートルの距離を落下して行く。そう。滑り落ちるという表現よりも、まさに落下すると言った方が、より正確かも知れない。

以前に私は、木落坂に飾られている観光客用の模擬《もぎ》の御柱に、またがってみたことがある。それは坂から大きく迫り出《せ》すように置かれていたから、もちろん私の足元には何もない。遥《はる》か眼下《がんか》を国道が走り、周囲の山々はパノラマのようで、まるで太い柱に乗って空を飛んでいるような錯覚に陥ったものだ。

その坂を落ちる御柱の両側には太い元綱《もとづな》が掛けられ、左右のバランスを取っているものの、一旦勢いの付いた御柱は、とうてい人の言うことなど聞くものではない。

そして今年――。

遠くで見ていても、滑降する御柱のバランスが大きく崩れたのが分かった。

観客がどよめき、御柱は自らの背に乗っている男たちを振り落とそうとするかのように一度高くバウンドし、龍のようにうねった。

そこに必死の形相で取りすがる男たち。振り落とされても振り落とされても、再びしがみつこうとする男たち。そしてそれを鼓舞《こぶ》する、血を吐くような木遣《きやり》の歌声と、威勢の良いラッパの響き。

やがて御柱は、何百人もの男たちを巻き込むようにして、舞い立つ砂埃《すなぼこり》と共に滑降を終えた。

大きな拍手と歓声が沸き上がる。

御柱は見事に木落坂を下りきったのだ。

しかし――。

その時点で、既に藍木は命を落としていた。元綱に足を取られて坂の途中で転倒した彼の上を、重量十トンもの御柱が転がり落ちて行ったのだという。

実際に、今年の怪我人は、二十名を超えた。けれども、死亡者は彼一人だった。

藍木の住む穴師村では、昔からの習慣通り、御柱の年には葬儀を行わない。諏訪大社の「物忌令《ものいみれい》」を、未だ律儀《りちぎ》に守っているのだ。ゆえに藍木は仮埋葬となり、翌年の本葬を待つことになった。


一時は騒然としたけれど、そんな話も少しずつ沈静化していった頃、私はふと思った。

この御柱祭に限ったことではなく、日本全国いくらでもそんな例はあるけれど――。

どうして祭で人が死ぬのだろう。

なぜ毎回、重軽傷者が大勢出るのだろう。

浅草《あさくさ》の「三社祭《さんじゃまつり》」にしても、一万人を超えるといわれる担ぎ手たちが神輿《みこし》を激しく奪い合って大喧嘩《おおげんか》が起こる。富士《ふじ》の「吉田《よしだ》の火祭《ひまつり》」では、神輿と共に観客をも巻き込んで疾走《しっそう》する。熊野《くまの》の新宮《しんぐう》・神倉《かみくら》神社の「お灯祭《とうまつり》」では、目も眩《くら》むような急坂の石段を一斉に駆け下りる。その他にも、姫路《ひめじ》の「灘《なだ》のけんか祭」、能登《のと》の「あばれ祭」……など。毎回必ずといってよいほど怪我人が出る。

果たして神は、それほどまでに暴れたがっているのだろうか？　だとしたら、その理由は何だ？　それとも、人々の血を欲しているとでもいうのか。

特に、ここ諏訪《すわ》には「御頭祭《おんとうさい》」という不思議な神事がある。この神事もまた御柱祭同様に千二百年もの長き間にわたってその意味が謎のままで、未だに定説がないのだけれど、この神事では昔、毎年七十五頭もの鹿の頭が捧げられていたという。文字通り生《い》け贄《にえ》だ。ずらりと生首が飾られた上社前宮《まえみや》の十間《じっけん》廊《ろう》は間違いなく、血の臭《にお》いでむせかえるようだったに違いない。

やはり神々は、それほどまでに「血」を欲するというのか？

神々は、贄たちがその生命を失うことを喜ばれるというのだろうか？

しかし「血」や「穢《けが》れ」を嫌うのが、日本古来の「神」だったのではないか……。

いつしか私の心の中で、そんな疑問が徐々に膨《ふく》れあがっていた。そして、ついに居《い》ても立ってもいられなくなり、実際に諏訪の各地をまわって自分で調べ始めた。

元々、そういったことは嫌いではなかったし、折《せっ》角《かく》こうして諏訪の地に住んでいるのだから、訪ねない手はないだろう。

またこの諏訪大社には、蛙狩神事《かわずがりしんじ》や耳裂鹿《みみさけじか》や御《お》神渡《みわたり》などにまつわる「七不思議」もある。自然現象の一つである諏訪湖の御神渡はともかくとして、思えばこの地には余りにも、謎や定説のない伝承が多く存在している。

そこで私はこの機会とばかりに、口の重い老人たちを訪ね、色々な話を聞いてまわった。そして、少しずつ少しずつ、諏訪の歴史に詳しくなっていったのだが……。

しかし、やはり「御柱祭」と「御頭祭」に関しては、意味不明のままだった。もちろん色々な説はあるのだけれど、どれも私を満足させることはなかった。何か突破口はないものか……と、いつも私は頭を悩ませていた。


そんなある日、全く関係のない疑問が私の頭に浮かんでしまった。そしてそれは、振り払おうとすれば振り払おうとするほど、私の頭から離れなくなってしまったのである。

諏訪の神は、どうやら血を欲する神であることは間違いないとしても……。

あの、藍木辰夫の事件。

御柱に巻き込まれての即死。

果たしてあれは、本当に事故だったのだろうか？

《祖霊》

「ほう……」

外嶋一郎《そとじまいちろう》が、調剤室に掛かったカレンダーに目をやって、何気なく呟《つぶや》いた。

「奈々《なな》くんは、この薬局に勤め始めて今年で七年目になるのか」

目黒区祐天寺《めぐろくゆうてんじ》。ホワイト薬局の午後である。

ちょうど処方箋《しょほうせん》の患者さんも、OTC——一般薬のお客さんも途切れて一息つき、全員で薬歴簿《やくれきぼ》やデータの整理をしていた時だった。

ええ、と棚旗《たなはた》奈々はニッコリ笑って振り返る。

「今度の四月で、ちょうど七年目になります。あっという間ですね」

「確かに」

外嶋は、うんうんと頷《うなず》いた。

奈々は明邦《めいほう》大学薬学部を卒業して薬剤師になり、そのまま知人の紹介でここ、ホワイト薬局に就職した。その時点では、特に将来に向けての明確な方針などなかったけれど、気が付けば薬局長の外嶋の下で、ずっと真面目に勤務している。

しかし、改めて七年といわれると……何とも複雑な心持ちになる。七年前など、もう遠い昔だ。現在、社会人として働いている妹の沙織《さおり》が、大学に入学した年ではないか。

そして彼女と一緒に実家を出て、桜木町《さくらぎちょう》のマンションで暮らし始めて、色々な人たちと知り合って、学薬旅行では各地をまわり、なぜか皆でさまざまな事件に巻き込まれて——。

「へえ……」

事務アシスタントの相原美緒《あいはらみお》が、データ打ち込み最中のパソコンの手を止めて、奈々たちを振り返った。事務の人用のピンクの白衣——という名称もおかしいけれど——が良く似合う、とても可愛らしい顔立ちの女の子だ。

「七年目って凄いですね。七年目の奈々ちゃん——なんてね」

笑う美緒を見て、外嶋は嘆息する。

「全くどうしてきみは、そういったつまらない発想しか浮かばないんだろうな。親類縁者として恥じ入るばかりだ」

「どうしてですか。可愛らしい洒落《しゃれ》です」

「いや、恥ずかしい戯言《ざれごと》だ」

外嶋と美緒は、遠い親戚にあたるらしい。確か、お互いのお祖父さんたちが兄弟だと言っていた。どちらが兄かは忘れてしまったけれど……。

ちなみに外嶋は今年四十五歳、独身。彼に二歳年上のお姉さんがいるということも、奈々は最近知った。どこかの病院の女医さんだそうだ。


一方美緒は、今年で入局四年目の、二十五歳。とても若くていつも元気一杯の女の子——と呼んだら、もう失礼か——女性である。彼女も当初は、化粧やアクセサリーも派手だったけれど、外嶋に注意され続けたためか、最近ではぐっと落ち着いている。

その美緒が、茶色のボブヘアーを揺らして、外嶋に食ってかかる。

「ベー。可愛らしいんです。オジサンには理解できないかも知れないけれど」

「何が、ベーだ。きみたちは、すぐに可愛いとか可愛くないだとか、変な判断を下して、しかもその一言で全ての事象の説明を賄《まかな》おうとするが、大体、可愛いという言葉の本来の意味を知っているのか?」

「もちろん、知ってますよ。『愛す可《べ》し』っていうことでしょう。教養満点」

「本当に恥ずかしい——」

外嶋は再び大きく嘆息すると、イスにドカリと腰を下ろして美緒を睨《にら》んだ。そして眼鏡を一度掛け直し、モアイ像のように筋の通った鼻を、ツンと上げる——のは良いけれど、これで薬局内の仕事は、全て奈々の役割になった。まあ、いつものことだけれど……。

黙々と仕事を続ける奈々の隣で、外嶋は美緒に言った。

「いいか。『可愛い』という言葉は、もともとは『顔はゆし』から来ていて、それは『いたわしい』とか『不憫《ふびん》だ』とか『可哀想《かわいそう》』という意味だったんだ。可哀想でとても見ていられない、というところだな。だから、現在の『可愛い』という文字は、全くの宛字《あてじ》だ」

「へえ。そうなんだ」

「という以前に、『愛《いと》しい』という言葉自体も、不憫だという意味だし、『愛』という文字には、元々『人にこっそりと物を贈る』という意味もある。つまり、その相手がどうにも不憫だから、内緒で何かしら物をあげるというわけだ」

「ふうん」

「分かったら、言葉を正確に使用するように」

「じゃあやっぱり、間違っていなかったじゃないですか」

「どうして？」

「だって、『七年目の奈々ちゃん』は、とっても不憫だから」

「どういう意味？」奈々は思わず口を挟んでしまった。「私が不憫？」

そうですよ、と美緒はわざと眉根《まゆね》を寄せて奈々を見た。

「七年間もこんな薬局でこき使われて。休みもろくに取れずに仕事はきついし、給料もおそらく安いだろうし、薬局長は超変人だし——」

「何だ、その超変人というのは？」

「変人の域を超えた変人」

「ふん、バカ臭い。ディラックのデルタ関数ならばともかく、言っている意味が分からないな」

「はあ？　そっちこそ意味不明。やっぱり働きづらい職場だ」

「で、でも、そんなこともないわよ」奈々は苦笑いしながらあわてて否定する。「結構楽しく働かせてもらっています」

「そうですかあ……」美緒はうらめしそうに外嶋を横目で睨んだ。「それならば良いけれど……私なんかそれこそ可哀想な境遇で……」

「バカなことを言うな！　きみなど、こうして仕事を与えられているだけで素晴らしい境涯《きょうがい》にいるのだということを自覚しなさい」

「あ。パワハラだ」

「何を言ってる。この恵まれた運命を、日々、神に感謝しなさい」

「あれ。外嶋さん、神様を信じないって言ってたくせに」

「もちろんぼくは信じていないが、きみには必要だろう」

「難解発言」

「神は、フレキシブルなのだ」

「ますます理解不能」

いいか、と外嶋は美緒を見る。

「神は、神話の時代――それこそ、ギリシア神話の頃から、そういうものだと決まっているんだ。ギリシア神話は読んだかね。ホメロス、オデュッセイア――」

どういうこと？　と美緒は呆《あき》れ顔で肩を竦《すく》めると、くるりとイスを回して奈々に向いた。

そして、

「そうそう、奈々さん。ギリシアといえば、この間の長野オリンピック、凄かったですよね」

あからさまに話題を転換させた。

「冬季オリンピックとしては、史上最大規模だったんですって」

「……今頃になってきみは、一体何の話をしているんだ？」

「良いじゃないですか。最近知ったんだから」

先月、長野で行われた第十八回冬季オリンピックの話だ。今までの歴史上、最南端の地で行われるというだけでも話題になった上に、今回からはカーリングなどの競技も加わって、こちらもまた史上最多、七競技六十八種目が行われた。そして日本代表選手たちも大活躍し、金五個、銀一個、銅四個という、これもまた日本史上最多のメダルを獲得した。

しかし——、と外嶋は冷やかに美緒を見る。

「ぼくは思うが、オリンピックほど不公平なスポーツの祭典はないな」

「え？　どういうことですか？」

「不平等だよ。それでよくタイムがどうしたとか、世界新記録だとかのたまえるもんだ。前提条件が均等でない場で争って、何故順位をつけられるのか、それこそ史上最大の謎だ」

「どうして？」

「見れば分かるだろう」外嶋は人差し指で、ついっと眼鏡を上げた。「ユニフォームや靴や競技用の道具だ」

「またまたこのオヤジは——」

「もしも、きちんと良心的に個々の順位をつけようと思うのならば、そういった物の質を全て均一にするべきだろう。最も分かりやすい例が、夏季オリンピックの陸上競技だ。A国の選手が最先端の技術を駆使した、しかもその選手用に特注したシューズを履いていて、B国の選手が裸足《はだし》だったとしたら、彼らの刻んだタイムに、一体どうやって順位を付けるというんだ？」

「それは……」美緒は唇を尖《とが》らせた。「でも、仕方ないじゃないですか。ルールの範囲なんだろうし」

「誰が決めたルールなんだ？　A国か、B国か？　それともA国の仲間たち大勢による多数決か？」

「それだって……国ごとの技術が違うんだし、しょうがないでしょう」

「それならば最初から参加者全員が、裸足で走ったり跳んだりすれば良いじゃないか。簡単なことだ」

「それは無理」

「どうして？」

「記録が伸びないから」

「ほう。オリンピックというのは、個人の身体能力を競う場ではなくて、そういった用具の技術を争う場なのかね？」

「うーん……両方。そこで、各国の新しい技術も発表するんですよ」

それならば、と外嶋は言う。

「ぼくは、新しい薬物を持ち込んで、ドーピングの効果を訴えたいな。記録を伸ばすための素晴らしい薬があります、とね」

薬剤師にあるまじき不穏なことを言い始めた。

いや、これはきっと本心ではないのだろう——と奈々が思った矢先、

「ドーピング大いに結構」

とんでもないことを言う。

「だって！」美緒は抗議の声を上げた。「そんなことしたら、命に関わっちゃうじゃないですか」

「あのレヴェルでの激しいスポーツは、全て命に関わってくる」

「それとこれとは別」

「いや、同じだね。元来、オリンピック競技は命懸けだったんだからね。そして、選手が命を賭《と》して戦うというのならば、薬も飲ませてあげれば良いじゃないか。筋力をつけるために、タンパク質を大量に摂取するという作戦だって、その選手の命を縮めるということに変わりはない」

「だから、程度の問題でしょう！」

「しかし、特注のシューズだって、他国の選手から見たら程度を超えているといえるかも知れないだろう。自分たちの年収を遥かに上回る開発費がかかっていたりすれば」

「それはそうだけど……」

「そういった道具にしたところで、結局は自分だけがうまく立ち回って他の選手より有利に戦おうという感情から来るわけなのだから、その点ではドーピングと全く変わりない」

「…………」

「違うかね？」

またしても外嶋の話は極端に走る。

しかし、全部完全に間違っているのかといわれれば……。

「あ。そ、そういえば長野で思い出したけれど」

反論に詰まった美緒が、再び話題を転換した。さすが四年目。ここらへんのタイミングは絶妙になってきている。いや、奈々よりも上手かも知れない。

「オリンピックの時に紹介されていた、諏訪《すわ》大社のお祭、凄い迫力でしたよね。もう、びっくりしちゃった」

「そ、そうね」奈々もすかさず話に乗る。「まだ、ああいった派手なお祭が、この国には息づいているのね。ちょっと感動した」

ふむ……、と外嶋は目を細めた。

「奈々くんは、近頃そういった方面にも興味を持つようになってきたんだね」

「ええと……何て言ったっけ？」奈々はわざとその言葉を無視して美緒を見る。「おんばしら……？」

「そうですそうです。こんな太い丸太にまたがっちゃって、ジェットコースターみたいに急な坂を滑り落ちて行くやつ」

「毎回、怪我人が出るって」

「無茶ですよねー。死なないのが不思議なくらい」

「本当ね。でも、実際に見てみたい」

「来月でしたっけ？」

「ええ。確か、そう」

頷く奈々に向かって、

「それならば」外嶋が口を挟んだ。「行って来たらどうだい、桑原《くわばら》でも誘って」

え――。

「あっ、それも素敵」急に美緒は奈々を裏切って、外嶋の話に乗った。「外嶋さん、良いこと言う。百に一つくらいだけど」

「千に一つも良いことを言わないきみに、そんな批評をされたくはないな——。来月はゴールデン・ウイークでもあるし、どうだい奈々くん、季節も良いし、諏訪旅行も楽しいと思うがね」

「いいなあ……。私も一緒に行きたいくらい。でも、もちろん遠慮しますけれど、はい」

「何を言ってるの——」

「もしも必要ならば」と外嶋は奈々を見る。「余分に有休を取っても構わないよ。連休前は困るが、明けてしまえば、例年通り少し暇になるし、薬局の人手も賄えるだろうからね」

「そ、そんなことを急に言われても、勝手に私一人で決められないですし——」

「じゃあ、ちょっと奴に連絡してみようか。ええと電話番号は確か——」

「い、いいえ、ダメです！　仕事中じゃないですか」

本気で電話帳をめくろうとした外嶋を、奈々はあわてて止めた。そしてそんな二人の姿を、美緒はニヤニヤと楽しそうに眺めていた。

全くもう……！

桑原崇《たかし》。

奈々と同じ明邦大学卒業の薬剤師で、奈々の一学年上の先輩にあたる。但し、崇の研究室は「漢方学」で奈々は「物理化学」だったから、そこでの接点はない。ではどこで知り合ったのかといえば、何と「オカルト同好会」という怪しげなサークルだった。

本心を言えば奈々は、全くオカルトなどに興味はなかった。ただ友人に誘われて何となく入部した。そこに崇がいたのだけれど……今思えば、崇も本当にそんなことに興味があったのだろうか。外嶋いわく、

「部室が暗くて昼寝に最適だったから」

というのが案外真実かも知れない。というのも崇は、そういった西洋的な呪術よりも、日本の神社仏閣に興味があるようだからだ。そして趣味は「墓参り」と言っていた。もちろんこの「墓」というのは、自分の祖先だけではなく、歴史的な有名人の墓も大いに含まれているのだけれど。

だから、大学時代に彼の友人たちは崇のことを「崇——タタル」と呼んでいた。「くわばら・タタル」と。

そんな崇とここ、目黒区薬剤師会のパーティで再会して、もう六年になる。その間——なぜかその理由は分からないけれど——さまざまな事件に巻き込まれ続けてきた。崇たちは、奈々が「巻き込まれ体質」なのだというけれど……奈々にしてみれば、大きな謎だ。

でも……六年か。

奈々は心の中で嘆息した。

そんな奈々の思惑を断ち切って、外嶋が言う。

「しかし、奴と連絡は取っているんだろう」

「え？　は、はい。でも、最近は余り……」

「それはいかんな。実に良くない」

「は？」

「全くもってあいつは、昔から一体何を考えているのか理解に苦しむところがあった」

自分のことを完全に棚に上げて言う。

「しかし、考えようによっては、いつまでもあんな男と関わり合っているとろくな目に遭わない可能性も高いからな……。奈々くんは、他に良い男性はいないのかね？」

「え？」

「あっ。今度はセクハラだ！」

「そういえば」外嶋は、美緒の言葉を全く無視して続ける。「いつかどこかの男性と、中目黒《なかめぐろ》の駅で出会ったというようなことを話していたじゃないか」

「い、いえ、そんな……」

困って俯《うつむ》く奈々を見て、

「プライベート立ち入り禁止！」美緒が助け船を出してくれた。「そんなことを言う外嶋さんは、どうなんですか？　結婚しないの？」

「全く以て大きなお世話だ」

「それこそ私がお世話しましょうか」

「きみは『世話をする』という言葉の意味を、きちんと知っているのか？」

「自分のことは、すぐにそうやって誤魔化《ごまか》すんだから」

「誤魔化してなどいない。ぼくは、結婚しないと言ってる」

「あらまあ、どうして？」

「結婚などという、人生最大の足枷《あしかせ》を欲していないというだけの話だ。時間も生命も有限なんだからね。わずかだって無駄にできない。そんなことを言うきみはどうなんだ？」

「わ、わ、私のことは……放っておいて下さい」

「ふん。早くも振られたか」

「あっ。それって最大級のセクハラ。告訴します！　これ以降の会話は、弁護士を通して」

「しかし、真面目な話だが」外嶋は、美緒から視線を逸《そ》らせて肩を竦めた。「性格的な問題として、ぼくなどは家庭を持つより、一人でいた方が良いからね。家庭というのは、一種の結界《けっかい》だろうな——桑原流に言えば。ということは、それを破ろうとする場合は、命にかかわってしまうのだ」

「また、大袈裟な」

「だから、ぼくは結界の中で安穏《あんのん》と暮らすよりも、外で自由に生きたいと思っているだけの話だ。簡単な理論だろうが」

「自由って言ったって、オペラを観《み》に行くっていうことでしょう？」

「当たり前じゃないか。ギュスターヴ・フローベールの言葉を引用するまでもなく、人生は短く、芸術こそが全てなのだ。特に今年は大事《おおごと》だぞ。ベルリン・コーミッシェ・オーパーが来日する。しかも、看板歌手であるタグマール・シェレンベルガーが、ヒロインの三人を一人で演じるというんだからな！

そして秋には何といっても本年度最大の来日公演になるだろう、ボローニャ歌劇場来日公演だ。おお、何という幸運だ。この時代に生きていてつくづく良かった——。ということで、その時期は奈々くん、よろしく頼むよ。その代わりとして、さっき言ったようにもしも必要ならばゴールデン・ウイーク明けは、少し余分に休んでも良いから」

結局そういう取り引きらしかった。

奈々が笑いながら、

「ありがとうございます」

と頷いた時、薬局のドアが開いて、処方箋を片手に患者さんが入って来た。そろそろ午後の診療が始まったのだろう。奈々たちは急いで各自の持ち場に就いた。

＊

家庭は結界か——。

そんな外嶋の言葉を頭の中で反芻《はんすう》しながら、奈々は自分の部屋に戻った。

桜木町のマンション。ここも沙織と一緒に生活し始めて、もう七年目だ。本当に時が経《た》つのは早い。

でも……奈々を取りまく状況は、相変わらずだった。特定の男性も……いないままで？

というより、どうして奈々の周りの男性たちは変わり者ばかりなのだろう。世の中の男性全員が、あんなに変人ばかりのはずはない。桑原崇を始めとして、外嶋一郎といい、崇の同学年で現在はフリーのジャーナリスト・小松崎良平《こまつざきりょうへい》といい、そしてこの間、中目黒の駅で出会った男——御名形史紋《みなかたしもん》といい。

奈々自身は、ごくごく普通の女性だ……と思う。

多少は我《わ》が儘《まま》で頑固《がんこ》なところもあるかも知れないけれど、でも料理だってきちんと作るし、掃除洗濯、部屋の片付けも半分趣味のようなもので、全く苦痛ではない。なのに……。

後は「縁《えん》」と「タイミング」というところか。この重要な二点が、決定的に欠けているというのだろうか。そうなってしまうと、もう自分の努力の及ぶ範囲ではなくなる――。

そんなことを思いながら、一人の夕食を摂《と》っていると電話が鳴った。何気なく受話器に手を伸ばして、いつもの習慣でナンバー・ディスプレイに目をやった。

あっ――。

奈々は珍しいナンバーに目を丸くする。

崇だ。

今までも、もちろん最近も全くといってよいほど彼から電話がかかってくることはなかった。どうしたんだろう？

急いで受話器を耳に当てると、向こう側から、

「やあ」

といういつもの声が聞こえた。もう何ヵ月も会っていないのに、つい昨日も顔を見たかのような「やあ」という声だった。

「こ、こんばんは」奈々は――意味もなく片手で髪を梳《す》いて――答える。「お久しぶりです」

「元気そうで良かった」

「お、おかげさまで」何がおかげさまなのか……？

「タタルさんも、お元気でしたか？」

「相変わらずだな。仕事も体調も」

崇は、やはり奈々と同様に目黒区にある薬局に勤めている。但し彼は「萬治《まんじ》漢方」という、老舗《しにせ》の漢方薬局だ。

「外嶋さんも元気かい？」

「ええ。相変わらず、とってもお元気です。それで……今日はどうしたんですか、突然に」

ああ、と崇は電話の向こうで頷いた。

「きみは、諏訪大社を知ってるだろう。この間の冬季オリンピックでも紹介されていた」

え——。

奈々は息を呑む。

「今年、御柱祭《おんばしらさい》が行われるという話ですよね。今日、偶然にも薬局で外嶋さんたちと、そんな話をしていたんです」

「ほう。外嶋さんもまた趣味が変わったのかな？」

「そういうことではなくて——」

「まあ、そんなことはどうでも良いんだが、奈々くんのゴールデン・ウイークの予定は？」

いきなりだった。

しかし、いつもこうなのだ。毎回毎回唐突に。

「えっ。い、今のところは何も……」

それじゃ、と崇は言う。

「諏訪に行かないか」

「諏訪……」

「御柱祭を見に行こう」

「ああ……。はい。それも今日、話題に上っていたんですよ。物凄いお祭じゃないかって」

「実を言うとね、俺は良く分からないんだよ、あの祭が」

「そう……なんですか」

「色々と調べてみてはいるんだけれど、今一つ分からない。それに定説もないようだしね」

「そうみたいですね」

「奈々くんは、どう思う？」

どう思うと訊《き》かれても——。

「ただ人々が勇壮さを競う……ためだけのお祭でもなさそうですしね」

「その通りだな。もちろん、そういった一面を併《あわ》せ持ってはいるだろうが、それはあくまでも付属物だ。本質はまた、別の所にあるんじゃないかと思う。だから、実地で見てみたいんだ」

「分かりました……。それで、いつ行くんですか？」

「本当は木落しも見てみたかったんだけれどね、しかし、長野オリンピックでの紹介が効いたらしく、物凄い数の観光客が詰めかけるようで、旅館が全く取れないんだ」

「まあ。もうそんなに」

「もう、と言っても木落しまでは、あと一ヵ月もないからね。しかし、その後の『里曳《さとび》き祭』ならば、観光客の数も多少減るだろうし、日程的にもまだ少々余裕はある。ちなみに今年は、上社が五月の三、四、五日。そして下社が九、十、十一日だから、今からでも何とかなるだろう」

「ちょうどゴールデン・ウイークですね。小松崎さんは？」

「熊《くま》つ崎か」崇はいつもそう呼ぶ。「声をかけてみたんだが、今回はちょっと予定が組めないそうだ。残念がっていた。あと、沙織くんはどうだろう」

「今夜にでも、訊いてみます」

「五月の三日辺りで大丈夫ならば、一緒に行こう」

「分かりました」

「向こうには、良いバーもあるらしいし」

「え？　バー……ですか」

「きみは今一瞬疑ったようだけれど」崇は笑った。「地方のバーは、なかなかバカにできないんだよ」

「え……」

「たとえば、岩手県、盛岡には日本一モルト・ウイスキーの揃《そろ》っているバーがある。そして日本一品揃えが多いということは、つまり世界一だ」

「世界一！　盛岡に？」

「ああ。いつかそこにも行ってみようか」

それは知らなかった——。

驚く奈々に、崇はモルト・ウイスキーの話を少し続けて、やがて沙織の返事を待つと言って電話を切った。

中断してしまった夕食を終えて、風呂から上がった頃に、ようやく沙織が帰って来た。

沙織は奈々より四歳年下。今年二十ン歳になる乙女だ。職業は、小さな雑誌社のライター。そんな仕事の関係上、殆《ほとん》どいつも奈々よりも帰りが遅い。校了前などは、朝帰りすることもあった。

また彼女は時々、旅行記事などを手がけることもあって、崇や奈々たちとも一緒に出かけたりしていた。そして——いつもと言って良いほど——仲良く事件に巻き込まれている。

奈々は彼女が着替え終わるのを待って、崇からの話を伝えた。

「そうなのか……」夕食は済ませてきたという沙織は、缶ビールのプルトップを音高く開けながら言った。「でも私も、ちょうどその頃の予定は不明。もしかしたら、ちょうど仕事かも」

「じゃあ、ダメかしら」

残念そうに言う奈々を横目で見て、

「いいじゃない」ニッコリと笑った。「タタルさんと二人だけで行けば」

「えっ」

「たまには良いんじゃないの」

「そ、それは……どうかしら？」

「良いと思うよ」

「あなたが勝手にそんなこと言ったって——」

「平気平気」

「でも——」

急に緊張してしまうではないか。

二人だけで旅行に出かけるということはつまり、祭の見学も食事も、ずっと、朝から晩まで二人一緒にいるということで。そうなると——。

「沙織！」

「なに？」

「ちょ、ちょっと問題があるんだけれど」

「どうしたの？」沙織は楽しそうに奈々の顔を覗《のぞ》き込む。「大丈夫でしょう。子供じゃないんだし」

「あなた、諏訪大社について詳しい？」

「えっ……」

「だって、タタルさん、諏訪大社に関して調べに行きたいわけでしょう。色々と意見を求められたら、どうしよう。私、殆ど何も知らないし」

「……問題のピント、ずれてない？」

「ねえ、資料持ってないの？」

「……ないことはないけれど、自分で調べたら。まだ一ヵ月以上もあるんだから」

「手伝って。お願い」

「分かったよ」沙織は肩を竦めて頷いた。「集めておいてあげる」

「ありがとう」

いえいえ、と沙織はビールを飲む。

「信濃国《しなののくに》といえば、真田《さなだ》昌幸《まさゆき》・幸村《ゆきむら》親子の国。戦国武将私的十傑《してきじっけつ》のうちの二人。まさか嫌とは言えますまい」

「え……」

ここにもまた変人がいた。

＊

それから沙織も忙しかったらしく、奈々とうまく時間が合わずに、そして週末。

ようやく二人揃って食卓に着く時間ができた。パジャマに着替えた二人は、向かい合ってパスタとトマトサラダの夕食を摂る。テーブルの上には、赤ワインも用意されていた。沙織が、取材先からおみやげに頂いてきたというフル・ボトルだった。

「乾杯」

久しぶりの団欒《だんらん》にグラスを掲げる。

世間話に興じながらの食事が終了した後、沙織はテーブルの上に、バサバサと資料を取り出した。

「ざっと調べておいたよ。こんな感じ」

ありがとう、と奈々は空いた食器を片付けながらお礼を言う。

「私も少し本を読んでおいた」

「どうする。一応説明したりする？」

「うん」奈々は沙織の前に座って、ワイングラスを傾けた。「そうして」

「じゃあ最初からいくね。諏訪大社のそもそもの由来から」

「助かる」

「では——」沙織は、エヘンと一つ咳払いしてノートを開いた。「昔々の、出雲《いずも》の国譲り」

「そんな昔から？」

「そうだよ」

「だって、その話って大国主命《おおくにぬしのみこと》の時代でしょう」

「正解。ではまず」と沙織は言う。「いつまで経っても葦原《あしはら》の瑞穂《みずほ》の国——つまり、大国主命の治めていたこの国——を平定できなかった神々は、勇猛で名高い建御雷神《たけみかづちのかみ》を地上に遣《つか》わすことにしたの。この神は『古事記』では、天鳥船神《あめのとりふねのかみ》と共に、そしてまた『日本書紀』では、経津主神《ふつぬしのかみ》と共に、出雲の国へと降り立ったとされている。そして彼は地上に降り立つや大国主命に向かって、この国を天孫《てんそん》へと譲るように迫った」

「いきなり？」

「いきなり。でも、それ以前に何度か天上界から使者が来ていた。しかしそれらの神は、全員大国主に下ってしまっていたのよ」

「大国主命は偉い神だったからでしょう」

「その通り。力も人望もあったみたいだよね。別名を『大物主神《おおものぬしのかみ》』『国作大己貴命《くにつくりのおおなむちのみこと》』『葦原醜男《あしはらのしこお》』『八千矛神《やちほこのかみ》』『大国玉神《おおくにたまのかみ》』『顕国玉神《うつしくにたまのかみ》』という」

「色々な名前があるのね」

「それぞれに意味があるようだけれど、私は良く知らないのでパス。そして彼を主人公とした神話も『因幡《いなば》の白兎《しろうさぎ》神話』『根の国神話』『八千矛神の神話』『国作り神話』、そして今の『国譲り神話』とあるみたいだね。さて、その『国譲り神話』に戻って——。」

建御雷神は出雲の稲佐《いなさ》の浜に降り、十握剣《とつかのつるぎ》の柄《つか》を逆さまに波頭《なみがしら》に突き立て、剣先の上に脚を組んで腰を下ろしたともいう」

「剣先の上に座ったというの？」

「そう」

「危ないわね」

「神様だから大丈夫なの！　さて――そこで大国主命は、まず自分の子供の事代主神《ことしろぬしのかみ》の意見を聞くように言った。すると事代主神は、『恐《かし》こし。この国は天津《あまつ》神《かみ》の御子《みこ》に立て奉《まつ》らむ』と言って、乗っていた船を踏み傾けて、天《あま》の逆手《さかて》を打ち、青葉の柴垣《しばがき》に変えて隠れてしまったの」

「天の逆手って何？」

「呪《のろ》いの一種らしいね。でも、具体的には良く分かっていないみたい」

「じゃあつまり、事代主神は、相手――つまり建御雷神を呪って死んだ……っていうことね」

「そういうこと。自殺したのか、殺されたのかは不明。とにかく海に消えたわけ。さてさて、ここで我らが建御《たけみ》名《な》方神《かたのかみ》、登場。大国主命のもう一人の子供ね」

「諏訪大社の主祭神《しゅさいじん》」

「そう。建御名方神はその様子を見ると、建御雷神に力競《ちからくら》べを挑んだ。しかし彼が建御雷神の腕をつかむと、その腕がたちまち刀剣に変じてしまった。それを見た建御名方神は思わずたじろぐ。そこで今度は建御雷神が、建御名方の腕を『若葦《あし》を採《と》るように』ちぎって捨ててしまった」

「両腕を、もぎとられたというわけ」

「そうだね。実際にもぎ取られたのか、それとも自分が両腕と頼む神々を殺されてしまったのか……そのあたりも分からないけれど」

「きっと、そっちね」

「どうして？」

「だって、その後で彼は諏訪まで逃げて行くわけでしょう。その時、本当に両腕をもぎ取られたのならば、出雲から諏訪まで辿《たど》り着くなんて不可能でしょう。それまでに、死んでしまうわ」

「でも、神様だからね。そんなに具体的な話かどうか分からないけれど……」沙織は頷いてワインを一口飲んだ。「とにかく、今お姉ちゃんが言ったように、逃げ出した建御名方神を建御雷神たちは追い掛け、ついに信濃国の諏訪湖に追いつめた。そしてその場で降伏させ、二度とこの諏訪の地を出ないと約束させた。ゆえにそれ以来、現在も建御名方神は諏訪の地に留《とど》まっている——というわけ」

「それが、諏訪大社」

「うん。ゆえに、諏訪大社の祭神は建御名方神と、その妃神《きさきがみ》の、八坂刀売神《やさかとめのかみ》。そして、この資料によれば——。いい、読むね」

沙織は、バサリとまた違う資料を開いた。

「諏訪大社は、諏訪湖の南岸に鎮座する、上社《かみしゃ》の本宮《ほんみや》(諏訪市中洲宮山《なかすみややま》)と、前宮《まえみや》(茅野市宮川《ちのみやがわ》)。北岸に鎮座する下社《しもしゃ》の秋宮《あきみや》と春宮《はるみや》(ともに下諏訪町)。この四宮の総称である。

創建年は不詳《ふしょう》だが、およそ千五百年から二千年前といわれ、我が国最古の神社の一つに数えられる。旧社格は官幣大社《かんぺいたいしゃ》。

祭神は——今言ったように——建御名方神。八坂刀売神。神徳は、五穀豊穣《ごこくほうじょう》。交通安全。開運長寿。『延喜式《えんぎしき》』『神明帳《じんみょうちょう》』には『信濃国諏訪郡。南方刀美《みなかたとみ》神社二座』とある。諏訪郡内全域に、六十有余社の摂末社《せつまつ》を数え分布している。また、北は北海道、南は九州鹿児島県まで全国に勧請《かんじょう》された御分社の数は一万有余にも達する、昭和二十三年(一九四八)に諏訪大社と改称した総本社である。祭神は二月一日から七月三十一日までが春宮に、八月一日から翌年一月三十一日までが秋宮に交互に鎮座する。

祭事の中では、七年ごとの寅《とら》と申《さる》の年に行われる天下の奇祭《きさい》、御柱祭が有名である。岡本太郎《おかもとたろう》はこの祭に魅了され、下諏訪に三十回以上も通い詰めた。御柱祭では鉢巻きをして法被《はっぴ》を纏《まと》い、木落し寸前の御柱にまたがったこともあり、周囲の人々が必死になって引きずり下ろしたという」

「岡本太郎画伯が？」

「うん。その時は必死に止める人たちに向かって、『死んだっていいじゃないか！　皆が乗っているのに、どうしてボクだけだめなんだ！』と激怒して大騒ぎになったらしいよ」

奈々は、その光景が目に浮かんで、思わず吹きだしてしまった。その頃はすでに大画伯だっただろうに、無邪気な子供のままというか、純粋な心の持ち主というか……。

「ちなみに諏訪は『縄文時代の大都会』と呼ばれるほど、太古の遺跡が集中している地域でもある。

というところかな。取《と》り敢《あ》えず」

沙織は、ワインを一口飲んだ。

「なるほどね……」

奈々も頷きながらワインを飲む。なかなかしっかりしていて美味しいワインだった。肉料理にすれば良かったかも……などと思いながら。

「つまり、諏訪大社は四社あるということなのね。でも、どうしてそんなに分かれているのかしら」

「分かれている——というより、同じ神をそれぞれ祀《まつ》っているって感じかなあ」

「どうして？」

「うーん、分からない。上社本宮・前宮。下社春宮・秋宮——だもんね。そして祭神は一応『上社が建御名方神、下社が建御名方とその妃の八坂刀売神とされてきた。しかし一般的な祭神としては、上社が建御名方、下社が八坂刀売と考えられている』ということらしいしね」

「いきなり謎ね」

「そうだよね。それに、ここでもまた一つ大きな謎があるんだよ」

「それは？」

「あのね、上社本宮は、布橋《ぬのばし》と呼ばれる長い参道を抜けたところでUターンして、江戸末期の立川和四郎富昌《たてかわわしろうとみまさ》の手になる幣拝殿《へいはいでん》・片拝殿《かたはいでん》に向き合うわけなんだけれど、なぜか神体山《しんたいさん》は正面ではなく右手にある」

「どういうこと？　参拝者は、神体山を拝んでいないって言うの？」

「そう」

「じゃあ、どこを拝んでいるの？」

「謎……」

「謎……って言われたって」

「それだけじゃないよ。上社と下社では、拝む方向が全く逆方向になってる」

「向かい合ってるっていうこと？」

「全然。むしろ、殆ど背中合わせ」

「え？　どうして？」

「分からない。しかもまだある」

「まだ？」

「上社でも、本宮と前宮の拝む方向が、約九十度ずれているの」

「じゃあ、てんでバラバラじゃないの。どうしてそんなことになってるの？」

「私が知りたい。タタルさんを呼んで来て欲しいくらいだよ」

「会ったら、忘れずに訊いておく」

「頼みます。というより、おそらくタタルさんから説明があるでしょう。こんな謎を放っておく訳ないだろうから」

確かにそうだ。

特に神社などでは、拝殿の方角——つまり拝む方向が重要だと言っていた記憶がある。

「それで」奈々は尋ねる。「肝心の『御柱祭』は？」

「うん」

沙織はノートをめくった。

「『御柱祭』の正式名称は、『諏訪大社式年造営《しきねんぞうえい》御柱大祭』。そしてこの行事は、上社の本宮と前宮、下社の春宮と秋宮で申・寅年の七年目ごとに行われている。まず、祭の二年前に選ばれている、一本の長さが五丈五尺の、樅《もみ》の大木を伐《き》り出す。そして、上社は八ヶ岳の御小屋神林から本宮・前宮まで約二十キロの道程を四本ずつ、下社は霧ヶ峰西麓の東俣《ひがしまた》国有林から春宮・秋宮までの約十五キロを四本ずつ、昔は死者が出たこともあるという勇壮な木落し・川越しの難事を経て、独特の木遣唄《きやりうた》を歌いながら奉祀《ほうし》される——」

「もちろん伐採《ばっさい》から何から、全て人力で」

「そう。想像を絶する労力だよね。諏訪地方三市二町一村の大勢の氏子《うじこ》たちが社頭まで曳《ひ》いて、それぞれ社殿の四隅に建てる」

「東西南北に？」

「ううん。これもまた、微妙にズレているみたい。でも社殿の四隅ということは、間違いない。また、鎌倉時代の記録によれば、それまでは社殿・鳥居・板塀にいたるまで全ての建物が式年造営の対象だったんだって。でも現在では、御宝殿の建て替えだけに留まっているみたい。そして、これら全ての儀式を、大社側では『御柱祭——みはしらさい』と呼んでいる——」

「なるほどね……」

「それで、この御柱祭は、桓武《かんむ》天皇の御代から始まったといわれているらしい」

「平安時代ね」

「そう。また——御柱は、ミシャグチ神という神様の旧地から運び出されて行われるんだって」

「何、そのミシャグチ神って？」

「良く分からない。これも、タタルさんの分野」

「何だか……」奈々は軽く嘆息した。「話を聞けば聞くほど謎だらけね」

「まだまだ」沙織は、チッチッ、と人差し指を振った。「その他にも『諏訪大社七不思議』なんていうのもあるらしいよ」

「それはどんなもの？」

「一番有名なのは『御神渡《おみわたり》』。冬季に諏訪湖の湖水が氷結して盛り上がる」

「ああ……」

奈々は大きく頷いた。

何年か前に、テレビで見たことがある。確か……最低気温がマイナス十度以下の日々が続くと、夜中に諏訪湖面の氷が収縮して亀裂を生じ、翌日中晴れると今度は氷が膨張して、異様な響きと共に裂け目の部分が盛り上がる——という原理だったように思う。

「それでね」沙織がノートに目を落とす。「この諏訪の夫婦神《めおと》の姿を大蛇、あるいは龍とする考えが古くからあったんだって。だからこの御神渡は、上社の雄龍が下社の雌龍のところに訪ねていく現象と信じられてきたんだって」

確かにその映像では、何モノかが湖面を奔《はし》って行ったようにも見えた。それが龍神の跡と言われると、思わず信じてしまいそうな姿だった。今年の一月にも見られ、拝観式が行われていた……。

「あとは、どんなもの？」

「その他にも色々あるんだけど、これまた微妙に説が異なるみたいだから、タタルさんに訊いた方が良いと思うよ。こんがらがっちゃうといけないから」

「そうね……」

奈々は頷いてワイングラスを傾けた。

しかし——。

ふと思う。

「ねえ、沙織」

「なあに？」

「あなたがしてくれた、出雲の国譲りの話」

「それがどうしたの？」沙織は、ほんのりと頬《ほお》を赤くしながら尋ねる。「何か？」

「あの事件が、諏訪大社にとって全ての始まりだったわけでしょう。建御名方神が出雲を追われなければ、諏訪大社はなかった」

「うん。そうだね」

じゃあ、と奈々は沙織を見る。

「御柱祭と繋《つな》がっているのかしら？」

「え？」

「出雲の国譲りと、御柱祭との関連は？」

「…………」

「つまり……建御名方神が諏訪にやって来た、当然それ以降で御柱祭が始まったのよね」

「桓武天皇の頃だから、比較にならない」

「でしょう。じゃあ、何らかの関連性があって当然じゃない？」

「うーん……」沙織はテーブルの上に頬杖《ほおづえ》をつく。「これまた分からない」

「でも、何の脈絡もなく、あんなに大きな祭が始まるっていうこともないでしょう」

「確かに」

沙織は眉根をギュッと寄せて、自分のグラスにワインを注いだ。そして一口飲む。

「これも、タタルさん行きだね。想像すらつかないもん。『国譲り神話』と『御柱祭』の共通点なんて」

「でも多分、それが『原因』と『結果』よ」

「……そうかも知れないし、そうじゃないかも知れない。しかし、どちらにしても私の理解の範疇《はんちゅう》を遥かに超えております」

少し酔ったのか、沙織はトロリとした視線で奈々を見つめた。

「それよりも、お姉ちゃん」

「なに？」

「ちょっと訊きたいことがあるんだけど」

「タタルさんじゃなくて、私に？」

「そう」

「な、何よ。いきなりそんな目で」

「あのね、さっき『建御名方神』で思い出したんだけれどさ、あの人、どうした？」

「誰、あの人って？」

「とぼけてるの？　それとも天然？」

「どういう意味？」

「御名形史紋よ」

ああ……、と奈々は頷いた。

「どうしてるのかしらね。全然連絡ないし」

「まだ『毒草師《どくそうし》』してるの？」

「さあ……知らない」

御名形の職業は「毒草師」。

その仕事は、具体的にどんな作業をこなすのか、奈々には全く想像ができなかったけれど、彼はそれを生業としているらしい。

「ねえお姉ちゃん、私それで思ったんだけどさ。あの人って、実は和歌山出身じゃなくって、信州の人なんじゃない？」

「えっ」

「私も最初は、てっきり『南方熊楠《みなかたくまぐす》』の『みなかた』だと思ったんだけど、本当はこっちの『御名方』じゃないの。字も近いし」

そう言われれば……。

「和歌山弁も余り強くなかったような気がする」

「そうでしょう。あと『史紋』っていう名前も、ちょっと怪しい雰囲気だしね。何かの機会に訊いておいて」

「うん。会ったらね」

「自主的には会わないの？」

「ええ。だって、特に用事がないもの」

ふうん、と沙織はグラスをくるくると回した。

「確かに、それが良いかも」

「どうして？」

「何となく」

「でも、悪い人じゃないわよね」

「そうかなあ……。私は苦手。何を考えてるのか、全く分からないから」

それは確かにそうかも知れないけれど――。

でもそれを言ったら――またさっきの話に戻ってしまうけれど――崇も外嶋も、みんなそうではないのか……。

まあ良いか。

「それで」奈々は沙織を見る。「結局、諏訪にはあなたも行かれないのね」

「今のところはね……。もしも行かれるようならば、すぐに後から追い掛けるけれど、でも予定には入れておかないで」

「分かった」

これで今回は、崇と二人だけで出かけることになったらしい。

困った——。

早くも今から緊張してしまう。

奈々は、一息にワイングラスを空けた。


翌日の夕方。

奈々は崇に電話を入れて、沙織の件を告げた。今回は都合が付かずに、参加できそうもない——と。

「そうか……」崇は言って、受話器の向こうでカラリと氷の音がした。「じゃあ、二人で行こう」

「はい……。よろしくお願いします」

「と言っても、向こうに行けば彼女がいるけれど」

彼女——？

「タ、タタルさん」

「なに」

「い、今、彼女って——？」

一瞬自分の耳を疑った奈々に向かって、
ああそうだよ、と崇は答える。

「きみも知ってるだろう。緑川《みどりかわ》由美子《ゆみこ》くんだ」

「緑川……」

あ——。

思い当たった。

「緑川友紀子《ゆきこ》さんの、妹さん！」

「そうだ。かなり前から言われていたんだ。諏訪にいらした際は声をかけてくださいってね。それを思い出して、突然だったけれど連絡してみた」

「そう……だったんですか」

奈々は肩の力が抜けるような気がした——良い意味でも悪い意味でも。

「それは良かったです……」

緑川由美子は、やはり明邦大学薬学部卒業の薬剤師だ。以前に「六歌仙」の謎を追って——というより、それに関連する事件に巻き込まれて——京都まで一緒に足を運んだ斎藤貴子《さいとうたかこ》の同級生だから、奈々よりも確か……二学年下だ。長い栗色の髪がとても素敵な女性という印象が残っている。

そして、四年前に横浜で起こったシャーロキアンたちの事件に、崇たちと一緒に関わった緑川友紀子の実の妹だ。友紀子は、奈々が四年時の「物理化学研究室」の二学年上の先輩でもある。ちなみに彼女は、現在ロンドンで暮らしている。

そういえば、由美子が諏訪にいるという話をどこかで聞いたような気もするような……しないような。ちょっと記憶が曖昧《あいまい》だったけれど。

とにかく崇は、その由美子と連絡を取り、諏訪で会う手配を済ませたということだった。

まだちょっと「彼女」という言い方に引っ掛かっている奈々は静かに答えた。いや、もちろんそれは、ごくごく一般的な呼称だということは充分に承知しているけれど……。

「じゃあ、出発当日の時間と待ち合わせ場所を、取り敢えず決めておこうか」

崇は言って、奈々がそれをメモする。後は細かい点を少し話し合って、

「それでは、楽しみにしている」

と電話が切れて、奈々は少し複雑な気分のまま、そっと受話器を戻した。

《龍神》

一九九七年十月。

長野県警捜査一課警部・戸《と》塚《つか》良次《りょうじ》郎《ろう》のもとに、事件の一報が飛び込んできたのは、諏訪大社の神嘗《かんなめ》祭《さい》が終わった頃だった。

爽《さわ》やかな秋の日である。

しかも、今年は現在まで——世界的にはペルーの人質事件や、ダイアナ妃事故死などで大騒ぎしていたが——こちらではこれといった大きな事件は起こらず、来年早々開催される冬季オリンピック云々で少しガチャガチャと揉《も》めていた程度で、県警としては平和に時を過ごしていたのに……である。

その情報を持ち込んできたのは、彼の直属の部下、溝口康男《みぞぐちやすお》巡査部長だった。年齢は戸塚よりも一回り以上も違う上に、若かりし頃の戸塚以上の熱血刑事で通っている。

「警部っ」溝口は戸塚の机に身を乗り出すように近寄って来て叫んだ。「事件ですっ」

「殺人かね？」

のんびりと訊き返す戸塚に、溝口は意気込んで答える。

「はいっ。しかも第一発見者が、退職した黛《まゆずみ》さんでして」

「何だと。あのじいさまが？」

「はいっ」

黛功司《こうし》郎《ろう》。戸塚の元上司で、もう八十歳近い老人ではないか。随分前に会ったきりだけれど、その時もトレードマークの白い顎鬚《あごひげ》を捻《ひね》りながら「もう隠居の身じゃ」と笑っていたのを覚えている。

「というと、場所は？」

「黛さんの地元、穴師《あなし》村《むら》の、月見ヶ丘住宅地で」

「被害者は？」

「栗山寅蔵《くりやまとらぞう》という、還暦を迎えた男性ですっ」

「分かった、急ごう」

戸塚は上着に袖を通しながら立ち上がり、素早く部屋を出る。

「あそこらへんは——」と言って、歩きながら溝口を見た。「十年くらい前から、雨後の筍《たけのこ》のように家が建ち始めた新興住宅地だね。綺麗に整備された一画だが、味気ないっていえばそれまでだな」

「いや、警部。どこも段々とそうなっていくんですよ。それが時代の趨勢《すうせい》ですって」

「何を言ってるんだろうね、若僧は」わざと顔をしかめる。「いくら時代が変わっても、結局昔を忘れて生きることができないのが、我々人間なんだからね。水槽の壁にぶつかった瞬間に、今までのことを全部忘れてしまう金魚と違うんだから」

「そりゃあそうですが」


「特に昔の慣習なんかは、捨てられそうでもなかなか捨てられるもんじゃないよ。現に、ここには大きな祭が残ってるじゃないか」

来年に控えた、七年目ごとの大祭——御柱祭のことだ。すでに去年あたりから、誰もがその準備に追われている。

「御柱は別格ですよ」何代も前からの地元民の溝口は胸を張る。「何といっても自分たちは『御柱民族』ですから」

そうそう、と戸塚は足早に駐車場に向かいながら苦笑いする。

「そいつが、とっても重要なんだよ。人は過去を捨てちゃ生きて行かれないからね。だからこそ、こうやって連綿と祭が続いていくんだろうし、それが毎日毎日未来へと駆り立てられてる我々の心の拠《よ》り所《どころ》となってくれるんだ。ぼくらから過去の歴史を取り去ってしまったら、まるでこの世界にポッと湧《わ》いたボウフラと同じだよ」

二人は車に乗り込む。戸塚は、助手席に体を沈めながら言う。

「さてと、それで現場に到着するまでに、被害者の情報を聞かせてもらおうか」

はい、と答えて溝口はアクセルを踏み込み、勢いよく車を出した。

「さっき言いましたように、被害者は、栗山寅蔵。今年六十歳の還暦を迎える男性です。死亡推定時刻は昨夜遅く、十一時以降——。その穴師村の新興住宅地に、今年五十七歳になった奥さんと二人で暮らしていました。結婚して隣の市に住んでいる娘さんが、たまに顔を見せるという程度で、普段は夫婦だけで生活していたようです」

「強盗に狙《ねら》われたのかな」

「いや……現場の状況からみて、そうじゃないと思いますね」

「ふうん。どんな状況だったんだ？」

「自分も伝聞なので、警部も実際にごらんになった方が良いと思いますが、とにかく不可解みたいですね。怨恨《えんこん》じゃないかと、地元の警察では言っていました」

「死因は？」

「後頭部への殴打と見られますが、今のところは確定できていないそうです」

「どういうことだい？」

「その他、遺体に暴行が加えられていたようで」

「無茶苦茶なのか？」

「いえ」溝口はハンドルを握り締めながら、軽く首を横に振った。「そういったことではないみたいです」

「そうか……。それで、第一発見者——黛さんはどうしてる？」

「地元の署におられるようです。現場を確認した後で、そちらにまわりましょう」

「分かった。とにかく現場を見てからの話というわけだね」

「そういうことです」

溝口は頷くと、更にアクセルを踏み込んだ。

やがて現場に到着して、二人は車を降りる。

辺りを見回せば、確かに綺麗に整備された一画だった。国道を挟んで、道の両側に美しい町並みが造られていた。

しかし余りにも人工的だし、ここだけが周りの風景から浮いてしまっている感は否めない。古く長い歴史の上に、プカリと浮かんでいる近代的な空間のようだった。

特にこの穴師村の辺りは、元々古い小さな村だった。しかし、この地域一帯の大地主が亡くなったと同時に大手資本が入り込んで来て、いきなり建売住宅をどんどん建築し始めたのだ。その中には、土地を買い上げてもらって、新しい住宅を造った人たちもいる。黛さんも、その一人だと聞いた。年の割には思い切ったことをすると思ったら、どうやら息子さんたちの思惑だったらしい。

しかしこんなに急では、きっと地元の人間の間にも、目に見えない確執があるのではないか。昔の人たちと、新しい人たちとの間などで……。

だがそんな感想は、今は無用だった。

戸塚は溝口に案内されて、現場保存テープで囲われた一軒の家に入った。四十坪くらいの建売だ。二階建てで、駐車場も広い。外壁も一階部分がタイル張りの、お洒落な建物だった。

しかし門を潜《くぐ》った時、

「おい」何気なく表札に目をやった戸塚は、立ち止まった。「名前が違ってるんじゃないかね?」

「そうなんですよ」溝口は頷く。「被害者は、この燕沢《つばめざわ》さんの家で殺害されたんです」

「じゃあ、家主——燕沢って人は?」

「旅行中だったようで、今朝連絡が付きまして、今こちらに向かっていると思われます。ちなみに被害者の自宅も、この一画にあります。詳しくは後ほどにでも」

「分かった」

しかし——。

ちょっと引っ掛かる。

他人の家の庭で殺害……か。

そして戸塚たちは地元の警官に誘導されて、殺害現場の庭に通されたのだけれど、

〝何なんだこれは……？〟

というのが、戸塚の偽らざる所見だった。

被害者——栗山寅蔵の遺体は、十坪ほどの庭の中央に俯《うつぶ》せになって横たわっていた。白髪頭《しらがあたま》の後頭部から大量に血が流れ出している。おそらく鈍器のような物で殴打されたのだろう。

また奇妙なことに、その背中に何やら木の棒が突き刺さっているではないか。見たところ、松の木のようだったが、確信はなかった。殴打した上に、刺殺しようとしたのか。あるいは、その逆か。そして、それだけでも充分いかがわしいのに——。

遺体の周り一面が、初雪でも積もっているかのように真っ白だったのだ。

最初は、何か白い布でもかけたのかと思った。

「一体、どういうこった？」

ええ、と溝口は答える。

「塩のようです」

鑑識を手招きすると、戸塚は「ご苦労さん」と挨拶して尋ねる。

「こいつは、全て塩なのかね？」

「そのようです」鑑識は頷いた。「但し、全てを調べたわけではありませんので確定はできませんけれど、おそらく全部、塩化ナトリウムではないかと思います」

「どういうこったね？」

「さて……」

「被害者が殺された後で、撒《ま》かれたのかね？」

「そのようですね。遺体の下側には全く入り込んでいなかったですから、死後、あるいは俯せに倒れた

後からバラ撒かれたようです」

「しかし……大量だな。スーパーで売ってる大きな一袋分くらい撒いてしまったんじゃないかね」

「おそらく」

「この塩は、ここの家の物？」

「それは、まだ家主が戻って来ていないので、何とも言えませんね」

なるほど、と戸塚は溝口を振り返る。

「どういう理由だと思うね？」

「さあ……」と溝口は肩を竦めた。「まさか、お清めでもないでしょうからね」

「お清めか……。確かにそれならば、塩は最適だね」

「冗談ですよ、警部」

分かってるよ、と戸塚は苦笑いした。

「それで、死因は？」

「ええ」と鑑識は答えた。「現時点では、あそこに転がっている石を用いた後頭部への殴打が、死因と思われます」

「あれか……」

戸塚たちは、鑑識の指差す方を見た。庭の隅に立っている石灯籠《いしどうろう》のてっぺんに載っているような、丸い石が転がっていた。

「血痕が発見されていますから」

「そうすると……」と戸塚は腕を組んだ。「あの、被害者の背中に突っ立っている棒は、一体何だったんだろうかね」

「分かりませんね。とどめを刺そうとしたんじゃないでしょうか」

「それにしては――」と溝口が口を挟んだ。「ただの松の木の棒のようですよ。とどめを刺すならば、もっと鋭利な物を使うんじゃないかなあ」

「そうだね」と戸塚も認める。「わざわざあんな棒切れを使わなくっても、良さそうなもんだな。しかも、背中だからね」

「はあ……」

鑑識が唸《うな》った時、

「警部」と、今度はもう一人の若い鑑識が走り寄って来た。「また庭の隅に、変な物が――」

「何だね、今度は？」

「あれです」

と言って、今まさに遺体の側に運ばれてきた物を指差した。三人は急いでそちらに走り寄る。

「何だ、これは？」

溝口が、素《す》っ頓狂《とんきょう》な声を上げた。

「白兎じゃないか！」

はい、と若い鑑識は答える。

「しかも……尻から頭にかけて、串刺しにされているんですが……」

見れば、確かに黒い木の棒が一本、白兎の体を背骨に沿って縦に貫いていた。

「どういうことだよ？」

「さあ……」

「もしかすると――」溝口が溜め息をつくように戸塚に言った。「何かの呪《まじな》いですかね、こいつは」

「呪いだと？」小さな目を大きく見開いて、戸塚は溝口を見る。「何か怪しげな宗教だっていうのか？たとえば、ブードゥー教や黒魔術みたいな」

いや……、と溝口は真剣な顔で全員を見た。

「自分は、これと似た物を見たことがあります。間違いなく……」

「どこで？」

「御頭祭です」

「御頭祭――って、例の諏訪大社の」

「はい。前宮で行われる祭……」

「そういえば――」

鹿の頭の剝製《はくせい》に混じって、こんな物が捧げられていたような、いなかったような……。まあ、どちらにしても、現在用いられている物は、剝製に違いないけれど。

「最近はどうか分かりませんけれど、昔は確かにありました。もちろん、こんな本物じゃありませんでしたがね」

「……っていうことは、もしかしてこのバラ撒かれた大量の塩も、それに関連してるってわけか？」

「ひょっとしたら」

「御頭祭？」

「多分」

「やっぱり――」鑑識もため息混じりに口を開いた。「清めるってわけですかね、塩で」

「そうなると、犯人はかなり偏執狂だぞ。単独犯なのか複数犯なのかは、まだ分からないが、どっちにしてもちょっとこいつは……」

「でも、そう考えると、何となく塩の意味も分かりますよ」

「そんなバカな！」

戸塚は全員を見回した。

「いや。実を言うとぼくは、この大量の塩を見た瞬間に、ふと閃《ひらめ》いたんだがね」

「何をですか？」

「これはね、犯人が何かを隠そうとしたんじゃないかってね」

「隠す？」

「覆い隠すってことですか？」

「それもあるかも知れないけれどね、しかし、一番ありそうな例として、たとえば塩に紛れてしまうような『白い粉』を――とか」

「あっ」

「なるほど」鑑識も頷いた。「もしくは、塩と混合させることによって化学変化を起こしてしまうような物質とか……」

「そうそう。悪いけれど、ぼくはまだ偏執狂犯人説に荷担できないな。むしろ、もっと冷静だったんじゃないかと思う。いや、何となくだけれどもね」

「いや、一理ありますな」

「だから、取り敢えずは、そっちの線で考えてみてくれないかね。現実的に」

「分かりました」鑑識は頷いた。「バラ撒かれてる塩を全部科捜研《かそうけん》に回して、一粒残らず調べてもらいましょう。何か出てくるかも知れないですから」

「頼むよ」

戸塚が言った時、一人の男が警官に寄り添われながら、ヨロヨロと庭に姿を現した。

この家の持ち主、燕沢義夫《よしお》だった。

三十代後半くらいの、体格の良い男性だった。しかし、髪にはチラホラと白い物が混じっている。

燕沢はこの状況を見ると、

「ど、どうしたというんですか、これは一体……」

絶句してしまった。

そこで溝口が、燕沢に向かって今までの経緯をゆっくりと説明する――。

黛功司郎という随分前に県警を退職した元刑事が、たまたまこの家の近くを通りかかると、何やら庭に白い物が見えた。何だろうと思って覗いてみると、真ん中に人が倒れている。これは事件だと直感した黛は、すぐに玄関に回って呼び鈴を押したけれど、中からは誰も出て来ない。

てっきり家主――燕沢さんが倒れていると思った黛は、急いで警察に通報した。ところが駆け付けて来た警官と一緒に中に入ってみると、どうやら別人で、栗山寅蔵らしい。頭を割られて、その上何やら棒切れを突き立てられて、しかも辺り一面には塩を撒かれて――。

「黛さんも、この近くに住んでおられるそうですね」溝口は言う。「但し、あの道路の向こう側の一画だとか」

「ええ、知っています」燕沢は冷や汗を拭いながら答えた。「ちょうど私の――この家の斜向《はす》かいです。たまに居酒屋でお会いします。とても感じの良い方で……」

「それならば話が早いですね」戸塚は溝口に移動の合図を送る。「申し訳ないんですが、地元の警察署までご一緒願えますか。黛さんも今、そちらにおるということですのでね」

「は、はい……」

「ちなみに、奥様は？」

「今、こちらに向かっています。二人で旅行していたものでして……私だけ取り敢えず大急ぎで戻って来ました」

「それはそれは、大変でしたね。しかし、何せこういった状況ですから、ぜひご協力をお願いします」

「……分かりました」

戸塚は鑑識たちに挨拶すると、燕沢を連れて車に乗り込んだ。


警察署に到着すると、三人はすぐさま刑事部に通された。奥の部屋で黛が待っているという。久しぶりだ。相変わらずの調子なのだろうか。

案内してくれた警官がドアを開けると、

「おうおう」

という声がして、机を挟んで若い警官と向き合って座っていた白い髭の老人が手を挙げた。

「ジロウ、元気でやっとったかな」

戸塚は全身の力が抜けてしまった。

確かにずっと黛の下で働いてきたし、年齢も親子ほど違うから、ずっと自分の子供のようにして面倒見てくれていたのは事実だ。しかし今は警部になって、こうして部下もいるのに「ジロウ」はないだろうと思った。もともとこの渾名《あだな》は「良次郎」という本名が長すぎるし、大して良い点——長所も見当たらないという黛の勝手な判断で「良」を取って「次郎」だけになったのだ……。

「元気でしたよ」

戸塚は苦笑いしながら答える。そして、今までずっと黛の相手をさせられていたと思われる若い警官を解放してあげた。おそらく事情聴取などとっくに終わっていて、その後ずっと話し相手——というより、一方的な聞き役——になっていたのだろう。その警官は、明らかにホッとした顔を見せて一礼すると、そそくさと退出した。

「この度は大変でしたね、功さん」

ああ、と黛は、すっかり薄くなって撫《な》でつける髪も殆ど残っていない頭を、つるりと撫でた。さすがにかなり痩《や》せてはいるけれど、まだまだ血色は良いようだった。

「久しぶりに驚いたぞ、ジロウ。正直言って、少し血も騒いだがな——。ああ、燕沢さんじゃないか。あんた一体どうしちまったんだね？」

「どうも……」

「散々だったねえ」

「いや、もう何が何だか」

「まあ、ここに座んなさいよ」

勝手にイスを指し示す。そこで全員、机の周りに腰を下ろした。

「しかし」と黛の口は止まらない。「どうしてまた、栗山さんがあんたの家に？」

「それが、全く分からないんですよ。私は、女房と二人で温泉に出かけてたもんで」

「そうなのか……。そりゃあ災難じゃったね」

「栗山さんのお家は」戸塚がようやく口を挟む。「燕沢さんのお近くだったとか」

ええ、と燕沢は視線を逸らせて頷く。

「一軒おいて、その向こうでした」

「普段から栗山さんは、よくお宅に見えていたんですか？」

「ええ……まあ、それは。近所でしたし」

「ちなみに、わしの家は」と黛は言う。「国道を挟んで栗山さんの家の向かいだからの、燕沢さんの家も見える。だから、栗山さんが彼の家に遊びに行っている姿を何回か見とるよ、うん」

「最近ではいつ頃？」

「いえ……」燕沢は首を捻った。「私も留守がちだったもので、ここ一週間ほどは、全く……」

「しかし、勝手にお宅の庭に入れるものなのでしょうかね」

「はあ……。まあ、入ろうと思えばいくらでも可能でしょう。家の中までは無理としても、庭程度ならば、特に高い柵もありませんし、防犯システムも整備していませんし」

「あそこらへんの人間は、大抵が顔見知りじゃからのう」

「お家の中は、荒らされた様子はどうでした？」

「全くありませんでした……」

「ということは、やはり強盗ではなかったというわけですね」

「そういうことでしょうか……」

「いや、もしかしたら」と黛は顎髭を捻った。「栗山さんは、あんたと間違えられたのかも知れんな」

「えっ」

「何かの用事があって、栗山さんがあんたを訪ねた。家には鍵が掛かっていたもんで、取り敢えず庭にまわってみた。するとそこで、今まさに空き巣に入ろうとしていた犯人と鉢合わせ――」

「功さん」と戸塚は言う。「それも可能性としてはあり得ますけれどもね、それじゃ、あの塩や兎はどう考えるんです？」

「兎？」

尋ねる燕沢に向かって、溝口が説明した。串刺しにされた白兎が、庭の隅に転がって――。

「……どうしてそんな物が？」

「全く思い当たる節はありませんか？」

「もちろんです。ああ、そういえば、森村《もりむら》さんか淡嶋《あわしま》さんが兎を飼っていたかも知れませんけれど、私は全く……」

「何となく不気味じゃのう」黛は再びゆっくりと髭を捻って嘆息した。「殺人だけだって大事なのに、それに加えて、そんな偏執狂的な行為をする――その意志が不気味じゃ、ということだがの」

結局、それ以上の有力な情報も得られないまま、黛と燕沢は家に戻り、戸塚たちも県警へと帰って来た。やれやれと自分の席に座り「まあ座れや」と言って、その近くの空いているイスに溝口を腰掛けさせた。

「まいったね、これは」

戸塚は煙草《たばこ》に火をつけ、溝口も一本もらってくわえた。

「しかし、黛さんもお元気そうでしたけれど、おいくつになられたんでしたっけ？」

「今年で七十八じゃなかったかな、確か。タフな刑事だったからね。ぼくなんか、比べものになりゃしないよ。まあ、さすがに足元はフラついていたけれどね——。さてと」

戸塚は煙草をくわえたまま、調書を広げた。

「鑑識からは、まだ新しい報告はないね」

「そのようですね。塩の分析もまだのようで」

「それだけでも、早く知りたいね」

「そうですね」溝口は煙を吹き上げる。「何か発見されるかも知れませんから」

「あと、あの変な棒切れも何だったんだろうね」

「やはり、犯人がとどめを刺そうと思ったんじゃないですか」

「白兎は？」

「あれは……生《い》け贄《にえ》ですよ、きっと」

「何に対する？」

「もちろん、亡くなった栗山さんに対するものじゃないですか。だから、その周りを塩で清めて、生け贄を捧げて——」

「おいおい、そりゃあ功さんの言葉じゃないけれど、不気味すぎないか。きっと、何かしっかりとした理由があると思うよ」

「確かにそうですけれど……」

「目撃情報もなしか——」戸塚は調書を閉じる。

「あと、一応燕沢夫妻のアリバイも確認しておいてくれないか。旅行先の旅館に尋ねれば、すぐに分かるだろうし」

「了解です」

「頼んだよ。被害者が他人の家で殺害されたというのが、どうもまだ引っ掛かっていてね。しかもお互いの家は、一軒おいた隣同士」

「確かに、何か臭いますね。燕沢さんは、被害者が自分の家に訪ねて来た理由は分からないと言っていましたけれど、あの状況じゃ、もしも心当たりがあったとしても、口に出せないでしょうし」

「そうだね。無用の嫌疑がかかってしまうだろうしね」戸塚は煙草を灰皿に押しつけた。「とにかくぼくは、塩に関して鑑識からの報告を待ってみるよ。きっと何かあると思うから」

「分っかりましたっ」

溝口は煙草を消して立ち上がると、一礼して去って行った。

その後ろ姿を見送りながら、戸塚は思う。

犯人は、わざわざあれだけ大量の塩を庭に撒いたのだ。清めるという話もあったけれど——よくよく考えてみれば、ただ辺りを清めるだけならば、塩など一握りもあれば充分ではないか。葬式帰りなどは、ほんの一つまみだ。それで「お清め」の役割は充分果たしているのではなかったか。

絶対に何かある、と戸塚は確信していた。

数日後。

待ち望んでいた科捜研からの報告書が、戸塚の手元に届いた。そこには例の塩の分析結果が書かれていた。

急いで目を通した戸塚は、思わず大きく腕を組んで唸った。

その報告書によれば、現場に撒かれていた塩は、全て普通の食塩——塩化ナトリウムであり、余計な混入物など一切見当たらなかったという。

つまり——本当に、ただの塩だったのだ。

あれから一人で図書館などをまわり、新たに少し調べた。御柱祭も御頭祭も、一応押さえた。しかし、沙織と話していた謎は、やはり謎のままだったけれど――。

「それではまず」崇は言う。「『諏訪』という地名についてだな」

「え」

一瞬虚を突かれた奈々を横目に、崇は続けた。

「『日本地名大事典』によれば、『奈良初期（養老五年）に「諏方国」で見え、（中略）以前には「ソハ（岨）」と考え、断層崖の地として解釈したが（中略）「スハ（洲端）」の意となり、諏訪湖を「洲端《すは》の海」と呼んだ可能性が高いと思われる』――ということだ。しかし海ではなく湖で『州の端《はし》』と呼ぶというのも、ちょっと不自然だろう。これはやはり、『州の端』イコール『国の端』……つまり、あの世とこの世の境目という意味だろうと思う」

あの世との境――？

＊

五月三日。

新宿駅はゴールデン・ウイーク真っ盛りで、物凄い人の波だった。その中を掻《か》き分《わ》けるようにして、奈々は崇と共に九時ちょうど発の「あずさ九号」に乗り込んだ。

列車は、新宿から約二時間二十分で茅野《ちの》駅に着く。そして諏訪大社上社は、駅からタクシーで七、八分の所にある。大社到着まで、あっという間だ。

発車のベルが鳴り終わり「あずさ」がゆっくり動き始めると、

「じゃあ、向こうに到着するまでに、ごく簡単に諏訪大社の話をしておこうか。奈々くんも、ある程度はもう知っているとは思うけどね」

「はい。ちょっとだけ予習して来ました」奈々はニッコリと笑う。「本を読んだりして」

いきなり話題が不穏だ。

「諏訪の国が、あの世の入り口だとおっしゃるんですか？」

「そう見なされていたんじゃないかと思うね。もちろん恣意《しい》的に」

「恣意的に？」

「戦いに敗れた建御名方神《たけみなかたのかみ》を、未来永劫《えいごう》閉じ込めておくという意味でね。人工的な彼岸《ひがん》だ」

「なるほど……」

「そして、そんな地に諏訪大社は鎮座しているんだが、やはり何といってもその大きな特徴は、社殿が四社もあるということだね。しかも祭神は——色々といわれてはいるが——本質的には全て同じで、建御名方神と八坂刀売神《やさかとめのかみ》の二柱《ふたはしら》だ。また、上社が建御名方神で下社が八坂刀売神だとか、あるいは、今の祭神の前身は甲賀三郎《こうがさぶろう》——甲賀三郎諏方《よりかた》、または甲賀三郎兼家《かねいえ》——と呼ばれる勇士だったともいう。ちなみに昭和初期、江戸川乱歩のライバルといわれていた作家がいた。その人のペンネーム、甲賀三郎という名前は、ここから取られているんだ。そして伝説上の甲賀三郎は、地底国から蛇体《じゃたい》で帰還し、諏訪上社の神として現れ、その妻の春日姫《かすがひめ》は下社の神になった——という話まで伝わっている」

「祭神が、蛇体ですか……」

龍神。

御神渡《おみわたり》——か。

「そうだ。けれども結局、諏訪の神は——『諏訪大明神』『南方刀美神《みなかたとみのかみ》』『御諏訪様』などと崇《あが》められて親しまれてきているにも拘わらず——明治の神仏分離で、その関係が全く分からなくなってしまっているというのが現状のようだね」

「でも……建御名方神だということに変わりはないんでしょう？」

「南方——だからね。南方から来た神、という意味も併せ持つと考えれば、その点は間違いない」

「あ。そういうことなんですね」

でも——。

「それでも、どうして社殿が四つもあるんですか？色々な神としての名前を持っているから？」

「それに関しても、多々説がある。まず、何はともあれ一社ずつ説明しておこうか」

「はい」

「では——」

と言って崇は、バッグから一冊の厚いノートを取り出すと、時折それに視線を落としながら、説明を始めた。

「JR中央線上諏訪駅から東南へ六キロ。原生林に抱かれて、諏訪大社上社・本宮が鎮座している。社殿の四隅に御柱と呼ばれる大木が建てられ、幣拝《へいはい》殿《でん》・片拝殿《かたはいでん》が横に並び、しかもその上、本殿を欠いているなど、社殿の配置に独特の形を備えているんだ。この本宮は、天正十年（一五八二）、織田信長の兵火のために、山中に逃れた神輿の他は建物全てが焼失している。しかし、その後再建され、最古の建物は慶長十三年（一六〇八）に徳川家康の寄進した四脚《しきゃく》門《もん》、別名勅《ちょく》使《し》門だという。

境内のほぼ真ん中に東御宝殿《ごほうでん》・西御宝殿があり、これらは本宮で最も大切な御殿で、寅年と申年ごとに交互に建て替えがなされ、遷座祭が行われる。どんな干天《かんてん》の日でも、この宝殿の屋根からは最低三粒は水滴が落ちるといわれ、諏訪大社七不思議の一つになっているんだ。この七不思議に関しては、後でまたきちんと具体的に説明しよう」

「はい……」

「さて、ここが最も重要な点なんだが、今言ったようにこの本宮には本殿がなく、奥の木立の中が神域で、神体山をお祀りするという大きな特徴を持っている」

「でも……実際は、神体山を向いていないという話も聞きましたけれど……」

沙織が言っていたので、あの後奈々も境内図を見て確認した。すると確かにその通りで、拝殿に向かって右側に神体山がそびえていた。

「そうだな。本来は、そちらを向いていたらしい。しかし、いつしか九十度方角を変えてしまった。だから古い氏子の人は、今現在も昔ながらの方角を拝んでいるという。東西の宝殿の間にある四脚門から、南南西に向かって」

「どうして向きを変えてしまったんでしょう？」

「ちょっと分からないな、今のところは。この疑問点も覚えておこう」

「はい」

「そして次に――」

崇はパラリと紙をめくる。

「上社・前宮は、本宮の東約二キロ離れたJR茅野駅からバスで五、六分の所に鎮座している。境内の大半を占める広場を神原《ごうばら》といい、大祝《おおほうり》の居館である神殿《ごうどの》と附属する建物が軒を連ね、上社の祭祀の中心であったが、室町時代中頃に神殿が移転されて、現在は祭典に必要な建物だけになっている。ちなみにここで言う『大祝』というのは、祭神の子孫といわれている人々だ」

「祭神の子孫！　建御名方神の――？」

「ああそうだよ。この『大祝』についても、向こうに着いたら詳しく話そう」

「はい」

今、崇から聞いている話は全て――奈々のための――イントロダクションということらしかった。まずこれらの事実を踏まえて、これから先の旅があるということだ。おそらく、ほんの表面でしか諏訪を知ってはいない奈々に、もう少しだけ掘り下げて、丁寧にレクチャーしてくれているというわけだ。

これは、物凄《ものすご》く親切な行為なのかも……などと好意的に解釈してみる。

「ここで」と崇は続ける。「神原の中心をなす諏訪大神の幸御魂《さきみたま》・奇御魂《くしみたま》を祀る内御玉殿《うちみたまでん》は、一部天正十三年（一五八五）の旧殿の材を使い、昭和七年（一九三二）に建造されたという。そして前宮本殿は、内御玉殿より二百メートルほど山道を登った所に建てられている。この本殿は、古くは神殿に属したお社で、御祭神が最初に居を構えられた──つまり、諏訪信仰発祥の地と伝えられているんだ」

「諏訪信仰発祥ですか！　じゃあ、前宮が一番由緒ある社殿というわけですね」

「伝承ではね。そのためか、特に歴代の朝廷を始めとして、東関東第一の軍神《いくさがみ》・勝負神・武家の守護神として武門武将からとても崇められて、戦国時代には日本第一軍神と称されたんだ。だから、甲斐の武田信玄などは特に『お諏訪さま』として信仰し、合戦の度ごとに戦勝祈願をした。そして諏訪大明神を武田家の守り神と崇め、社殿の造営や寄進などをしている」

「日本第一軍神……」

でも──。

ちょっとおかしくはないか。

「あの……タタルさん」

「なに？」

「日本第一の軍神は良いとして……でも、建御名方神は、国譲りで敗れているんじゃないですか？」

「そうだよ。建御雷神《たけみかづちのかみ》に敗れて、両腕をもぎ取られた」

「それって、少し変じゃないですか。建御名方神に勝利した建御雷神を祀っているのならばともかく」

「確かに大きな謎だな……。戦いに敗れた神を、軍神として祀り上げるなんて。一方の建御雷神は、常陸国一の宮の鹿島神宮の祭神となっているからな。こちらは理屈に合っている」

「ええ。では何故？」

「想像はできるが──もう少し考えてみよう」

「はい……」

「そしてまた一説には、前宮の祭神は『ミシャグチ神』ではないかともいう」

「ミシャグチ神！」

先日、沙織と話していた謎の神だ。正体が不明の神が、またしても登場した——。

「それって、どんな神様なんですか？」

「諏訪地方土着の神だ。つまり、建御名方神以前から諏訪に棲《す》んでいたといわれる神のことだ」

「ああ、なるほど。それならば納得できますね。つまり……当初、前宮の祭神は、諏訪の地の地主神だったというわけですね。それがいつの間にか変遷《へんせん》してしまった」

「そうだな」

「じゃあ、諏訪大社に到着したら、その神様に最初に参拝しなくてはならないですね」

「……え？」

「だって、もともとの地主神だし、タタルさんはいつもそういう順番で神社をまわられるじゃないですか。それにどっちみち大社の境内に祀られているんでしょう」

「…………」

崇は無言のまま、じっと奈々を見つめた。

長い睫《まつげ》の奥の黒い瞳に、奈々の顔がはっきりと映りそうなほどの至近距離。

何か変なことを言ってしまったのか。

でも、それにしても——。

こんな電車の中で恥ずかしい。

「ど、どうしたんですか、タタルさん！」

「いや——」崇は、ふっと視線を逸らせた。「ミシャグチ神は、大社の境内に祀られていない、いないんだよ」

「えっ」

「これも訪ねるつもりでいたんだが、また別の場所に祀られているんだ」

「どういうことですか？」

「ミシャグチ神は、現地では『ミシャグチ』『ミサグジ』『サングージン』『シャクジン』『オサモジン』などと、色々に発音されている。また『諏訪大《すわだい》明神画詞《みょうじんえことば》』では『御作神』と記され、漢字表記も『御左口神』『御社宮神』『御社宮司』『御射軍神』『佐久神』『石神』『尺神』『赤口』『裂口』『赤蚍』などと様々だ。そしてここで、この『赤蚶』は『ジャ』——つまり蛇という意味なんだ」

「蛇ですか！　またしても」

そういうことだ、と崇は続けた。

「そのミシャグチ神の総本宮とされているのが、守《も》矢《り》神長《やじんちょうかん》官家の屋敷の西南最上段にある『御頭御社《おんとうみしゃ》宮司総社《ぐじそうじゃ》』だ」

「大社の中ではなく……」

「そうなんだ。別の場所にあるんだよ。そしてこの守矢家の当主が代々継承してきた口伝の、秘法の第一に『ミシャグチ神祭祀《さいし》』のことがあったという。また——」

と言って崇は、今度は一枚のパンフレットを取り出すと、パラリと開いた。

「『神長官守矢史料館のしおり』にはこう書かれている。『諏訪大社の祭政体はミシャグチ神という樹や笹や石や生き神・大祝に降りてくる精霊を中心に営まれます。家ではミシャグチ様と呼んでいました
し、多くの呼び名や宛字のある神様ですが（以下略）』とね。おおよその正体はつかんでいるつもりだが、とにかくこの神様にも会いに行かなくてはならない。諏訪の根底に関わってくるわけだからね」

崇は、長い人差し指で、トントンと自分の額を叩《たた》くと、

「さて次の——」と、今度は自分のノートに目を落とした。「下社の説明に行こうか」

「はい……」

「JR中央線下諏訪駅から北西へ約一キロ行った所に、諏訪大社下社・春宮が。そして、そこから東へ一キロの位置に秋宮が鎮座している。旧中山道の下諏訪宿にあたる場所だ。下諏訪宿は温泉で賑《にぎ》わった峠の麓宿で、西は塩尻峠を越えて木曾街道に通じている。こちらの下社では、寅年と申年に左右の宝殿遷座祭が行われ、他に半年毎に春宮と秋宮の遷座祭が行われているんだ」

「春宮と秋宮の遷座祭ですか」

「そうだ。不思議だろう」

と問い掛けたままで、崇は続ける。

「下社・春宮の社頭から真っ直ぐに、八百メートル程延びている道路は、春宮の専用道路だ。大祝一族を始めとする武士たちの、流鏑馬《やぶさめ》の馬場だったという。御手洗川の下馬橋は室町時代の建立だけれど、様式は鎌倉時代。ちなみに遷座祭の神輿はこの橋を渡って行く。また、大鳥居は万治二年（一六五九）の建立といわれる。続いて下社・秋宮は、旧中山道と甲州街道の分岐点に鎮座している。その正面には『ネイリの杉』と呼ばれる樹齢八百年の御神木が立っている。あとで対面すると思うけれど、とても大きく立派な杉だよ。そして御社殿は、二重楼門造の拝殿と、左片拝殿及び右片拝殿が横並びする。これらの建物は安永十年（一七八一）の落成だという。そして神楽殿《かぐら》と拝殿、左右片拝殿及び御宝殿の配置は、春宮と同じになっている。拝殿の奥に御宝殿があり、その奥が、御神座とも相殿ともいわれる『御神木』を祀る下社で最も重要な場所だ。ちなみに、秋宮の神楽殿には、身長百七十センチという、日本一の青銅狛犬《せいどうこまいぬ》がいる」

説明を終えて、パンフレットを畳《たた》む崇の横で、
なるほど、と奈々は頷く。

「下社は、御神木なんですね。上社は、神体山でしたけれど」

「そうだな。上社の御神山に対して、下社は御神木を御神体としてお祀りするという古代祭祀の形式を残しているんだ」

「上社も下社も、みんなそれぞれのポリシーがあるということですかね……」

と言った時、ふと思い出した。

「そういえば、さっきおっしゃっていた拝殿の方角に関していうと、四社とも拝殿の方角がバラバラだって聞きましたけれど」

「いや」崇は首を振る。「正確に言えば、上社と下社で二通りに分かれているんだ。但し、今言ったよ

うに上社の本宮は、拝殿の方角が変更になっているという歴史がある。これはもともと、南南西に向かって拝んでいたものを、東南東に変えたようなんだがね。しかし前宮は、最初から南南西に向かって拝んでいるから、上社は両社とも『南南西』向きと考えて良いだろうね」

「じゃあ、下社は？」

「北東に向かって拝む形になる」

「殆ど逆じゃないですか」

「そうだな。ここに地図があるから、ちょっと見てごらん」

崇は奈々の前に、諏訪湖畔——上社・下社の載っている地図を広げた。

「確かに逆方向ですね。まるで背中を向けているみたいです！」

「そうだな」崇は笑う。「そこで、こんなことをした人がいるんだ。守屋《もりや》隆《たかし》さんというんだが、上社前宮の拝殿から、その拝む方角に向けて線を引いてみたらしい」

そう！

奈々もそう思ったのだ。そして実際に地図の上に線を引いてみた。でも……その先には特に何もなかったような気が……。しかし崇は言う。

「すると、上社前宮拝殿の線は杖突峠《つえつきとうげ》を越えて、諏訪郡から上伊那郡に入り、なんと守屋さんの生まれ故郷の産土神《うぶすながみ》である『守屋神社』に到達した」

「守屋神社？」

「ああ。この守屋神社は、諏訪大社とは全く無縁の神社と言われていて、祭神は『物部《もののべの》守屋《もりや》大連《おおむらじ》』だといわれている。しかも、守屋山の山頂から十数メートル下がったところに、守屋神社の氏子が手厚く祭祀している奥宮《おくのみや》があり、この祠はその周囲を鉄柵で厳重に囲われ、人が近寄ることを拒絶するかのようだという」

周囲を鉄柵で囲われ——。

以前にもどこかで、そんな造作の神社の話を聞い

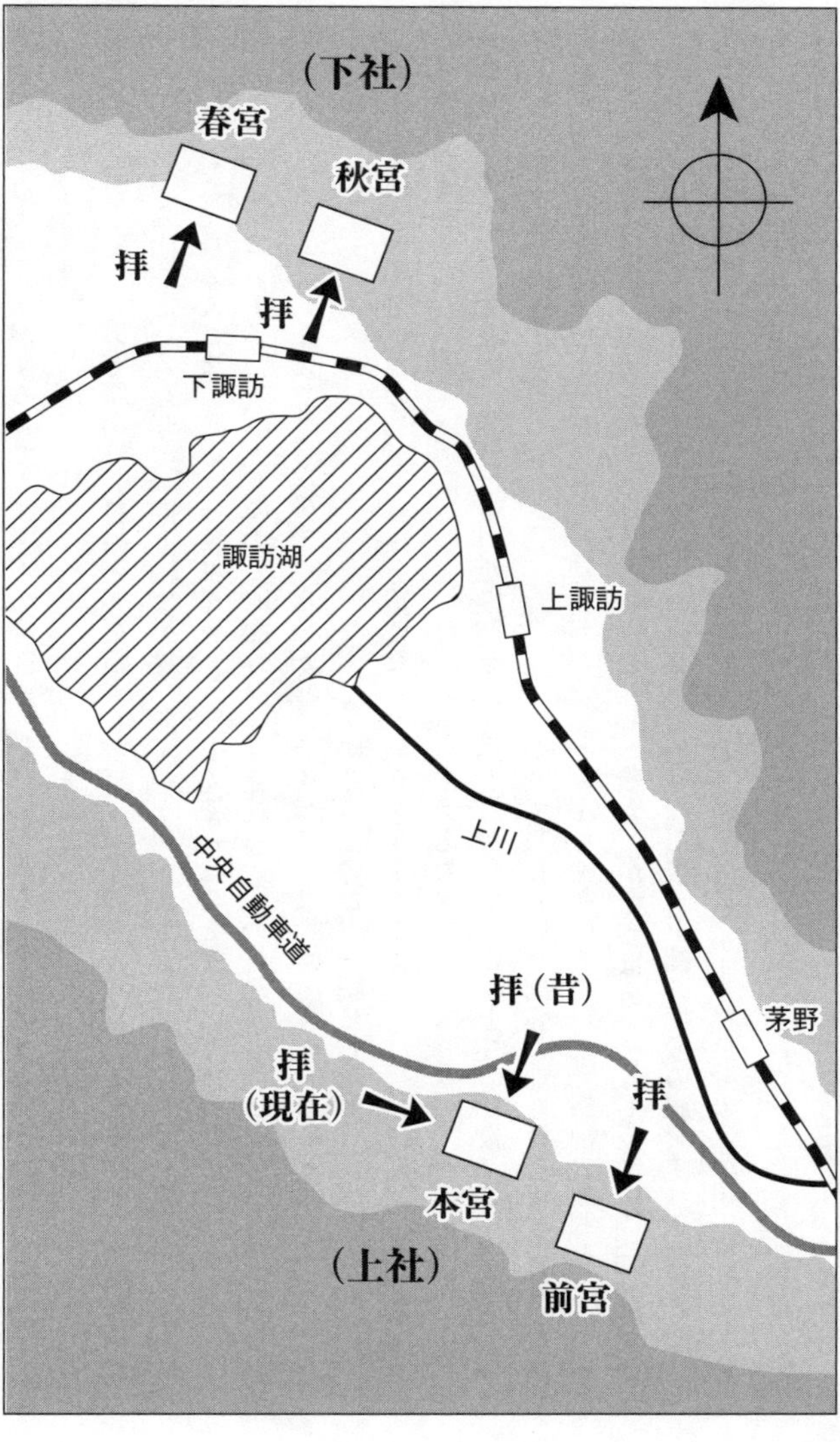

（下社）
春宮
秋宮
拝
拝
下諏訪
諏訪湖
上諏訪
上川
中央自動車道
拝（昔）
茅野
拝
（現在）
拝
本宮
前宮
（上社）

たことがあったような気がする。でも、どこの神社だったか……。

「参考までに言うと、この守屋山は、日の入りを暗示する『日の隠《こも》る山』という意味の『隠《こも》り山』ではないかといわれているんだよ。この『コモリヤマ』が『モリヤマ』になり、やがて守屋山と表記され、現在の『モリヤサン』になったのではないか——とね」

「でも……その守屋山というのは、それほど重要な山だったんですか」

「そうだね。諏訪を語る際に、非常に重要な役割を果たしていると思われる山だ」

しかし——奈々は聞いたこともなかった。

でも崇は、それ以上の説明をしてくれようとはしない。ということは……これもまた、後からのお楽しみということになるのだろうか。何か、昔の推理小説の名探偵の話を聞いているようで、段々とフラストレーションが溜《た》まってくる。早く諏訪の地に到着して、きちんと謎解きを聞きたい。

それとも——。

ひょっとすると、崇もまだ確固とした結論に達していないのかも知れない。そういえば最初から、珍しくそんなことを口にしていたし……。

それならば、自分で考えてみようか——などと奈々はこれまた珍しく前向きに思う。そして、思ってみるものだ。一瞬にして閃いた。

「タタルさん!」

「どうした?」

「もしかして、この上社の拝殿って、建御名方神のやって来たという出雲の地を拝むように建てられているんじゃないですか? 祭神の故郷を!」

「残念だが」崇はあっさりと答える。「方角が少し違うんだよ。上社の拝殿の線をずっと伸ばしていくと、名古屋をかすめる形で、遠州《えんしゅう》灘《なだ》に出てしまう」

「え……」

崇も既に試みていたのか――。

しかし、と崇は奈々を見た。

「発想は良いな。建御名方の故郷というわけか」

「……残念でした」

「だがね、建御名方神といえば、こんな話もあるんだ――。奈々くんも知っていると思うけれど、『古事記』の国譲り神話で、天皇王権の使者の建御雷神が出雲にやって来て『この国を天皇王権に無条件で譲れ』と強談判《こわだんぱん》に及んだ時、大国主と事代主は応諾《おうだく》したが、大国主のもう一人の子である建御名方神は『腕ずくで奪ってみろ』とこれに反対した。そして行われた力比べ――つまり、戦争で、建御名方は建御雷神に大敗を喫し、逃げに逃げて諏訪湖のほとりまで落ち延びた。しかしこの地で建御雷神に追いつかれ『父・大国主や兄・事代主の言上《ごんじょう》したように、この国――葦原中国《あしはらのなかつくに》――は天皇王権にお譲りします。私はこの諏訪の地を一歩も出ませんから、命だけは助けて下さい』と命乞いしたことになっている。このように『古事記』によれば、まさにこの戦いは皇軍の大勝利だけれど、『日本書紀』では、大国主と事代主が、ただ恐れ畏《かしこ》まって国譲りに応じたと書かれているだけで、建御名方の頑強な抵抗と、そのあげくの降伏には全く触れられていないんだ」

「そうなんですか!」

「それどころか、建御名方の神名さえ、『書紀』には出てこないんだよ」

「えっ。……どうして?」

「単純な話だね」崇は笑った。「正史編纂《へんさん》の立場を取る――つまり、その記述が公式文書として残ってしまう『書紀』としては、余り正直に記述することができなかったんじゃないかな」

「えっ」

「つまり『古事記』では、建御雷神があっさり建御名方をやっつけたように述べているけれど、現実はそんな簡単じゃなかったんだろうね。しかも、例によってあくどい手段も用いられていたかも知れない。正攻法ではない手段がね。だから『書紀』としては、ここで建御名方神を紹介してしまうと、自分たちの権威に大きく傷が付いてしまうと感じたんだろう。ゆえに、黙殺することにした」

「ああ……」

「その他の記述では『古事記』よりはるかに饒舌《じょうぜつ》な『日本書紀』が、この話に敢えて触れなかったということを考えると、そこには余程大きな何か——後ろ暗い歴史があったんじゃないかと思えるね。ちなみに『出雲国風土記』にも、建御名方や事代主の神名は、どこにも紹介されていないんだ」

「………」

またしても、勝利者の残した歴史だ。

敗れた者には、言葉を与えられない。だから我々が本当に真実を知ろうと思ったら、それら以外の部分を——ジグソー・パズルのピースを嵌《は》め込《こ》むようにして——少しずつ拾い集めて行かなくてはならないのだ。とはいえ今回は、物凄く大きなピースが目の前にある。

それは「御柱祭」だ。

この大きなピースは、一体奈々たちに何を教えてくれようとしているのか……。

ふと車窓に目をやると、景色は徐々に田園風景に変わりつつあった。まさに瑞穂《みずほ》の国だ。

そういえば……。

「国譲り——建御名方神について、沙織と話していたんですけれど」

「なにを?」

「ええ……」

と言って奈々は、先日の二人の会話を伝える。

出雲での国譲りの事件と、それに伴う建御名方神の諏訪への追放。

その事件は、現在まで続いている奇祭——御柱祭とは関係ないのか? もしもあるとすれば、どこでどう繋がっているのか?

「関係ないはずはないいな」

崇はあっさりと答えた。そこで奈々も、

「そうですよね」大きく頷く。「でも、どういう関連性があるのか、それが全く分からなかったんです。原因と結果を結ぶ線が見当たらなくて」

「……実は、俺もだ」

「え?」

「だから、俺もその点に関して知りたかったんだ。というより、御柱祭そのものの意味——本質を知りたい。それが分かれば、きっと諏訪に関する全ての謎が解けてくるような気がする」

「そう……なんですか」

「じゃあ、この御柱祭に関しても、ごく簡単に説明しておこう。具体的な詳しい話は諏訪に到着して、地元の緑川くんたちの話も交えながらにしよう」

「はい」

「諏訪大社最大の祭礼として、全国に知られているこの御柱祭は、延暦十七年(七九八)——坂上田《さかのうえのた》村麻呂《むらまろ》が征夷大将軍になった翌年——の寅年が最初といわれている。ちなみに、干支の暦法は天智《てんじ》天皇の頃からだな。そしてその後、十二支の申年と寅年に行われ続け、一回も欠かすことなく、平成四年(一九九二)の申年、ついに二百回目にあたるという御柱祭が盛大に行われた。そして、この御柱用材は、上社は、八ヶ岳山麓の社有林『御小屋山』から、下社は、下諏訪町東《ひがし》俣《また》国有林から伐り出される。しかし、その年の環境によっては、全て東俣国有林から伐採されることもあるという。またこの時、諏訪大社の神宝の一つである『薙鎌《なぎがま》』と呼ばれる、鳥の頭のような形をした鎌——一見、鋸《のこぎり》のような鎌——が、悪霊《あくりょう》・災難除けとして御柱用材に打ち込まれる」

「なぎがま……ですか」

「そうだ。読んでそのままの呪物《じゅぶつ》だ」

「え?」

「神の心を和《な》ぐ——慰めるための鎌ということだろうと思うが、これもまだはっきりとは言えない。もしかしたら、他にも意味を持っている可能性はあるだろう」

「そうですね……」

「さて――。この御用材は、樹齢百五十年以上、周囲約三メートル、長さ約十八メートルにも及ぶ立派な大木で、生木の重さは十から十二トンともいわれている。そして今言ったように、下社の御柱祭は、下社の北東、東俣地域周辺から伐り出される。ところがこの方角の延長線上に、旧御射山《みさやま》がある。そしてこの『御射』こそ『ミシャグチ神』だろうといわれているんだ」

「ミシャグチ神！」

またしても登場した。

あらゆるところで関わってくる、諏訪土着の神。

「そしてさっきの『彼岸』に関係してくる話なんだけれど、守屋隆さんの説として、『御柱祭は東方に育っている大木を切り倒し、氏子総出で一直線に西方に曳行《えいこう》し神殿に建てる祭礼である。二百年以上もの長い年月、風雪に耐えて年輪を重ねた大木を、伐り倒すことは東方の生命の代表を殺すことである。しかもその生命の代表を正に太陽が沈まんとする十二支の申の年に西方に曳行して「根《ね》の国」へ送るのが御柱の意義ではないだろうか』というものもあるんだ」

「根の国……ですか」

「出雲国もそんな風に呼ばれていたね。その他、日本各地に、そういった場所がある。つまりそこは、王権側から見て、最も忌避《きひ》すべき場所であるということだ。自分たちのいる『此岸《しがん》』に対して、『彼岸』という意味でね。それゆえに『御頭祭』のような、非常に血生臭《ちなまぐさ》い神事も、今日まで生き残ったともいえるだろうな」

「はい……。七十五頭もの鹿の頭を、神前に供えたという神事ですね……。でもそれって、一体どんな意味があったんでしょう？」

「御柱祭に並ぶ大きな謎だね。もちろん現在は、剝

製の鹿の頭が三頭、神前に飾られるだけになってい
るけれど、昔は鹿の頭だけではなかったようだ」
「え……」
「この御頭祭に関しても定説がなく、山の神を称え
る儀式なのだとか、神と人間とが一体になるための
神事だとか、色々な説が残っている。しかし、確か
に神前の供物が余りにも生臭いな。これは菅江真澄《すがえますみ》
という人が、天明四年（一七八四）三月六日に御頭
祭・酉の祭を見物した時のスケッチをもとに、守矢
史料館内に復元されている物が書かれているパンフ
レットなんだが――」
と言って崇は、また今度は違う資料を取り出して
読み上げた。
「『木の樽には白い野兎が松の棒に串刺しにされて
いる。両耳をピンと立てて、四肢も突っ張った状態
である。その足元の辺りには、鹿か猪の焼き皮と、
海草の「あらめ」が、やはり串に刺さって飾られて
いる。その他、肉料理としては、鹿の「脳和え《のうあ》」
「生鹿《なま》」「生兎」「切兎」「兎煎る」鹿の「五臓」など
が供されたという。ちなみに「脳和え」は茹でた鹿
肉と、その脳みそを和えた物。中世には鹿の頭だけ
でなく体全体が献ぜられ「禽獣《きんじゅう》の高盛《たかもり》」となったと
いう』ということらしい」
しかしこれは……。
とても神前に供えられる供物とは思えない。
余りにも生々しく荒々しすぎるではないか。
鹿の脳和え――？
禽獣の高盛――？
「もちろん」と崇は続ける。「その他にも、根曲太刀《ねまがりのたち》、
藤刀《ふじがたな》、呪術用具としての『重籐弓《しげどうのゆみ》』や『鹿鏑矢《しかのかぶらや》』。
そして『サナギ鈴』――これは、鍛造した薄い鉄板
を、メガホンの形に丸めて内部に鉄の舌を吊るし、
鈴のように作ってある鉄鐸《てつたく》だ――などなど、呪物的
な品々も供えられたそうだがね。あと、『御贄柱《おにえばしら》』
――一名を『おんねばしら』。そしてまた『御杖《おつえ》』。
これは、節のない檜《ひのき》の角柱の上端を尖らせ、これに

檜、辛夷《こぶし》、柳、ジシャの枝、そして柏の葉に麹《こうじ》を盛ったものを折箸に差して取り付け、さらに矢を付けて篠《しの》のムシロの上に置く——。などという物も飾られたようだ」

しかしそれにしたところで、数多くの生き物の血が流されたことに違いはない。両耳をピンと立てて四肢を突っ張った野兎の串刺しというのも、かなりリアルだ。

さすがに今では、実際に血を流さなくなっているとはいうものの、わずか二百年ほど前までは、そんな神事が延々と続けられてきたのだ。

やはり太古からの神は、血を好むというのだろうか……。奈々が今まで抱いてきた「神」のイメージが、ここにきて徐々に変容しつつある。

だが良く考えてみれば、城や橋を造る際に、本物の人間が「人柱」として神に捧げられていた時代もあったのだ……。

神は人の生命を欲している。

でも、何のために？

我々をそっと見守ってくれるのが、八百万の神々ではなかったのか。それとも、その代償として必ず何物かの生命を捧げなくてはならないというのだろうか？　代償なしでは、我々の暮らしを守ってもらえないとでもいうのだろうか。

いや、そんなはずはない。

では、どうして……？

そんなことを考えながら、線路の左右に広がるのどかな田園風景を眺めていると、

「次は茅野に停車します」

という車内アナウンスが流れた。

崇は億劫《おっくう》そうに立ち上がると、黙ったまま荷物棚から二人分の荷物を下ろす。奈々はお礼を言って受け取った。

さあ、いよいよ、その諏訪大社にやって来たのだ。「あずさ」はスピードを落とし、予定時刻通り

に茅野駅に到着した。

空はどんよりと曇っていたけれど、ホームに降り立つと心地良い風が奈々の髪を揺らした。少し雨の香りがする。明日あたり、パラリと降るかも知れない。そんな気がした。

奈々は何となく……気が引き締まるような思いがして、一つ大きく深呼吸した。

《木霊》

一九九七年十二月。

今年も終わろうとしているのに、そして事件発生から二ヵ月が経っているというのに、栗山寅蔵殺害犯人逮捕の手がかりは、全くつかめていなかった。

遠く八ヶ岳まで、辺り一面銀色に降り積もっている雪を捜査一課の暖かい部屋から窓越しに眺めながら、戸塚は思う。

これで年が明けて春ともなれば、諏訪の町は御柱祭一色になる。何とか今年中に決着を付けてしまいたい。諏訪湖の御神渡のように、捜査も一直線に犯人目がけて進んで行けば良いのだが……。

戸塚は煙草に火をつけると、現在までの報告書と調書を交互に睨む。そして現段階での事実を、もう一度確認してみる。

まず——。

栗山の人間関係を調べた。去年まで勤めていた建築関係の会社を定年退職し、最近は奥さんと二人で悠々自適の暮らしをしていたらしい。もう既に引退していたこともあって、今は特に敵対している人間も見当たらなかった。

もちろん現役の頃は、仕事上でのライバルも多かったに違いない。しかしさすがに現時点では、そんな相手もおらず、また昔の対立も引きずっていないようで、平和に暮らしていた。

〝そうなると、やはりこいつは、何らかの事件に巻き込まれたのか……〟

戸塚は煙を、ふうっと吹き上げた。

次は、ずっと気になっていた燕沢夫婦のアリバイだ。しかし二人は、燕沢義夫の証言通りに、事件の前々日から県外の温泉に出かけていた。そして事件当日は、夕方から旅館を一歩も出ていないことが確認された。

まあしかし……考えてみれば、燕沢がわざわざ栗山を自宅の庭に呼んで殺害する、という話もないだろう。

もしも、この温泉旅行がアリバイ作りの一環だとしたら、もっと気の利いた——という言い方も変だけれど——場所での殺害を計画するだろう。何も、確実に自分が事情聴取されると分かっている自宅の庭でなどという方法は取るまい。

とすれば犯人は、燕沢夫婦が出かけているその隙に、栗山を呼び出して殺害したというのだろうか。

では、何故わざわざ燕沢の家に？

その必然性が分からない。

いくら留守になっているとはいえ、他人の家の庭だ。黛も言っていたように、人目に付きやすいし、いつ家主が戻って来るかも分からないのだ。そんな危険を冒すのならば、林の中や小川っぺりや神社の裏手など、いくらでもそんな場所はある。

ということは……やはり栗山は、燕沢夫婦が外出していることを知らずに家まで訪ねて行き、そこで何らかのアクシデントに見舞われたのだと考えた方が自然だ。前にも黛が言っていたように、空き巣に入ろうとしていた犯人と鉢合わせしてしまい、あるいは燕沢本人と間違えられてトラブルになり——殺害された。そんなところだろう。

戸塚は、大きく煙を吹き上げた。

しかし、概要はそれで良いとしても……。

それならば、どうして犯人は栗山に対してあんな面倒臭いことをしたのか、という疑問は相変わらず残っていた。

塩を撒いて、木の棒を遺体に突き立てて、その上白兎まで殺して——。

報告では、例の木の棒は死後に刺されたことが判明していた。

「とどめを刺そうと思ったんですよ。それ以外に考えられないでしょう」

確かにそうかも知れないし、それならばそれで良い。

だが、あの大量にバラ撒かれた塩に関しては、どうやって説明をつける？

当初あの行為は、いわゆる「白い粉」を隠すためだと戸塚は確信していた。しかし、その予想に反して現場からは、一粒のヘロインも、ＬＳＤも、そしてそれに準ずる何物も検出されなかったという。

そうなると、犯人の意図が全くわからない。

万に一つ、あれが怪しい宗教の狂信的な信者による儀式だったと考えても、それでは「空き巣狙い」と結びつかなくなってしまう。

戸塚と溝口は念のために、事件当日に近所のスーパーやコンビニで食塩を一袋買い求めた人間はいなかったかどうかを調べた。だが、夕食時ならばまだしも、殺害推定時刻以降で、そんな物を買った人間を見つけることはできなかった。しかも、燕沢家のキッチンからも、食塩はなくなっていない。

そうなってくると、ここでは二通りの可能性しか考えられないだろう。

まずその一。

犯人は最初から塩を用意していたということ。少なくとも栗山を殺害した後で、あわてて買い求めたのではないのだから、あらかじめ塩を持参していたということになる。

そしてその二。

犯人は近所に住む人間で、急いで自宅に戻って塩を持って来た。しかしそうだとすると、現場を出たり入ったりするために、目撃される危険性が非常に高くなるが、可能性としてはあり得る。というよりも、最初から持参していたという話の方が納得しづらい。

そこで戸塚たちは、近所の家を個別に訪ねてみたのだが……。今以て、芳しい収穫は得られていないのである。

月見ヶ丘住宅地自体は、百棟もの建売がある。それらがいくつかの区画に分けられて整然と並び、一つの大きな「町」を形成していた。そして黛たちの一画は、十数棟ほどの建売住宅が――国道を一本挟むものの――きちんと碁盤の目のように整然と建てられている区画だった。

住んでいる人々も十人十色で、黛のように元々この辺りで暮らしていたけれど、自分の土地と等価交換――あるいは、やや有利に交換して――建売を手にした人や、少し田舎の方から自分の土地を売って来た人や、実家が手狭になったために子供たち――といっても成人だが――だけで家を出て住んでいる人や、自分の勤めている会社が社宅として買い上げたので、それを借りて住んでいる人や、新婚家庭や、老後一人で住んでいる人……などなど。住人の年齢も、二十代半ばから七十代後半まで、実にさまざまだった。


〝そういえば、黛さんの家の隣人も、若い男性だったな……〟

何となく思いだして、戸塚は資料をめくる。

地元の新聞社が家族用の社宅として買い上げた家に、たまたま空いているということで、会社関係の独身男性が一人で住んでいた。

羨《うらや》ましい境遇だな……などと呟《つぶや》きながら書類を閉じると同時に、

「警部っ」

溝口が息を切らして部屋に走り込んで来た。真冬だというのに、額に汗をかいている。

「事件ですっ！」

何だ……、と戸塚はイスをくるりと回して溝口を見る。

「また殺人か？」

「はいっ」

「今度はどこで？」

「またしてもっ、穴師村の例の建売住宅地で」

「何だって？」

「はっ。しかも――」

溝口は、一つ大きく深呼吸した。

「今回の被害者は、黛功司郎さんなんですっ」

「えっ！」

「そして、燕沢義夫さんの二人で！」

「おいおい、そいつは――」

「前回の関係者二名ですっ」

「冗談じゃないぞ！」戸塚はイスから跳ね上がるようにして立ち上がった。「間違いないのか？」

「残念ながら……」

「現場はどこだっ」

はいっ、と溝口は真剣な眼差しのまま答える。

「この間亡くなった、栗山さんの家の庭で――」

「はあ……どういうことだ？」

戸塚の問いに溝口は、黙ったまま肩を竦めた。

何がどうなっているんだ――。

戸塚は上着をひったくるようにしてつかむと、足早に駐車場へと向かった。

「それで……」

戸塚が助手席に身を沈めると、溝口はエンジンキーを捻りながら悲痛な顔つきで言う。

「何とも言いようがないんですが……」

「どうした？」

「黛さんの遺体なんです……」

「だから、どうしたんだ！」

珍しくイラつく戸塚を横目でチラリと見て、溝口は言った。

「損壊《そんかい》がありまして……」

「何だと。また木の棒でも突き立てられていたって言うんじゃないだろうな」

「いえ……その」アクセルを踏み込みながら答える。「首が……」

「首がどうした？」

「切り落とされていたんです。斧《おの》で」

「なんだとお？　どうしてそんなことをされなくちゃならないんだ？」

「分かりません……。でも、現場に到着する前に、一応ご報告をと思い……」

「燕沢さんの方は？」

「右後方からの刺殺のようです」

「ふん……」

何がどうなってる？

戸塚は腕組みをして唸った。

どうして黛さんまでもが、巻き込まれてしまったのだ？　何かを見たのか、それとも個人的にあの事件に首を突っ込んでしまったのか。

ついこの間までは、のんびり呑気《のんき》に暮らしていたというのに。奥さんも早くに亡くされて、たまに訪ねて来るお孫さんと遊ぶことだけを楽しみにしていた、ごく普通の老人だったのに。

そういえば――。

この間も、来年の御柱祭に孫が遊びに来るんじゃよ、と頭をつるりと撫でながら嬉しそうに話していた。それは、元刑事の顔ではなく、完全に市井《しせい》の好々爺《こうこうや》の笑顔だった。

それが何故？

しかも……しかもである。

首を切り落とされて――？

戸塚は体中を久しぶりにアドレナリンが駆け巡るのを感じた。


現場に到着すると、女性が二人、泣きながら抱き合っていた。燕沢と栗山の夫人たちだ。戸塚は二人に優しく声をかけると、そのまま奥へと向かった。

ほんの数ヵ月前に来た現場だ。

国道沿いに並んで、栗山が殺害された燕沢家、そして浪岡《なみおか》という家があり、今回、燕沢義夫と黛さんの殺害された栗山家が建っている。

浪岡家には、前回も顔を出した。浪岡菊乃《きくの》という六十過ぎの女性が一人暮らしをしていたはずだ。またどっちみち、今回も訪ねて行かなくてはならないだろう。

そして、その栗山家と国道を挟んで向こう側に見えるのが、黛さんの家というわけだ。主を亡くしてしまったその家は——気のせいだろうけれど——どことなく暗く冷たい印象を受けた。

「こちらが現場なんですが……」

地元の警官に案内されて庭にまわると——。

庭の中央は雪が綺麗に取り除かれていて、黒い土が顔を見せている。その場所に、二人の遺体が横たわっていた。一体の首は綺麗に切断されており、少し離れた場所にゴロリと無機質な物体のように転がされていた。

戸塚はゆっくりと近寄って、その首を覗き込む。

一見全く別人のように思えたけれど、黛功司郎に間違いなさそうだった。後ほど、胴体と共にＤＮＡ鑑定されるだろう。

戸塚は小刻みに震え出す自分の体を何とか抑えて、振り返って尋ねる。

「雪は、誰が掻いたんだ」

「犯人のようです」溝口も沈鬱《ちんうつ》な表情で答える。「足跡を残さないようにしたんじゃないでしょうか」

「なるほどな……」戸塚は苦々しく言う。「きちんと殺人のステージをこしらえて、行為に及んだというわけか」

「もしくは、終了後に足跡を消したのか……」

「そんなところだろうな。それで——どう思う。前回と同一犯と考えられるかね？」

「まだこの時点では何とも……。しかし、その可能性はありますね」

しかし——、と戸塚はゆっくり庭の入り口に戻りながら嘆息した。

「今回はまた、残虐だね。どうして功さんの首を切り落とす必要があったんだ？　何もそこまでしなくとも良かろうに」

「そうですね……。別に首を隠そうとした形跡も残っていませんしね」

「ふざけやがって」

「第一、黛さんと燕沢さんを揃って殺害するというその理由も不明ですよ。一体何があったのか……」

「あの二人が争ったということは?」

「それはないようです。それに、さっきも言いましたように、燕沢さんは後ろから刺されていますし」

「ふん……」

戸塚が白い息を大きく吐き出した時、

「警部さん」と一人の鑑識が走り寄って来た。「あの……庭の隅に、あんな物が」

「え?」

戸塚たちは、鑑識たちのつけた足跡を踏み外さないように、慎重に歩きながら庭の隅まで行くと、そこには小さく赤黒い血溜まりができており、その中央に黒いかたまりが落ちていた。

「何だこれは……?」

「首を切り落とされた、亀です」

「亀だとぉ?」

「はい……」

確かに亀だ。

しかし、どす黒い甲羅から先、首の部分が見えない。そして亀の首は、少し離れた小さな血溜まりの中に転がっていた。

「……しかし、一体」

どういうことだ?

前回が「兎」で、
今回は「亀」?

「犯人は――」溝口が不愉快極まりないといった顔つきで鑑識に尋ねる。「遊んでいるのか?」

「さあ……」鑑識は、自分に尋ねられても困るという顔をした。「私たちには何とも……。警部さん、いかがですか?」

「見当も付かないね」

腕組みしたまま首を捻る戸塚の横で、溝口も唸った。

「やはり、何か狂信的な人間の仕業なんでしょうか。それとも、ただの愉快犯か」

「愉快犯にしちゃあ、大事《おおごと》だよ」戸塚たちは、再びゆっくりと戻る。「これがもしも同一犯の仕業だとしたら、何しろそいつは、一般人を三人も殺してるわけだからね」

よし、と戸塚は黛の遺体に向かって手を合わせると、溝口を振り返った。

「このまま聞き込みに行こう。まず、あの真ん中の家——浪岡家だ」

「はいっ」

二人は雪道を、隣の家に移動した。

浪岡家には相変わらず、今年六十四歳になる菊乃が一人で住んでいた。小柄で上品な感じの女性だった。

建売住宅地というと、何となく若い家族を連想してしまうが、この辺りは年齢のいった人々も多く住んでいる。浪岡菊乃も、当初は息子夫婦と住んでいたのだけれど、息子が急に名古屋に転勤になり家族共々引っ越すことになった。しかし菊乃は長年住み慣れたこの諏訪の地を離れたくないために、一人残っているという。

菊乃は、すでに地元の警察からも事情聴取されているだろうにも拘《かか》わらず、戸塚たちの訪問を嫌がらずに受けてくれた。

「でも……」菊乃はやっと聞き取れるくらいの小さな声で言う。「私には、何も分かりませんですが」

「構いません」戸塚は頷く。「どんな小さなことでも良いので、何か気付いた点や、思い出されたことなどがあれば教えていただきたい」

本当だった。

どんなに小さなことでも良い。それを手がかりにして、絶対に犯人を逮捕する。今回ばかりは、何があっても許せない。そう決心していた。

「でも、そう言われても」菊乃は顔を伏せた。「特にこれといって何も……」

「不審な物音を聞いたとか？」

「ここは国道沿いですから、意外にうるさいんですよ。だから、よほど大きな音でないと、気が付きません」

「では、誰か怪しい人影を見たとか？」

いいえ、と菊乃は首を横に振る。

「怪しい人なんて、そんな……。ああ、そういえば赤江《あかえ》さんが歩いていましたけれど……」

「赤江さん？」

戸塚と溝口は、同時に顔を見合わせた。

「赤江さんというと——」溝口はメモ帳を開いたまま尋ねる。「道路の向こう側の区画の、一番隅の方ですか？　確か五十代半ばの女性の方だ」

「あら、良くご存知ですこと。そうです、赤江初子《はつこ》さん」

「それで、その人がいつ？」

「昨晩ですよ。でも、時間はちょっと……」

「どこを歩いていたんですか？」

「国道を横切ってね。ええ、雪が積もっていたでしょう、だから危ないわねえと思って二階の窓から見ていました」

「間違いないですね」

「間違いはないですけれど……。でも関係ないと思いますよ」

「それは、こちらで判断します」

「そうですか……」

お互いに目配せをして、

「ありがとうございました」と戸塚と溝口は頭を下げた。「また何かありましたら、よろしくお願いします」

ええ、と菊乃は不安そうに頷いた。

「早く犯人をつかまえてくださいね。もう、両隣の奥さんたち、可哀想で見ていられなくって」

「全力を挙げています」

「お願いしますよ。それに、来年は御柱祭があるっていうのに、物騒《ぶっそう》で物騒で夜も出歩けませんからねえ」

「その通りです」

「それに、こんなことが続いていたら、この一画だけ人が近寄らなくなっちゃうでしょう。いつも警察の人たちとテレビの報道陣ばかりで、お客様を呼びづらくなるし」

「確かに確かに。分かりますよ」戸塚は頷いた。

「では、お邪魔しました」


溝口と二人で国道を横断して、対面している区画へと向かう。そして、綺麗に整備された小さな町並み——まさに町並みだ——を歩きながら、ふと思った。

菊乃の言う通り、こんな事件が立て続けに起こっていたら、この一区画は敬遠されるだろう。そして建物の評価額や、下手をしたら地価までも下がるかも知れない。ひょっとすると、そんなことも犯人の動機の一つにあるのか。

どうも戸塚には、変な儀式や偏執的な新興宗教という考え方はしっくりとこなかった。むしろ、そういう現実的な動機の方が納得できる。但し——そんなことのために、人を三人も殺すという点はさすがに首肯《しゅこう》できなかったけれど……。


「警部、この家です」

溝口が言って「赤江初子」と書かれた表札の脇の呼び鈴を押した。しばらくして、

「はい……」

という低い女性の声が返ってきた。そこで溝口は、来訪の意図を告げる。やがてゆっくり扉が開き、五十代半ばの白髪の女性が姿を現した。迷惑そうな表情を全く隠そうとはしていなかった。

彼女にも以前、一度ここで会っている。その時は簡単な聴き取りだけだったけれど、やはり同じよう

な態度を示していた。隣人に聞けば、近所付き合いも殆どないらしい。ゴミ当番などにも参加せず、その分のお金を支払っているという。ただ彼女はこの地域の古い住人だった。土地を売却して、ここに住んでいるのだという。

戸塚たちは「すみませんが……」と言って玄関に入り、実に嫌そうに迎えられた。

ぷん……とお香の匂いがした。

そして玄関に飾られた、たくさんのお札。一番大きな物は、もちろん諏訪大社の木の札だったけれど、その他にも小さなお札やら、何やら変てこりんな模様の描かれた和紙の札が壁に貼られている。何種類の神様たちがいるのだろう。

〝神様同士で、喧嘩《けんか》しないのか〟

以前も思ったけれど、同じことを考えてしまう。

赤江初子は、相変わらず長い白髪を首の後ろの辺りで結わえて、毛先は背中まで垂らしていた。胸元には、ピンク色の珊瑚《さんご》のネックレス。そして両腕には何のお呪いなのか、五色の紐《ひも》のような物を巻いていた。そして、猜疑心《さいぎしん》の強そうな小さな目で、じっと戸塚たちを睨む。

「何でしょうか……」

そこで溝口は、向こうの区画で殺人事件があったことを告げる。また、お話をうかがいたい——と。

「またですか……」

「よろしくお願いします」

「ダメだと申しても、お帰りにならないんでしょうね」

「仕事なもので」

「因果な仕事ですわね」

「すぐに終わりますから」

と言って戸塚は、今度は栗山家で事件があったことを告げ、何でも良いからと情報を求めた。

「申し訳ないですが、何も存じません」初子は視線を逸らせ、首を横に振る。「私には、全く関係のない話ですので」

「そうですか……」戸塚は正面から見る。「ところであなたは、昨夜遅く、外出されましたね」

「…………」

「しておられませんか？」

「外出くらい致します」

「どちらまで？」

「あちらのコンビニです。調味料を切らしてしまったもので」

「おや……変ですなあ」

「何がでしょうか」

「あなたは、国道を渡られたんじゃないですか？　コンビニだと、逆方向だが」

「……その前に、向こうの区画にある、中里《なかざと》さんの家に行ったんです。用事がありまして」

「ああ。一区画向こうの建売ですね。またそれは、ずいぶん遠くまで」

「遠くはありません。私にしてみれば」

「なるほど」戸塚は視線を逸らさずに頷く。「それならば国道を渡りますな。しかし、雪の夜だというのに、どうしてわざわざ？」

「電話では話せない用事だったものですから。しかし――」初子は二人を睨み付けた。「そんなことまでお話ししなくてはならないのでしょうか」

「一応、参考までにと思いましてね」

「何もご存じないのに、煩《わずら》わしいことです」

「知らない――というのは、我々が何を知らないとおっしゃるんですか？」

「全てです。何もご存じない」

「おっしゃっている意味が分かりませんが」

ふん……と初子は鼻で嗤《わら》った。

「あなたは諏訪に何年いらっしゃいます？」

「ぼくは、諏訪生まれだから、今年で五十年ですよ」

「そちらの方は？」

「自分も」溝口は、明らかにムッとしながらも答えた。「生まれた時からですから、今年で三十六年になりますが」

「お二人とも、それほど長く住んでらっしゃるというのに、何もご存じないのでしょうねえ」

「いや確かにあなたは、この諏訪の地に長いとお聞きしましたが」と戸塚は苦笑いした。「知るも知らないも、一体何の話をしてるんですかね？」

「諏訪大社です」

「大社？　それが？」

「御柱祭」

「もちろん知ってますよ」溝口が笑った。「来年、自分も参加しますから」

「来年じゃありません！」

突如、初子は真剣な顔で声を荒げた。

「え？」

「今も昔もずっとです！」初子は冷やかに言い放つ。「去年も今年も来年もです。あなたたちは、ご自分の住んでらっしゃる土地に、何の関心も持っていないのでしょうか」

「こう見えても郷土愛に関しては、他人に引けを取らないつもりですがね」溝口は言い返す。「それなりに勉強もしてますし」

「何の勉強だか……」初子は再び嗤った。「それに今、郷土愛とおっしゃいましたけれど、そもそも『愛』という言葉は、その相手への憐憫の気持ちから始まっているんです。ではあなたは、このご自分の故郷の一体どこに『憐憫の気持ち』を抱いているとおっしゃるんですか？」

「へ？」

「諏訪の国の誰に、対して、憐憫——愛情を注いでいるのかと訊いているんです」

「そ、それは——」溝口は目を瞬かせて戸塚を、そして初子を見た。「ぜ、全部ですよ、もちろん。諏訪の風土全てに」

「……お話になりませんね」初子は大きく嘆息する。「私は、警察の方というのは犯人と対峙し、被害者を救難するのがお仕事と思っていましたけれ

「しかし……。こうなると、ますます彼女の行動が怪しいですね。本人から直接聞き出すのは難しそうですから、違う方面から調べてみますか」

「そうだな。無理矢理連れてくるわけにもいかないからな。そして連れてきたところで、また自分の勝手な意見を滔々《とうとう》と喋《しゃべ》るだけだろうしな。全く、まるで──」

偏執的な新興宗教。

その言葉を呑み込んだ戸塚に、

「どうしました？」溝口が尋ねる。

「い、いや、何でもない……」

戸塚は無理に笑い返した。


ど」

「え？　もちろんその通りですよ。だから今もこうやって──」

「とにかく、もう話すことは何もございませんので。さあ、お帰り下さいな」


「失礼な女性でしたね」

帰り道で溝口は言う。

「何ですかあの態度。まるで自分だけが、この諏訪のことを全部知ってるような言い方で。そして、我々が何も知らないでのうのうと生きてるみたいな」

まあまあ、と戸塚は笑いながら溝口をなだめた。

「ああいった連中は、どこにでもいるさ。自分の考えだけが正しいと思い込んでしまっている輩《やから》だ。百パーセント正しいなんてことは、この世の中に存在しないんだがね。そんなことも分からないで、好き勝手を言ってるだけだよ」

＊

茅野はさすがに諏訪大社の最寄り駅だけあって、奈々の想像以上に大きく拓けていた。目の前には立派な駅ビルと、近代的な市民館が建っている。

ホームから改札に向かう途中で、

「ああ、そうだ」と崇が思い出したように言った。「改札には、緑川くんの他に二人ほど来ていると思う」

「もう二人？　どなたですか？」

「これも全くの偶然だったんだけれど、俺の中学時代の同級生が諏訪——緑川くんの家の近くに住んでいたんだ。中一、中二と同じクラスだった男で、鴨《かも》志田《しだ》翔一《しょういち》というんだ。この間、十五年ぶりに電話で話した。しかし不思議なもので、一瞬にして全ての記憶が蘇《よみがえ》ったよ」

「それはまた偶然——奇妙な縁ですね。地元の方なんですか？」

「出身は三重県だ。確か伊賀《いが》と言っていた。父親の仕事の関係で東京に住んでいたんだ」

「伊賀出身なんですか」

「ああ。彼の家は、代々続く忍者らしいよ」

「また、そんな冗談を」

「いや、本当だ」崇は真顔で答えた。「数字の隠語《いんご》や、印《いん》の切り方などを教えてもらったし、本物の手裏剣を見せてもらったこともある」

「えっ……」

「鴨志田は神職の息子でね。伊賀にある『出賀茂《いずかも》神社』という社の跡取りなんだ。一時期は学芸員の資格を取って、国立歴史民俗博物館にも勤めていたようだけれど、現在は諏訪の新聞社に勤めていると聞いた」

「神社の跡取りで……学芸員で……新聞記者？」

わけが分からない。

奈々も実際に、本業は医者だけれど写真の腕も絵画の腕もプロ並みで、お茶の会を主宰し、お能の舞台に立ち、そして漫画を出版しているという人物に会ったことがあるけれど……世の中には、色々な人間がいるものだ。

「そしてもう一人は、彼らの友人だそうだが、俺は知らない」

崇は言って改札に近付く。

するとそこには——万が一崇たちが分からないといけないと思ったのだろう——「桑原くん・棚旗さん」と大書したプラカードを持っている男性が見えた。ジーパンを穿《は》いて派手な真紅の長袖シャツを腕まくりしていた。

奈々たちはあわてて、そのプラカードを手にした男性に走り寄って挨拶した。

〝この人が、忍者の子孫？〟

奈々は、まじまじと見つめてしまった。身長は、崇より少し低いくらいで中肉中背。サラリとした髪を真ん中から軽く分けていて、くっきりとした眉毛と、ちょっと眠たそうな二重の目。細面《ほそおもて》の整った顔立ちだけれど、少し頼りなさそうな印象を受ける。顎の辺りに無精《ぶしょう》鬚《ひげ》が残っているのは、ご愛敬といったところか。忍者というよりは、確かに旧家の人の良さそうなおぼっちゃまという感じだった。

同時に、彼の側で待っていた女性二人が奈々たちを認め、満面の笑みを浮かべて迎えてくれた。

緑川由美子はすぐに分かった。相変わらずの長い艶《あで》やかな栗色の髪が、陽にキラキラと輝いている。お姉さん——友紀子同様の意志の強そうな顔、そしてスラリとした長身。初夏らしく、細めのジーパンにクリームイエローのブラウス。その上から短めのスプリングコートを羽織っていた。都会的なＯＬの雰囲気だ。

「お元気でしたか？　姉からお話は聞いていましたけれど」

などと奈々に話しかけてくる彼女の隣から、崇はぶっきらぼうに紹介する。

「ああ。こちらが鴨志田翔一くん。さっき言ったように、俺の中学校の同級生。こちらが、棚旗奈々くん。大学の後輩で、同じく薬剤師」

初めまして、とお互いに挨拶する。

「桑原とは、九段坂《くだんざか》中学で同級だったんです」照れ臭そうに笑った。「でも、それ以来で」

「久しぶりだが、面影は変わっていないな。すぐに分かった」

「ああ、ぼくもだよ」と鴨志田は頷いたが、すぐに真面目な顔になった。「しかし、桑原にこんな素敵な彼女がいるとは想像もつかなかったよ。ぼくなんか未だに相手を見つけられないのに、どうして桑原にできちゃってるのかなあ……不思議すぎるな。それで、結婚は？」

「いいや」

「そうか。じゃあ婚前旅行だな、羨ましい」

え――。

「あ、あの――」

とあわてて訂正しようとする奈々の言葉を、鴨志田は遮って笑う。

「しかし何にせよ、良かったよ。何しろあの頃の桑原ときたら、偏屈の塊《かたまり》のようでさ。まともに口をきいたことがあった同級生は、おそらくぼくくらいじゃなかったかな」

「鴨志田に教わった印の切り方は、まだ覚えてる。まだ苦無《くない》を持ってるのか？」

「ああ……」悪戯《いたずら》を見つかった子供のように、奈々から視線を外して照れ笑いした。「恥ずかしいな」

「別に隠すことじゃないだろう」

「何ですか、くないって？」

「鋼《はがね》でできた、サバイバルナイフみたいな物だよ。ナイフにも包丁にも手裏剣にも火打ち鉄《がね》にもなる優《すぐ》れ物だ」

「手裏剣……」

「いいじゃないかそんなことは」翔一は本当に耳を赤くしていた。「でも興味があるならば、後で見せてあげる。ただ標準の物よりも、かなりコンパクトな造りなんだけれど、その分とっても使いやすいんだ。キャンプなんかではとっても便利だね。もしも欲しければ、取り寄せてあげられるし。標準で良いのかなあ」

標準の「くない」自体を知らないので、

「はあ……」

と曖昧に頷く奈々に、

まあとにかく――、と翔一は言う。

「桑原は変な男だけれど、決して悪い人間じゃないと思う。とは言うものの、実はぼくも余り知らないから確約はできないけれど」

え――。

何の話だ？

でも……由美子といい、鴨志田といい、崇と会って本当に嬉しそうなのが謎だ。こんなに無愛想で、おそらく友人などいなかったであろう男性なのに、なぜかたまにこういった旧友（？）が登場する。そしてここが重要なポイントなのだけれど、彼らはご多分に漏れず「変人」だ。

そんな彼らにとって崇は、一体どういう存在だったのだろう？　少なくとも「友人」ではないはずだ。チャンスがあれば、こっそりと訊いてみたい気がした。

そして隣にいる、可愛らしいブルーのパーカーを着た女性を、由美子が二人に紹介した。

「百瀬麻紀《ももせまき》さんです。私と同い年で、家も近所なんです。私たち三人とも、月見ヶ丘の住宅地に住んでいるんです」

奈々は、よろしくお願いします、と頭を下げる。麻紀は由美子と対照的に、色白で小柄。丸い顔に大きな瞳の女性だった。少し内気なのだろうか、視線を逸らせてもじもじしている。とても可愛らしい女の子だった。

今日、由美子と翔一の友人――崇と奈々が東京から諏訪大社を訪ねて来るという話を聞いて、ぜひ一緒にまわりたいと言って来たらしい。

「すみません……お邪魔してしまって。お噂《うわさ》は、由美子から聞いています」

どんな噂なのかは分からなかったけれど——。

ペコリと頭を下げる麻紀に、

「全然構わないよ」崇が相変わらずぶっきらぼうに答えた。「それに地元の人ならば、色々と俺たちの知らないことを知っているだろうし」

そうだね、と翔一も言う。

「地元の人たちが常識だと思っていることが、他県の人たちにとっては、意外と想像外のことだったりするからね」

「そうだと良いんですけれど……」

「さて、早速目的地に出発しよう。取り敢えず向かってからお昼にするよ」

今日は翔一の運転するミニバンで、前宮の近くまで移動するらしい。本当ならば、数時間で四社全てまわれるそうなのだけれど、とにかくこんな日だ。途中から交通規制がかかっているらしかった。


奈々たちは全員で車に乗り込む。助手席には崇が座り、その後ろには奈々と由美子が並び、一番後ろの座席には麻紀が腰を下ろした。

「とにかく今日は、すごい人出なんだ」翔一は車を出発させながら言う。「やっぱり、この間のオリンピックで紹介されたのが効いたみたいだな」

「おそらく観光客数は——」由美子が頷く。「今日だけで六万人を超えるんじゃないかと、役員の方が言ってました。例年を遥かに上回って」

「六万人！」

「ええ」

「山出しの時の木落坂も物凄い数の観客で、しかも時間が大きくズレこんじゃったから大変だったんですよ。収拾がつかなくなっちゃって」

ああ、と翔一が横目で崇を見る。

「ぼくもあんな人数の観光客は、初めて見たね。だから今回は、里曳きからの見物で良かったんじゃないかな。ぼくもずっと付き合って、しかも同時に仕事ができるし」

翔一は、七、八年前からここ、諏訪市の新聞社に勤めているという。本当は小松崎のようなフリーのジャーナリストを目指していたらしいのだけれど、たまたま歴史関係の雑誌に書いた諏訪の話が、今の会社の上司の目に留まって、こちらに正式に招かれたのだという。

「田舎には戻らないのか？」

「ああ。今のところ神職を継ぐ気はない」

「あんなに由緒正しい神社なのにか？」

「由緒があろうが歴史を持っていようが、興味がないものは仕方ないだろう」

「それは、嘘だな」

「えっ」

「少なくとも鴨志田は、日本の歴史に興味あるはずだ。ただ実家に反発しているだけなんだろう。それがどんな理由なのかは知らないが、あの神社を継げる資格を備えているんだから、喜んで引き受けるべきだと俺は思う」

「いいじゃないか別に、ぼくのことなんか……」

「もちろん構わないさ。俺が心配しているのは、神社の存続の方だ」

「相変わらず酷い男だな」鴨志田は苦笑いした。「今のところは弟もいるし、まあいずれ、安定を求める年頃になったら帰るかも知れないな」

「結婚して？」

「そう。早く安定したいもんだよ」

「その割には、まだ独身なんですよ、彼ったら」由美子が笑った。「私生活でも、安定を求めていないらしくって。もうそろそろ考えた方が良いんじゃないの？」

「それこそ大きなお世話だよ。なあ、桑原」

「全くその通りだ」

頭の後ろで両手を組んで生欠伸《なまあくび》する崇に向かって、由美子は言う。

「でも、桑原さんはこうして綺麗な方――棚旗さんがいらっしゃるじゃないですか」

「あ、あの……」

「でもね、それに比べて鴨志田さんは、全くいないみたいなんですよ。良い年なのに。彼、こう見えて意外と偏屈だから彼女ができないのかなあ」

「だから、大きなお世話だって！　ぼくらは、まだまだ仕事優先だよ。それに、ぼくが誰かと付き合ってしまったら、どれだけ多くの女性が嘆くことか。なあ、桑原」

「きっとそんなところだろう」

崇は即座に返答したけれど、果たしてこの男は、鴨志田ほど仕事に打ち込んでいるのだろうか……と奈々は心の中でこっそりと首を捻った。確かに自分の趣味にならば、寝食を忘れて打ち込んではいそうだけれど……。

「仕事といえば――」崇が翔一に尋ねる。「今回の御柱の取材はいいのか？　こんなにのんびりしていて」

「ああ、大丈夫だよ」翔一は片手で髪を掻き上げた。「今回のぼくのテーマは、御柱祭を外側からレポートすることじゃないんだ。そんなことは、他の人間がやってくれている。ぼくは、御柱祭の本質を探るつもりなんだ。だから、ずっと現場に張り付いている必要は全くないんだ」

「ほう……。じゃあ、俺たちの目的は綺麗に一致しているってわけだ」

「それは何とも言えないけれど……。実はね」翔一は悪戯っぽく笑う。「桑原が来るって緑川さんから聞いた時、これはただの偶然じゃないって思ったんだよ」

「じゃあ何だ」

「ぼくはさ、今までずっと御柱祭について調べてきていたんだけれど、どうしてもその核心――本質がつかめないでいたんだ。そこにお前が来るっていうだろう。これは天命だと感じたね。謎が解けるんじゃないかって」

「さあ、どうだかな」

「解けるって」

「現実は小説なんかと違うぞ。ページが終わる頃になっても、必ずしも結論が出てくるとは限らない」

「桑原ならば大丈夫だよ」

「そりゃあどうも。根拠は分からんが」

「まず信じることが重要。そうすれば何とかなる」

「相変わらずの楽天家だ」

「それが、昔からぼくの唯一の取り柄だからね」

そんな二人の会話に、奈々は——何故か軽い嫉妬を覚えながら——じっと耳を傾けていた。


やがて徐々に道は渋滞し始めた。どうやらこの先は、通行止めになっているらしい。観光客の数も格段に増え始めてきている。

そこで奈々たちは、車を捨てて歩き始めた。

天気は曇り空、暑くもなく寒くもなく、なかなか快適な気候に恵まれたようだった。

「本宮の御柱は」と翔一は、崇と奈々に説明する。

「昨日の朝、安国寺《あんこくじ》の御柱《おんばしら》屋敷《やしき》を出発して、夕方には無事に高部《たかべ》に到着してるんだ。そして今朝、順番に本宮に向かって曳行《えいこう》されてる」

「前宮は？」

「ああ。そっちは、昨夕の内に境内に曳き付けられてるから、そろそろ建て御柱が始まるんじゃないかな。予定では、十二時から十七時の間で、四本全部の柱が建てられることになってる」

奈々たちが前宮に近付くにつれて、沿道はますます物凄い人出になっていった。桟敷席や休憩所もたくさん設けられており、そこにも観光客が鈴なりになっている。そして必ずどこかで催し物が行われている。今奈々たちのそばでは、花笠踊りが披露されていた。遠くの方では、騎馬行列も見える。旗持ち、長槍、草履《ぞうり》取りなどの列が延々と続いているようだった。その他にも、紙吹雪が華麗に舞う傘芸や、小さなミニチュア御柱に乗った子供たちや、どじょうすくい、龍神の舞、仮装行列と、まさに諏訪地域が一体となった華やかさだった。

そんな行列やパフォーマンスに目を見張っていると、

「今日のところは、前宮の建て御柱を見物して、昼食を摂ったら本宮に移動しよう」と翔一が言った。「夕方までに、全て終了するから」

「そうだな」と崇も頷く。「なあ、鴨志田」

「なんだ?」

「御柱が巡る大体のコースを、一応説明しておいてくれないか」

「そんなことにも興味があるのか?」

「少しな」

よし、と言って翔一は、崇と奈々を眺めて歩きながら説明を始めた。

「上社では、四月の上旬に御小屋山から綱置き場まで仮搬出された御柱が、宮川《みやがわ》安国寺御柱屋敷までの約二十キロを曳行される。その際、御柱の前後に大きなVの字を描くように『メドデコ』が取り付けられるんだ」

「メドデコ――って?」

ああ、と翔一は奈々を見た。

「御柱の胴体の左右に、ちょうど九十度の角度で取り付けられる、何メートルもある角みたいな物だよ。そこに片方ずつ、十人くらいの氏子たちが取り付いて乗るんだ」

「だが、御柱にそれが付いてるのは、上社だけだったよな」

「そうだ。下社はそのままだ。上社は男神だから角を付け、下社は女神だから角は付けない――といわれてるけれど、真偽の程は分からない」

「理屈にはなっているな」

「そうだね……」翔一は頷いて続ける。「さて、綱置き場から御手洗神社、日吉神社を過ぎて行くと、有数の難所『穴山の大曲《おおまがり》』がある。ここは道が細く曲がりくねっているため、メドデコを張った御柱を進めるのは至難の業なんだ。だから、時には民家の軒先を破損してしまうこともある。しかし沿道の家ではあえて改修せずに、祭の語り草とするらしい」

「どこだっけ……」麻紀が首を捻る。「岸和田《きしわだ》でしたっけ、だんじり祭。確かあのお祭でも、やはりそんな感じなんでしょう」

「ああ。よく民家の軒先が壊されてるらしいね。そして、道中では木遣歌《きやりうた》が歌われ、本宮一の御柱を先頭に氏子衆が曳き綱に取り付いて、掛け声と共に一路、御柱道を曳き下るんだ。途中この御柱は、御旅所玉川の子之神《ねのかみ》で一夜を過ごす」

「その子之神は——」

崇がゆっくりと口を挟んだ。

「またの名を『寝之神』といって、綱置き場から出発した御柱がちょうどこの辺りで日没を迎えることから、御旅寝之神《おたびねのかみ》と呼ばれるようになり、その結果として地区名もそうなったと聞いたけれど」

「……よくご存知ですね」感心したように後ろから麻紀が声をかけてくる。「かなりマニアック」

「知ってるだけだ。何の自慢にもならない。知るだけで良いならば、ガイドブックを見れば事足りる」

「折角麻紀ちゃんが誉めてるっていうのに、本当に無愛想な奴だな」

「それよりも続きを」

ああ、と翔一は続ける。

「そしていよいよ翌日は、JR中央本線が走るすぐ横、宮川小学校の脇の坂——木落坂での『木落し』がある。上社の木落しは、最大斜度三十五度、延長六十メートルという急坂だ」

「殆ど直滑降ですね！」

「そうだね。滑り降りるというより、落下するといった方が近いんだよ」奈々を見て笑った。「続いて御柱は、山出し最後の難所である宮川の川越しへと向かう。この川越しは別名『御柱洗い』ともいわれ、雪解け水を集めて流れる冷たい清流で御柱を洗い清めるんだ。雪が降ることもあるし、そうなると一気に水温が下がる。そうでなくとも、四月の初めの時期だからね。水温は五、六度だから、これもかなりの難所だね。その後は、堤防を乗り越えて、御柱屋敷に曳き揃えられる。これでようやく山出しが終了になる」

「いくら清めるといっても……」奈々は顔をしかめた。「かなり過激ですね」

「でもその名の通り、お清めだから仕方ないじゃないんですか？」

笑う由美子を崇は真顔で振り返り、尋ねた。

「どうして？」

「え。ですから、清めるわけだから……」

「何故、清めるんだ？」

「何故って、それは……」

「これから神になるからだろう」翔一が助け船を出す。「山から出てきて、清められて神になる」

「じゃあ、山が穢れてるってことかね」

「そういうわけじゃないよ。ぼくらだって、神前に出たらお祓《はら》いを受けるじゃないか。それと同じことだろう」

「なるほど……」

「何かおかしいか？」

「いや……別に」

自分から尋ねたくせに、人の回答を聞いているのかいないのか、崇は前に向き直って黙った。

「相変わらず変な奴だな」

わざとらしく大声で笑って、翔一は話を続ける。

「さて、山出しから一月後、御柱屋敷より出発した御柱のもとに、上社から舟形《ふながた》の神輿《みこし》を担いだ御柱迎えの一行が到着する。御柱はこの行列に続いて社をめざすんだ。街道は——今見てるように——騎馬行列に長持、花笠踊り、龍神舞といった出し物が演じられて華やかになる」

確かに市をあげての大パレードだ。花笠踊りを踊る人たちなどは三十人ほどの列が三列。全員が揃いの着物を着て、手に手に派手な花笠を持って踊りながら行進している。

見れば観客の中にも、コスプレをした若者たちがいた。頭を短く刈り上げて、頭頂部に「柱」などという文字を浮かび上がらせていたり、歌舞伎の隈取《くまど》りをしていたり、何故か海賊の姿をしていたり……。とにかく大騒ぎだ。

そんな風景を眺めながら歩く奈々たちに向かって、翔一の説明は続く。

「御柱が境内に入ると、まずメドデコを外し、柱の先端を三角錐状に切り落とす『冠落とし』と呼ばれる儀式が行われるんだよ。これは、人間が冠をいただくように、山から曳きだして来た御柱の先端を三角に整えることで、御柱を神木として威儀を正すものだといわれてる」

「…………」

崇が何やら小声で呟いたが、雑踏に紛れて聞き取れなかった。すると後ろから由美子も尋ねた。

「桑原さん、今、何て？」

「『あ』と崇は振り向く。「怪しいもんだ、って言ったんだ」

「えっ？」

「どういう意味だよ、桑原」

「そのままの意味だ。そんな単純な理由かな」

「じゃあ、どんな理由があるって言うんだ？」

「分からん」

そして再び黙り込む。

翔一は崇を横目で見て少し肩を竦めると、再び口を開いた。

「さてと——。今度は下社の御柱曳行について話しておくよ。下諏訪町大平地区。戦前までは伐採が行われる東俣国有林より山出しを行っていたようなんだけれど、急傾斜で道も狭く事故が相次いだため、戦後は棚木場《たなこば》より山出しが行われるようになったというね。さっきも言ったように、下社の御柱には、上社のような『メドデコ』は付けないんだ。そのままの形で曳かれて行く。そして、東俣川の渓谷沿いを曳き下ろされた御柱は、東俣国有林の入り口にある諏訪大社の摂社・斧立《よきたて》社を過ぎて行き、いよいよ天下に名高い下社の木落坂に到達する。こちらの木落坂は——時間があったら、明日にでも一緒にまわってみようと思ってるんだけれど——国道百四十二号線を和田峠方面に進んだ所にあって、坂上の『追《おい》掛松《かけまつ》』直下では斜度三十五度で十五メートル続き、さらに二十五度で六十メートル、そして国道百四十二号線まではほぼ水平に十メートルの、計八十五メートルの断崖絶壁に近い坂なんだ。しかも今言ったように、こちらの御柱には両翼に張り出すような『メドデコ』が付いていない分、物凄い勢いで一直線に坂を落ちて行く。地元の本には、こんな風に書かれてる」

と言って翔一は一冊の小冊子を開いて読み上げた。

「『追いかけ綱が切られた瞬間、御柱はまるで大蛇と化したかのように、唸り、猛り、転がりながら坂を突き進む。上がる土煙、響く轟音、絶叫とも悲鳴ともつかぬ大歓声の中を、大勢の男たちを乗せた御柱は転がり落ちて行く』——。想像するだけでも凄そうだろう」

確かに——と、奈々は頷いた。

良くテレビの映像などで目にする場面だ。

しかも、丸木のジェットコースターと化した御柱上に、何十人もの命知らずの男たちが跨《また》って……。怪我人が出ない方が奇跡だ。

「しかしその後、下社では川を渡ることはないんだ。昔も——まあ、小さい川はともかくとして——川の水で清めることはなかったようだよ」

「下社は、神にならなくて良いのかね？」

皮肉に笑う崇を見て、

「いや……それは……」

翔一は困ったような顔をする。

その様子を見て、

「あの」と麻紀が口を挟んだ。「それってただ単に、ルートの問題だったんじゃないんですか？　清める云々は考えすぎってことで。たまたま行く手に川があったとか——」

「それだったら、いくらでも避けられるだろう」崇は冷ややかに振り向いた。「もしくは、橋の上を曳行すれば良いだけの話だ」

「ああ……」

「そうだよな」翔一も言う。「そう言われてしまうと……謎だな。桑原は、どうしてだと思う？」

「分からないね。ちょっと疑問に感じただけだ」

「全部『分からない』じゃないか？」

さすがに苛ついたように言う翔一に、

「分からないものは、分からない」崇は平然と言い放った。「仕方ないだろう。現時点での事実だ」

はあ……、と翔一は嘆息した。

「それじゃ、後で一緒に検討してくれないか」

崇が黙って頷いたことを確認すると、翔一は続ける。

「そして御柱は、そこから約一キロ先の『注連掛《しめかけ》』と呼ばれる場所に休まされるんだ。そして、その周囲には注連縄《しめなわ》が張り巡らされる」

ほう——と崇が再び興味を示す。

「注連縄か。そいつはまた……」

「それがどうした？」

「鴨志田は、注連縄の意味を知っているか？」

もちろん、と翔一は頷いた。

「あの世とこの世の境目だろう。それを表してる道標のような物だ」

「その通りだ」崇は頷く。「では、御柱が休憩している場所に、どうしてそんな結界が必要なんだろうな。不思議じゃないか」

「え……だから……」

思わず返答に詰まる翔一に代わって、

「柱は神で、神聖な物だからじゃないんですか」由美子が恐る恐る口を挟んだ。「人や穢れが近付かないようにする——」

「結界を張るわけか」

「はい……」

「御柱が神聖な物だから？」

「え、ええ。もちろんそうです。『神』ですから」

なるほど、と崇は頷く。

「そして次は？」

「え」

「御柱曳行の話だよ」

あ、ああ……と翔一は一瞬戸惑い、そして再び話し始めた。

「それから約一ヵ月後。上社里曳きの一週間後に、下社里曳きが始まるんだ。国道百四十二号線を行く御柱は、まもなく旧中山道へと入って、ここで短い坂を下る。やがて、全ての柱が春宮の境内へと曳き付けられることになる。春宮の一の柱は、すぐに建てられ、秋宮の四本の柱は春宮の境内を経て、下馬《げば》橋の前で初日の曳行を終えるんだ。その後の里曳きもまた、この上社同様に、騎馬行列に花笠踊り、長持行列などが繰り出して華やかに執り行われる。そして四月の山出しから二ヵ月にわたって繰り広げられた大祭は、秋宮四の柱が建ち上がり、神となった瞬間に全て終了する——。というわけだ。これで全てだ」

「ありがとう」

崇が言ったので、奈々もあわててペコリと丁寧にお辞儀をした。


やがて五人は前宮に到着する。

前宮の交差点には「前宮前」と横書きで書かれていて、意味もなく微笑《ほほえ》ましかった。

「さて、到着だよ」

と言われたものの——。

人、人、人……。

そして沿道には、かき氷や、焼きそばや、たこ焼きなどの屋台も無数に並んでいる。

奈々たちは人混みを掻き分けるようにして進む。石段を登り、境内を横切って行く。その途中で翔一が、

「ここが、御頭祭《おんとうさい》の執り行われる『十間廊《じっけんろう》』だ」

と崇に説明した。それは壁が吹き抜けになってい る長方形の、古い木造の建物だった。御頭祭――と いうことはつまり、昔ここで七十五頭もの鹿の頭が 供えられたのだ。その他にも、鹿の脳和え、禽獣の 高盛……。しかし今日は何もない、ただ吹き抜けの 舞台か、天井の低い剣道場のようだった。

奈々たちは緩やかに舗装された山道を登って、前 宮本殿へと向かった。大歓声が起こっている。今将 に、前宮二の御柱が建ち上がろうとしている時だっ た。御柱の上には、何十人もの男たちが鈴なりに立 って、手に手に『おんべ』という棒の先に黄色い房 の付いた物を持ち、それを勢いよく振っていた。

やがて御柱が、徐々に徐々に建ち上がる。ラッパ と鼓笛の響きが、境内を埋めた。御柱の前後左右に 結ばれた綱をうまく調節しながら、ゆっくりと柱が 上がっていった。

そしてついに直立に建ち上がると、御柱のてっぺ んから垂れ幕が降りて、境内は拍手と歓声の嵐で埋 まった。直立に建っているにも拘わらず、まだ何十 人もの男たちが御柱にしがみついており、力の限り 『おんべ』を振っている。

とても感動的な瞬間だった。翔一も、由美子も、 麻紀も興奮している。しかし……崇は一人冷静に、 その場面を眺めているようだった。

大歓声がどよめきの波に変わり、やがて波紋が岸 辺に吸収されるように消えていくと、

「ぼくらも、昼食にしよう」

翔一が言った。それを合図に、奈々たちは先程の 坂を下る。入れ替わりのように坂の下から、

「よいやさ！　よいやさ！」

という威勢の良い掛け声と共に、前宮四の御柱が 長い坂を登って来た。その大きな人波を避けなが ら、五人は前宮を出る。

「そこらへんで適当に食べてしまって、本宮へ移動

しよう」

「店に入るのは絶対に無理だと思って、サンドイッチと飲み物を持って来ました」

由美子が手にしていたバスケットを持ち上げ、その後ろで麻紀も小さなクーラーボックスを掲げた。

「何か足りなければ、その辺りで買っても良いと思ったんですけれど……この人出では、ちょっと無理みたいですね。どうしましょうか、桑原さん。サンドイッチだけで足りますか？」

「いや、充分だ」

崇は答える。

いつになく崇の態度が突っけんどんのようだけれど、その理由は祭に集中してしまっているからだ、と奈々は知っている……しかしそれを、由美子たちに理解してもらえるだろうか？　ちょっと不安だった。それに、翔一とも微妙に意見が嚙み合っていないような気がする。

奈々はほんの少しだけ気を遣いながら、崇の隣を歩いた。

そういえば崇は、いつも昼食は二分で済ませると言っていた。それこそ、祭見物に熱中する余り、歩きながら終わらせてしまいそうだと心配してしまう。しかし翔一が、沿道の休憩所に空いているスペースを何とか五人分——正確には四人分だった——見つけてくれて、全員でギュウギュウ詰めに腰を下ろした。由美子と麻紀は「二人で一つイスがあれば平気ですから」などと笑って、手早くサンドイッチを広げ、飲み物を配る。

「すみません、何から何まで用意していただいて」

本当に申し訳なく思って、奈々が頭を下げると、

「いえ、いいんです」由美子が栗色の髪を揺らして笑ってくれた。「以前、姉がとてもお世話になったって言ってましたから。そして、何かの折には、きちんとお礼しておいてって」

「そんなこと……」

奈々はチラリと崇を見たけれど、この男はどこ吹

く風という様子で、由美子の言葉を聞いているのかいないのか……。

とにかく奈々は、急いで携帯おしぼりを人数分取り出すと、全員に配った。それで手と顔を拭いながら崇は言う。

「昨日ならば、御柱迎えの舟を見られたんだろうな。少し残念だった」

やはり、祭のことしか頭にないらしい。

「いや」と翔一は奈々に頭を下げておしぼりで手を拭きながら答える。「どっちみち無理だったんじゃないかなあ。朝早かったからね」

「十時頃でしたよ」

ペットボトルの紅茶を一口飲んで言う麻紀に、奈々は尋ねる。

「舟って？　こんな場所に？」

ええ、と麻紀は目を瞬《またた》かせて微笑む。口の両脇にえくぼができた。本当に可愛らしい子だ。

「舟形の御神輿《おみこし》なんです。山の神が乗るといわれていて、それを昔の装束に身を包んだ氏子さんたちが十人ほどで担ぐんですよ。上社本宮から神職たちの作る行列と一緒に出発して、御柱を迎えるんです。そして、先頭の本宮一の御柱に出会うと、そこで一拝してまた再び上社へと向かう——引き返して行くんです。これは御柱を誘う儀式といわれているようなんですよ」

「昔は」と翔一が補足する。「このお舟の中に、沿道からたくさんのお賽銭《さいせん》が投げ込まれたらしいよ。まあ、今でも何人もの人たちが投げ込んでいたようだったけれどもね」

「そういえば——」崇がペットボトルに口をつけながら尋ねる。「春宮と秋宮の遷座祭でも、舟が登場するんじゃなかったか」

「良くご存知ですね」麻紀が丸い目をさらに丸くさせた。「お舟祭のことですよね」

「ああ、そうだ」

「麻紀、説明してよ」と言って由美子は奈々を見た。「意外に思われるかも知れませんけれど、こう見えてこの子、諏訪の歴史にとっても詳しいんですよ。私なんかも、びっくりしちゃうくらいに」

「こう見えて——って、どういう意味？」

「年の割には幼く見えるっていう意味だろう」

「また鴨志田さん、そういうことを言う！」

ごめんごめん、と翔一は笑いながら謝り、

「でもね、それもあって彼女を呼んだんだ」すぐに真面目な顔に戻った。「下手なガイドブックより詳しいから」

「嫌だ」今度は、麻紀が照れた。「赤江さんが——あ、私たちの隣人のオバサンなんですけれど——その人が凄く郷土の歴史に詳しくて、色々なことを知っていて、私はちょっと教わっただけです。だから全部、赤江さんの受け売り」

ほう、と崇は目を細めた。

「そんな詳しい人がいるならば、できればその人にもお会いしたいな」

その言葉に三人は一瞬顔を見合わせた。

そして、上目遣いにお互いを見て沈黙する。

何かあったのだろうか——？

「どうしたんだ？」

「いや……」と翔一は言いづらそうに答える。「実は、赤江さんは今、入院してるんだよ」

「病気か」

「違うんだ……。ちょっとした事故があってね」

「事故？」

「ああ。でも、この話は長くなるし今は関係ないから、もしも時間があったら、また今夜にでも改めてするよ」

「——分かった」

「それじゃあ、『舟』の話だね。麻紀ちゃん、よろしく」

翔一に促されて麻紀は、はいと答えて背筋を伸ばした。

「ご存知とは思いますけれど、諏訪大社下社の春宮と秋宮では、半年毎に遷座祭が執り行われるんです。下社の御霊代《みたましろ》が、二月一日から七月三十一日までは春宮に、そして八月一日から一月三十一日までは秋宮にいらっしゃるという想定の下に行われます。そして春宮から秋宮に遷《うつ》られるお祭が『遷座祭――お舟祭』と呼ばれています。

八月一日――。秋宮を出発したお迎えの行列が春宮に到着すると、御扉を開いて遷御の祝詞《のりと》を奏して御霊代を神輿に遷します。それと同時に、御矛、御旗、薙鎌《なぎがま》を携えた百人余の行列が、神輿を守りながら春宮から秋宮へと向かうんです。そして、行列が秋宮に到着すると、神輿だけは真っ直ぐに神楽殿を進んで拝殿の殿内を通過して斎庭《ゆにわ》に入り、御霊代はきちんと宝殿に遷され、これに続いて例大祭が執行されます」

「柴舟が登場するんだろう」

「ええ、そうです。神輿に続いて、柴舟が曳行されるんです。青柴で形を整え、赤・白・緑・黄・黒の五色の幔幕《まんまく》を張り、底にはソリを付けて曳綱《ひきづな》で曳行します。その柴舟の上には、ほぼ等身大の翁《おきな》と媼《おうな》の人形が乗っていて、翁は釣り竿を肩に、媼は籠《かご》を持っています。この一対の人形は、建御名方神と八坂刀売神を表しているともいわれていますけれども、定説はありません」

「そして、一月末までの半年間、祭事は秋宮で執り行われる。そして二月一日、秋宮から再び春宮へ御遷座の儀が行われるが、その時は柴舟曳行はなく、八月の祭とは打って変わって、静かなお祭に終始するんだったな、確か」

「そ、その通りです。あと、この柴舟を担いで社内を三回まわることを以て『御作田祭《みさください》』という説もあります」

「御作田祭というと――御田植神事のことだね。諏訪大社七不思議の一つになってる」

「ええ。このお舟祭の原形が、御作田祭だったようなんです――」

「七不思議についても、改めて検討しよう」

「は、はい……」

麻紀は続ける。

「そして、柴舟の重量は五百貫——約二トンに及ぶといわれていて、御頭郷《おとうごう》と呼ばれる当番が曳行にあたります。かつては、柴舟を転倒させたりして威勢を示し、諏訪の裸祭の異名を取っていました」

「柴舟を転倒させて威勢を示したという話も、八重事代主が『舟を踏み傾けて神避《かむさか》りする』ことを示していたんだろうね。昔は、威勢が良すぎて舟が転倒したといわれていたらしいけれど、実は祭礼中に柴舟を転倒させることは、おそらく最初から織り込み済みだったんだろう」

「多分、そういうことだと思います」

麻紀は大きく頷いて、紅茶を一口飲んだ。

しかし、これもまた変わった祭だ。

そして、またまた建御名方神登場。

よほど諏訪の人たちは、この神に対する思い入れが強いのだろうか。それとも別の何かが——？

奈々がそんなことを考えていると、崇がポツリと言った。

「しかし、柴舟が社内を三回まわる……という行為が不吉だな」

「どうして？」

「ああ。この祭事とは微妙にニュアンスが違うかも知れないけれど、神輿などを担いで『三回まわす』という動作は、死の儀式とされているからね」

「死の儀式？」

「昔は、埋葬前の棺桶などを担ぐと、その場で三回まわってから運んで行ったというじゃないか。無事にあの世に送るために、あるいは二度とこちらの世界に戻って来ないようにするために。一種の呪術として」

「え——」

またしても「あの世」か。

崇が言っていた「州の端」ということなのだろう

か……。でも。

「あの、タタルさん」

奈々が真剣な顔つきで尋ねた時、

「タタル?」

翔一と麻紀が、同時に奈々を見た。

「何ですか、その呼び名は?」

「あっ——」

というわけで奈々は、その渾名の由来を懇々と二人に説明しなくてはならない羽目になってしまった。もちろん由美子は知っていたので、そのそばでニコニコと話を聞いていた。

「そりゃあぴったりだな、桑原」翔一は嬉しそうに笑う。「誰がそんなパーフェクトともいえる渾名を付けたんだ?」

「知らん」

「素敵ですよね!」

「嘘をつけ」

「いや、本当だよ。妙に不吉で桑原そのままだ。名は体《たい》を表す!」

「そんなことを言ったら」崇は翔一を睨む。「『鴨《かも》』という文字だって——万葉集に載ってる柿本人麻呂の歌を引き合いに出すまでもなく——『雲《くも》』や『籠《こも》』と同様に、死を暗示させる文字だぞ。最高レヴェルで不吉だ」

「本当か!」

「——と俺は思ってる」

「嫌なことを言うね」

「とは言うものの、俺たち庶民の名字なんて、誰もがそんなレヴェルだがね。いくら偉そうにしていたって、大差ない。何しろ俺たちは、鬼や河童《かっぱ》や土蜘《つちぐ》蛛《も》の子孫なんだから」

「鬼の……ですか?」

尋ねる麻紀に、

「そうだ」と崇は答える。「殿上《てんじょう》人《びと》たちだけが『人』だったんだから、それ以下の庶民である俺たちは、全員が『人でなし』だ。その中でも、彼らに対して戦いを挑んだ者たちが『鬼』や『土蜘蛛』と呼ばれ、敗れ去ってしまった者たちが『河童』や『狐狸《こり》』と呼ばれ、山に逃げ込んで行った者たちが『天狗《てんぐ》』になった」

いつもの崇の話だ。

そして崇は、初めて聞くであろう由美子たちに、もう少し詳しく説明した。三人は興味深そうに耳を傾け、やがて話が終わると、

「それはそうかも知れないな……」翔一は素直に頷いた。「確かに、一理あるかも知れない」

「でも……」一方、麻紀は眉根を寄せる。「私は、そういった人たちと狐狸などの妖怪とは、また違うんじゃないかと思いますけれど……」

「どう違う？」

「うーん」チョコンと首を捻る。「何となく……それはそれ、こっちはこっち……っていうか。感覚でしか言い表せないんですけれど」

「どう思う、桑原」

「個人個人の考え方だからな。俺は自説を他人に押しつける気は毛頭ないから、彼女がそう思うならば、それで良いんじゃないか。理論的に矛盾があるというならば、詳しく説明するが」

「いえ……そういった意味じゃなくって……」

困ったような顔を向ける麻紀を見て、翔一は笑った。

「後でゆっくり考えてくれよ」

そして、

「あっ。そうだ！」大声で叫び、奈々を見る。「すっかり話が逸れてしまった——。それで棚旗さん、何か言いかけていたよね」

「は、はい……」

奈々も一瞬忘れていた。その記憶を引っ張り出して、おずおずと崇に尋ねる。

「それで、舟なんですけれど、此所《ここ》は諏訪湖畔じゃないですか。そして、もしも大昔は湖がもっと大きかったとしたら、諏人々がただ純粋に『舟』で往き来

していたと考えてはダメなんですか？　ごく普通の交通手段として」

「もちろん、それもあるだろう」

　崇はおしぼりで手を拭いた。もうすっかり昼食を終えたらしい——といっても、昼食はサンドイッチ一個だったようだけれど。

「しかし、これもまた守屋さんの説なんだが『守屋山の山腹に磯や瀬や舟つなぎ石があるのは、古事記の死生観を借用して、ここから死者を舟に乗せて霊界に送ったのではないか。下から順に玉尾社、穂股社、瀬社、磯並《いそならえ》社、舟つなぎ石、磯並山社と並べられている理由も、謎が解ければ全て納得のいく配置である。すなわち、玉尾社は魂尾社であり、この世の魂の終着点という意味であろう。（中略）この世の終着点に着いた魂は、ここから舟に乗り「根の国」へ旅立つ』——というものもある。それに先程の舟祭は、どう見ても出雲神話を下敷きにしているとしか思えない。そしてここで重要な点は、やはり『舟』というのは、当時のイメージとして『あの世』への乗り物だったということだ。特に中世の文献などで、この『磯並社』を『磯井社』と記録してあるのはとても重要で、この『井』の文字を『ならえ』と読んだのは、『倣う』『模倣』の意味を含んでいると思われる——という意見もある。つまり、磯に倣う、磯に見做《みな》すということだね」

「ああ」

「少彦名神《すくなびこなのかみ》の乗った舟しかり、七福神の舟しかり、那智《なち》の補陀落渡海《ふだらくとかい》しかり。但し、その舟は同時に、我々の元に富をもたらしてくれるという利点も併せ持っていたがね」

　そうか。

　そう言われれば——。

　以前に崇から、七福神の話を聞いた時も、彼らが「舟」に乗って往き来するという点が重要だと言われた。七福神たちが、本来の「神」であるならば、あの世とこの世を往き来するのに、乗り物は何も必要としない。せいぜい、光り輝く雲だろう——と。

そして那智の補陀落渡海は、僧侶たちの一種の捨身行《しゃしんぎょう》、あるいは水葬の一形態として「舟」に乗って（もしくは、無理矢理に乗せられて）海へと乗り出して行く。そしてもちろん、百パーセントの確率で生きて戻っては来ない。

ということは、やはりこの地には「結界」が張られているということなのだろうか。此岸《しがん》と彼岸《ひがん》との境としての……。

「そういえば」崇が言う。「磯並社で思い出したんだが、神長官の史料館へ寄る時間はあるだろうな」

ああ、と翔一は腕時計に目を落とす。

「絶対にそう言うだろうと思って、時間は取ってある。しかし、その磯並社はどうかな。ちょっときついと思う」

「分かってる」

「磯並社は、小袋《おふくろいし》石の近くにある祠《ほこら》ですよね」麻紀が言う。「諏訪七石の」

「諏訪七石？」

またしても何やら怪しげな物が登場した。

次から次へと、一体この場所は、どういう地域なのか？

驚きながら尋ねる奈々に向かって麻紀が、

「ええ。諏訪には由緒ある石が、七つあるといわれているんです。まず——」

一本ずつ指を折りながら説明する。

「『御座石《ございし》』は、建御名方神の母神の奴奈川比売《ぬなかわひめ》が、初めて諏訪入りした時に座したといわれる石で、茅野市の御座石神社拝殿前にある石が、それだといわれています。

『御沓石《おぐついし》』は、大神《おおかみ》が御馬《ぎょば》に騎してこの石を乗り越えた時、その御馬の蹄《ひづめ》の跡が石面に留まったといわれる石で、上社境内にあります。もしくは、石の形そのものが、上古の沓《くつ》のようだからという説もあります。

『蟇石《かわずいし》』は、蛙石ともいいます。上社境内の拝殿奥にあるといわれているんですけれど、これはどれだか特定できないというのが現状です。

『小袋石』は、これは今出てきた石です。舟つなぎ石ともいわれ、杖突峠の右側にあります。茅野市になりますね。

『小玉石《こだまいし》』は、神楽歌に『諏訪の海　水底照らす小玉石　手には取りても袖《そで》は濡らさじ』とあることで有名です。上社摂社の児玉石神社境内にあります。

『御硯石《おすずりいし》』は、諏訪明神が降臨した石として、社中第一の霊石にあげられている。硯のように、石の上部が窪《くぼ》んでいることから、その名前がつけられたようです。これは、上社本宮、片拝殿のすぐ上にある巨石です。

　そして最後は『亀石《かめいし》』で、安国寺と中河原の間を流れる宮川の河中にあったと伝えられて、どんな大洪水にも流失しない霊石だったといわれています。左岸の丘の上には、千野川神社があって、そこは昔から、亀石明神と称しています——。

こんなところですね」

「……凄いわね」奈々は素直に感心してしまった。「良く覚えてる」

「いえ、そんなでも」

　心から感心する奈々の隣で、

「さて、出発しようか」崇が立ち上がった。「時間がもったいない」

　しばらく歩いて行くと、翔一は沿道を左手に折れた。そして細い路地を少し進んだ所に、奇妙な形の建物が姿を現した。

　窓のない二階ほどの高さの塔か、それとも直方体のサイロのような建物が建っており、その前面から地面に向かって緩やかな傾斜で長く庇《ひさし》が伸びていた。そして庇の下部が三方ぐるりと板で囲われている。まるで、超特大の滑り台のような変わった形の建物だった。

　そこが「神長官守矢史料館」だという。

奈々たちは入館料を支払って中に入る。入り口だけを見れば、ただの民家のようだし、史料館といっても、その庇の下の部分——狭いホールが展示室になっているだけだった。しかし、そこに展示されていた物はといえば——。

「昔の御頭祭の供物の一部を、復元展示しているんだよ」

翔一が壁を指差した。

入って右手の土の壁にズラリと並んで掛かっているのは、鹿や猪《いのしし》の首の剝製だった。三十頭近くあるだろうか。それらが、柔らかい照明の明かりを浴びて、じっとこちらを見つめている。

そして、剝製の首たちの下には、立派な角を持った一頭の大きな鹿の頭が置かれていた。

「耳裂鹿《みみさけじか》だな」崇が言って近寄る。「諏訪大社七不思議の一つだ」

「……どうして七不思議？」

「ああ。この御頭祭用に狩って来た七十五頭の鹿の中には、毎回必ずこうやって耳が大きく裂けた鹿がいるというんだ」

奈々も近付く。その鹿の右耳は、確かに中央部分がぱっくりと大きく裂けて開いていた。

すると——。

崇が固まっていた。何やら、鹿の横に書かれた紙を読んでいるらしい。といっても、たった三行の文章だ。

奈々が近付き、崇を覗き込むと、この男は肩を震わせて笑っていた。

「……どうしたんですか？」

という奈々の問いにも答えずに、ただ黙って笑っていた。不気味だ。

そこで奈々は、崇の袖を引っ張ってホールの隅に連れて行こうとした。その瞬間、崇は奈々の手を振り切って、その代わりに両肩を強く握った。

あっ——。

驚いて奈々も固まる。

その光景を、翔一たちに、じっと見られているではないか。そう思うと、余計に堅くなる。

「な、何があったんですか！」

「奈々くん」

真正面から、じっと奈々を見つめてくる。

「は、はい！」

「これを読んでごらん。耳裂鹿の説明文」

奈々が体をよじり視線を逸らせて、その小さな紙を覗き込もうとすると、

「おいおい、どうしたんだよ」翔一たちもやって来た。「昼間っから、何をやってるんだ？　仲が良いのはいいけれど」

「あ。い、いえ違うんです」奈々は急いで否定する。「この説明書きが何か――」

え？　と麻紀が首を傾げた。

「何でもないですよ。ただの説明で」と顔を近づけ、声に出して読み上げる。

「『耳裂鹿
神の矛《ほこ》に
かかったという』――これだけ」

「凄いじゃないか！」

崇は笑った。

「これが『御頭祭』というわけだ」

おいおい……、と翔一は呆れたように崇を見た。

「今日は幸いぼくらしかいないから、そんな大声を上げても良いけれど、なんせホールだ。異常に響くから、もう少し小声でしゃべってくれないか」

「やはり実際に足を運んでみないと、分からないもんだな」

「あの――」由美子が恐る恐る尋ねた。「耳裂鹿と神の矛が、どうかしたんでしょうか。私たちは、昔からそう聞かされてましたけれど……」

「まさにさっき鴨志田が言っていたように、きみたちが常識と思っていることが、他県の俺たちにとっては想像外のことだったりする――という良い例だな」

「どういう意味……」

　由美子のその言葉を無視して、

「『耳裂』というのは『みしゃ』――つまり『ミシャグチ神』を表しているのだと、どこかで読んだことがある。とすればこの説明文は――」崇は奈々を振り返った。「きみも分かっただろう」

「え？」

　分かるもなにも――その根本的な「何」かが分からない。

「……全然。おっしゃっている意味が分からないんですけれど」

「それは残念だった」

　崇はあっさりと奈々に背中を向けた。

　どういうことだ？

　奈々は今日、崇と同じ物を見てきた。

　そして、おそらく――今現在、崇が手に入れている知識は、全て奈々に教えてくれているはずだ。それなのに、少しも分からない……。


「おい、桑原」

「なんだ？」

「お前、もしかして『御頭祭』の意味が分かったって言うのか？」

「ああ、その通りだ」

「ちょっと待て！　しかし『御頭祭』といったら、諏訪大社関連では『難易度の一番高い、得体の知れない祭礼』――といわれているんだぞ」

「そうなのか」

「そうですよ！」麻紀も小声で叫ぶ。「この『御頭祭』は、『酉の祭』『大御《おおみ》立座《たてまし》神事』『大立増之御頭』などの別称を持っている、とっても複雑な神事で、上社祭礼の中では、秋の御射山《みさやま》祭と並ぶ重要な位置を占める春の祭礼なんですよ。その意義も深くて分からないという」

「……今、何と言った？」

　崇は急に立ち止まり、麻紀を振り向いた。そして、ぐっと近寄る。

「え？　な、何を……」

「上社祭礼の中で——の次だ」

「秋の御射山祭と並ぶ……重要な位置を占める……春の祭礼……」

「素晴らしい！」

崇はいきなり麻紀の両腕を握った。

えっ——。

今度は麻紀が固まる。

「美しいね」

「……な、何が……」

「理論がだよ。首尾一貫している」

「ちょ、ちょっと、タタルさん！」

奈々があわてて再び崇の袖を——いや、腕をつかんで引っ張った。思い切り！

「何をしてるんですか！」

ああ、と崇は麻紀をサラリと放して翔一を振り返った。一転して冷静に言う。

「諏訪大社、恐るべしだな」

「何だと？」

「ここには、もしかしたら俺たちの想像を超えた結界が張られているかも知れない。しかも、きちんと全て理に適っている」

「どういう……ことだ？」

「詳しい話は、今夜にでもしよう。しかし、全く無駄がないことだけは確かだろうな」

「無駄がない？」

「以前に俺は、奈々くんたちと日光東照宮に行ったんだ。あの空間は、鴨志田も知ってるように黒衣《こくい》の宰相《さいしょう》・天海大僧正《てんかいだいそうじょう》によって作られた人工的な結界だった。しかも、一寸の無駄もなくね。しかし、それと同じような印象を俺は今受け始めてる」

「結界……？」

「そうだ。まだ詳しくは分からないが、おそらく全てが繋《つな》がっているんだろう。出雲の国譲り神話から始まって、『御頭祭』や『七不思議』、そしてもちろん『御柱祭』まで」

「え——」

「で、でも！」麻紀が再び反論する。「この御柱祭に関しては『古文献から祭礼の様子を窺《うかが》い知《し》ることはできても、その目的や本質は皆目分かっていない』——というのが現在の常識ですよ。ある学者は『狩猟神事』だって主張しているし、また他の学者は『農業神事』だって主張するような、百八十度違う説が飛び交っている状態です。だから千二百年もの間、定説はおろか、有力説すらもないんだって——」

「それが？」

「えっ」

「定説がないから、そこで違う説を考えてはいけないという理屈もないだろう。むしろ逆じゃないか。いろいろな角度で検討していかなくては、そこで全てが終わってしまう。過去に安住してしまってね。いいか——」

崇は麻紀を正面から見た。

「俺たちが歴史に触れるということは、それを全部頭から覚え込むためじゃない。むしろ逆だ。その理由は？　奈々くん」

「は……」振り向きもせずに尋ねる崇に、奈々は教室の生徒のように答える。「そ、それは、歴史を書き残すことができたのは……戦いの勝者だけだからです。敗れてしまった者は、自分たちの歴史や主張を、殆ど全て抹殺されてしまっているから……」

その通り、と崇は続ける。

「つまり、どんなに大量な知識を持っていても、それを丸呑みしている限り、本当の歴史は決して姿を現さない。いや、それ以前に、細かい知識などは全部事典や辞書に任せておいても良いと思う。知らないことは決して恥じゃないし、知らなかったら知れば良いんだからね。それで解決する。問題は、そこから『考えて』みることだよ。自分で考えたかどうか、それが重要なんじゃないか。歴史は暗記するものじゃない。考えるものだ」

「でも……」麻紀は上目遣いで崇を見た。「違う説って……それこそ、今考えたんですか！」

「ああ」

「じゃあ、それはどんな——？」

だから、と崇は笑った。

「後で説明しよう。ゆっくりと」

そして崇はまた黙り込んでしまった。

仕方なく奈々たちは、例の、四肢を広げてお尻から頭の先に太い串が突き抜けている「白兎の串刺し」や、赤黒くどろどろとした「鹿の脳和え」や、真っ黒い海草のような「焼き皮」や「五臓」などを見物した。しかしここに展示されているのは剝製だから、博物館見学のようで興味深く観られるけれど……それでも、なかなかグロテスクだった。これらの本物が、実際に祭で捧げられていたのかと思うと——。

ちょっと、ぞくっとする。

でもそれは、昔の人たちと比較して、現代の奈々が「生物」や、その「死」から遠く離れてしまっているからなのだろう。大昔は「生物」もその「死」も、ごく身近に存在していたのだ。自分たちが食し、命を繋ぐために。すると当然そこには、自然の恵みに対する感謝と祈りが生まれてくる。そういうことなのではないか……。

「さて」と崇は、さっさと史料館を出た。「肝心の『ミシャグチ神』にお参りに行くとしよう」

「えっ」

奈々は驚いて崇を見た。

「ミシャグチ神——って、この近くに祀られているんですか？　大社の境内ではないとお聞きしましたけれど……」周りを見回しても、立派な社など一つも見えない。「でも、この辺りは人の土地なんでしょう？」

「守矢家の敷地内——個人の土地だ」

「そう……ですよね」

あれだ、と崇は指差した。

「あそこの丘――守屋山に向かう斜面の途中にある。あれが『御頭御社宮司総社』だ」

「そうだよ」と翔一が後ろから頷いた。「あそこの小さな社」

「あれが……」

奈々は拍子抜けしてしまった。

なだらかな丘の途中に、ほんの畳数枚分の敷地があり、そこに小さく古ぼけた社が建てられている。大きな梶の木を背後にしているとはいえ「総社」と銘打つわりには何とも……。

一応石垣の上に建ってはいるが、街角で見かける、地蔵尊などの祠程度の造りだ。いや、こちらの方が吹きっさらしになっている分、傷みが激しい。注連縄も、ひょろりと細く一本掛かっているだけだった。もちろん鳥居などは、どこにもない。

奈々たちは芝生の坂を登る。もちろん参道などあるわけもないので、てんでバラバラに歩いた。

狭い石段を五、六段登り、粗く低い木の柵で囲われた社――祠に全員でお参りした。説明書きの立て札を見れば確かに、

「神長官邸のみさく神境内――云々」

とある。

奈々は、それに続いて書かれている説明書きに目を通した。

「みさく神は、諏訪社の原始信仰として、古来専《もっぱ》ら神長官の掌《つかさど》る神といわれ、中世の文献『年内神事次第旧記』・『諏訪御符礼之古書』には『前宮二十の御左口神勧請・御左口神配申紙は神長の役なり』とある。このみさく神は、御頭みさく神ともよばれ、諏訪地方みさく神祭祀の中枢として重んぜられてきている。
昭和五十六年三月
茅野市教育委員会」

しかし――。

こんな状況で、「みさく神祭祀の中枢として重んぜられて」いるといえるのか……。

それについて崇の意見を求めようと思って、彼を見れば、

「これは凄いな」

崇は再び目をキラキラさせて、社の周りをうろついていた。

「どうしました、タタルさん？」

「奈々くん、見てごらん。柱が建っている」

「え——」

確かに言われてみれば、社の周囲に四本の柱が建てられていた。いや、柱といっても直径十センチ程度の丸木だ。

「あちらにもだ。そして、こっちにも！」

崇に言われるがままに見れば、境内の外、殆ど地面に直接建てられているいくつかの小さな祠——こちらは完全に祠だけだった——の四方にも、これも細い丸木が建てられていた。

「面白い……」崇は肩を震わせる。「実に面白いね。こんな所にも、御柱があるとは思わなかった」

「そうか？」翔一が、不思議な生き物でも見るような目つきで崇を見た。「ここらへんの社は、大抵、柱が建てられてるぞ。ちょっと離れたところにある『千鹿頭《ちかとう》神社』なんかもそうだ」

「それは興味深いな」

「でも……」由美子も、摩訶不思議《まかふしぎ》——という顔つきで言う。「昔からずっとそうなので、私たちは全く疑問に思っていませんでしたけれど」

「御柱祭があるからね」

「ええ……。それの関連じゃないかって」

「諏訪大社にそういう風習があるからじゃないんですか」麻紀も言った。「だから、周囲の小さな神社も、おなじような風習を伝えた……」

それは——、と崇は真剣な顔で全員を見た。

「逆だろう」

「逆？」

「何故ならば、この『ミシャグチ神』こそが、諏訪の神よりも先に、この地にいたんじゃないか」

その通りだった——。

もともとの地主神だったからこそ、奈々も先のお参りを祟に提案したのではなかったか。

「そ、それじゃ桑原は、今行われている『御柱祭』の建て柱よりも、こっちの四本の建て柱の方が先にあったと言うのか？」

さあ……と祟は首を捻った。

「それは分からない。同時だったかも知れないし、どちらかが先に起こったのかも知れない。しかし、全ての根元はこの『ミシャグチ神』にあるということだけは、間違いないな」

「あの、ど派手な祭よりもか！」

「もちろん。派手だろうが地味だろうが、根本は根本で真実は真実だ。浅草寺《せんそうじ》を知っているか？」

「え？　あ、ああ、もちろん知ってる。東京の浅草を代表する大きな寺じゃないか」

「しかしね、浅草の本質は、その何十分の一かの規模で浅草寺の脇に静かに佇《たたず》んでいる、浅草神社にあるんだ。それと同じだな」

「え……」

呆気《あっけ》にとられたように祟を見つめる翔一たちの背後に見える沿道は、相変わらず賑やかだった。

いや、益々その度合いを高めているようだ。小高い丘の上から、人々の手にしたキラキラと輝く「おんべ」が遠くからでも望める。

一方こちらの社の前は、しんとして、ただ心地良い風が吹き渡るばかりだ。

参拝客五名。しかし、祟はこの神が、そしてここに建てられているひ弱そうな四本の丸木が、諏訪の根本だと言う……。

どういう意味なのだ？

首を傾げる奈々の前を横切って、

「さて、いよいよ本宮へ向かおう」

祟が翔一の肩を叩いた。

《インターミッション》

下社、木落し当日。

「天下の木落坂」に御柱が姿を現したのは、そろそろ日も暮れようという頃だったらしい。紙吹雪が舞い、ラッパが高らかに吹き鳴らされると、懸垂幕《けんすいまく》が下ろされ、会場の緊張が一気に頂点に達する。

大きな柱が坂の上に迫《せ》り出し、後ろからそれを繋ぐ追掛綱《おいかけづな》が、徐々に徐々にピンと張られてくる。

やがて、大きな気合と共に斧が振り下ろされ、追掛綱が一刀両断にされると同時に、御柱はゆっくりと動き出す。最初は静かに静かに、まるでスローモーションの映像を見ているように、ぐっと空中にその頭を突き出す。そして重心が坂に向かって落ちると、御柱は滑降を始める。

少しずつスピードを上げた御柱は、一度跳ね上がるとすぐに暴れだし、それに取り付こうとする何十人もの人々を跳ね飛ばし、曳き綱を持ってコントロールしようと試みる人々を巻き込み、砂埃を高く舞い上がらせながら、木落坂を滑降する。曳き子たちは必死に綱に取り付き、何とかバランスを保とうと試みる。

一方、御柱の上に跨《またが》ろうとする人々も命懸けだ。とにもかくにも、自分のポジションを確保しようと血眼になる。

自分の場所を奪われてなるものかと全身でしがみつく男たち、無理矢理にでも引き剝がして取って代わろうとする男たち、何の義理があるのか仲間を御柱の上に乗せようとする男たち、その髪の毛をつかんで引きずり降ろそうとする男たち……。まるで戦場だ。

その時——。

御柱が大きくバウンドして、曳き子たちのコントロールを失ったという。そのために、綱を握り締めていた男たちは、将棋倒しのようにバラバラと倒れた。誰もが綱に巻き込まれないように、御柱に引きずられないように一旦離れる。

しかし辰夫は、いつまでも御柱に固執するかのように、一緒に滑降して行ってしまった。

危ない！

そう思ったと、間近で目撃したという男が言った。その男は、立派な顎髭を捻りながら私に告げた。

「いくら何でも、ありゃあ無茶だったね。何しろ相手は十トンを超える御柱様だ。しかも、あれだけ勢いがついていちゃあね」

「誰にも止められやしないよ」もう一人の陽に焼けた男も言った。「ああいう時は仕方ない、一旦綱を離して諦めるんだよ、意地を張らずに」

「何しろ、あんな時の曳き綱は、ただの綱じゃなくなっちまってるんだからね。まるで鋼鉄の棒みたいになっちまって」

「あれで頭でも打たれた日にゃあ、たまったもんじゃないよ。白根村《しらね》の源《げん》さんなんか、顔をかすられただけで、前歯を全部持って行かれちまったくらいだから」

楽しそうに笑った。

おそらく彼らにとっては、勲章のようなものなのだろう。しかし……。

辰夫はそのまま巻き込まれ、命を落とした。

「そういえば」髭の男が言った。「あの直前で、何か揉《も》めてたな」

揉めていた？

「ああ、そうだ」日焼けした男が頷く。「確か……違う組の人間が紛れ込んで来てるってな」

違う組の人間——？

それは誰？

「名前は知らないが、わりと若い男だったような気がしたな」

その男はどうした？

「全く分からないね。あの状況じゃ、他人どころじゃなかったからね」

「そうこうしてるうちに追掛綱が切り落とされて、それどころじゃなくなっちまったんだ」

「特にあの騒ぎだったし」

その人間は、辰夫の死に関係ないのか？

彼らの話はそこまでだったけれど……。

私の中で、ますます疑惑が膨らんでいった。

《鳴神》

奈々たちが沿道に戻ると、そろそろ本宮へ向かう御柱が通る時刻で、辺りは地面が全く見えないほど観光客で埋め尽くされ、騒然となっていた。

本宮の四本の御柱は、今夕十七時頃に境内へ到着するらしい。そして明日の十四時から十六時頃にかけて建てられるのだという。

人混みを何とか避けながら、奈々が先程の「神長官守矢史料館」で購入した「しおり」に、チラチラ目を通しつつ歩いていると、

「神長官について話しながら行こうか」崇が言った。「鴨志田たちの意見も聞きたいし」

「そうだね」翔一も頷く。「やはり、ここを押さえないと諏訪を理解することは不可能だから」

では——、と崇は口を開く。

「上社には五官《ごかんのほうり》祝という職があり、それぞれ、神長官の守矢氏、禰宜《ねぎ》大夫《だゆう》の小出《こいで》氏、権《ごんのほうり》祝の矢島氏、擬《こりのほうり》祝の小出氏——後に伊藤氏——、副《そえのほうり》祝の守矢氏の五家が就いていた。神長官の守矢氏は、物部《もののべの》守屋《もりや》大連《おおむらじ》の末裔《まつえい》ともいわれ、建御名方の入諏訪以前から、国津《くにつ》神《かみ》『洩矢《もりや》の神』を奉斎していた」

「ちょ、ちょっと待ってください」奈々はあわてて崇の言葉を遮る。「いきなりなんですけれど……二つほど質問しても良いですか？」

「ああ、いいよ」

「まず——『物部守屋大連』って？」

「六世紀頃に活躍した廷臣でね、敏《び》達《だつ》・用明《ようめい》天皇朝の大連だよ」

「大連……って、何かの称号でしたよね？」

「そうだ。大化の改新以前の、大和朝廷の最高執政

者の称号だ。大臣《おおおみ》と共に朝廷の全氏族を統轄して、国政を指導したんだ。しかし、この『大臣』が天皇家と並んで大和地方に勢力を張る豪族だったのに対して、『大連』だった大伴氏と物部氏は、古くから天皇家に仕えていた氏族だったといわれている。軍事面や、外交面でね。だから『物部』を『もののふ』と読んで、武人一般を指す言葉としても使われたりもしていた。そして——」

崇は続ける。

「この守屋は、一般的には『仏教を排斥して蘇我氏と争い、塔を壊し仏像を焼く』という大悪人のように伝えられている。但しこれも、本当のところは何とも言えない。何しろ崇仏《すうぶつ》論争で聖徳太子・蘇我馬子の連合軍と戦って、完膚《かんぷ》無《な》きまでに打ち滅ぼされてしまったわけだからね」

勝者の歴史——。

いつの時代も、それの繰り返しだ。現代のように、あらゆるルートで情報が流れることもない。せいぜいが『風土記』だ。しかしこれも、朝廷の検閲が入っている……。

「そういえば、この事件に関連して、ちょっと面白い話があるんだ」

「それは?」

「四天王についてなんだけれど——」と崇は奈々を見た。「四天王は、もちろん知っているね」

はい、と奈々は答える。

「北方守護の毘沙門天《びしゃもんてん》。南方守護の増長天《ぞうちょうてん》。東方守護の持国天《じこくてん》。西方守護の広目天《こうもくてん》——です」

何年か前までは全く知らなかったけれど、ここ数年、崇と一緒に行動するようになって、この程度の知識は常識になってしまった。だからといって、薬剤師の仕事上で、何かメリットがあるのかと尋ねられても困ってしまうのだが……。

「この戦いの——」と崇は奈々のそんな思惑に気付かないように淡々と続けた。「一番手柄、物部守屋大連の首級を挙げたのは、聖徳太子の舎人《とねり》・迹見赤《とみのいち》檮《い》という人物だったという。そしてこの迹見赤檮は、現在四天王寺の金堂にある四天王像のモデルの一人といわれている」

「四天王寺の？」

「そうだ。四天王寺は金堂に聖徳太子の本地仏である救世《ぐぜ》観音を祀っているんだが、その東方を守護する持国天に蘇我馬子、北方の多聞天に秦河勝《はたのかわかつ》、南方の増長天に小野妹子、西方の広目天にこの迹見赤檮。彼ら四人が、四天王のモデルになって聖徳太子の守護に当たっているというんだ」

「それは面白いですけれど……。でも、それが何か？」

「建御名方神は、後年『富』の一字を追贈されて『建御名方富神《たけみなかたとみのかみ》』と呼ばれたんだ。そしてこの『トミ』こそ、迹見赤檮の『迹見』なのではないかという説がある――」

「えっ」

「そうなると、明日行く下社秋宮の御神木のイチイも、迹見赤檮の『赤檮』から来ているのではないかというわけだ」

それは、と翔一が笑った。

「御柱が、実は『四天王』を表しているんじゃないかっていう話だろう」

「四天王を！」

「ああ、そうだよ。本殿の四方を守護しているからね」

なるほど。

そういう説もあるのか。

というより、それが正しいのではないか。

一人で納得し、頷く奈々の横で崇が言う。

「まあ、一つの説だな。いくつもある仮定の中の一説だ」

「いくつもあるんですか……」

「大きく分けて、確か六つかな」

「よくご存知ですね……」由美子が目を丸くする。

「その通りです。六説あります」

「そんな話も、後でしょう」崇は振り返って、麻紀を見た。「きみは『洩矢』の神についても詳しいかな？」

「は、はい」突然尋ねられて、麻紀は一瞬緊張する。「一般的に言われていることならば、それなりに」

「じゃあ、説明してくれないか」

「あの……ちょっとその前に」奈々はあわてて質問する。「モリヤ——って、物部守屋と関係があるんでしょうか？」

「そういう伝承があるらしい」崇は奈々を見て頷いた。「但し、口承だけだそうだけれどね」

「ええ」と麻紀も首肯する。「洩矢、守矢などは、物部守屋から来ていて……つまり、彼の子孫が諏訪に流れて来たのではないかという……。でも、物証はありません。その可能性があるというだけで。年代考証もちょっと怪しくなってしまいますし」

「そうなんですか……」

「あと『モリヤ』というのは、エルサレムの『モリア山』からきているんじゃないかとか」

「エルサレム？」

「はい。旧約聖書に出てきます——。でも、それは余りにも荒唐無稽な感じがして」

「それに、今俺たちが調べている話とは少し逸れてしまうからな。その話は、また違う人たちに任せておこう——。さて、麻紀くん、よろしく」

「え、ええ、はい」

麻紀は口を開いた。

「ここ諏訪には、建御名方神の話とは別に、もう一つ神話が伝えられているんです」

「もう一つの神話？」

「そうなんです、棚旗さん。この地方に、古くから伝わっている神話なんです。それが、今言った『洩矢神』に関する話なんですよ」

「それは、どんな？」

「はい。室町時代初期に編まれた『諏訪《すわ》大明神画《だいみょうじんえ》詞《ことば》』などにも記されているんですけれど……。それらの資料によれば、『モリヤ』あるいは『モレヤ』の神というのは、一般には『オシャグチ』とか『ミシャグチ神』などの名で呼ばれている神様に他ならないんです。もともと諏訪の地にいらした神」

「ミシャグチ神って！」

「そうです」由美子も大きく頷いた。「さっき、神長官邸で見た神様」


あっ。

神長官守矢——。

そこに、ミシャグチ神。

そして「モリヤ」の神は、同時に「ミシャグチ神」になる。全て同根だったのだ。

奈々は祟の言った「全てが繋がっている」という言葉を思い出した。

これは本当かも知れない……。


「ご存知のように——」と麻紀は続けた。「諏訪大社は、上・下社共に、宝殿・拝殿はありますけれど本殿はありません。つまりこれは、神奈備《かんなび》信仰を持っているからだといわれています」

「大和の三輪山に象徴されるように」祟が説明する。「山や森などの自然物を祭祀するという、社殿を持つ以前の原始的な社の形態であるというわけだ」

「そうです。事実、上社本宮では日の出の方向、つまり前宮の方角を拝むことになっていますけれど、本宮より古いといわれている前宮の神奈備山は、南南西の守屋山になります」

これも、さっき祟が言っていた話だ。

しかし——。

「それに関しては、また考えよう」

「えっ？」

「奈々くんにも尋ねられて、ちょっと思いついたことがあるんだ」

「そう……なんですか」

「いや、しかし今は、きみの説を続けて」

はあ、と戸惑いながら麻紀は口を開いた。

「また下社は、霧ヶ峰、八島ヶ原湿原の『御射山遺跡』が御神体だったといわれています。ちなみに、霧ヶ峰は昔、御射山と呼ばれていました。当然この『御射』は『ミシャグチ』になります」

またしても「御射——ミシャグチ」だ。

諏訪の根幹に関わっている神……。

「そして、現在も上・下社にはそれぞれ御射山神社があり、ミシャグチ神を祀っています。いずれも、八月二十六日から二十八日まで山中で神事が執行されて、私たちはこれを『御射山祭——諏訪祭』と呼んでいます。そして——」

と麻紀は奈々を、そして祟を見た。

「実は、この洩矢の神は、天竜川の近くで建御名方と『力競べ』をして負けてしまい、彼に服従することになったといわれているんです」


え……。

「建御名方神と……洩矢神が？」

「そうです」

「それって——」

そうだな、と祟は奈々を見る。

「出雲で行われたという国譲りと、同じような出来事がこの諏訪の地に於《お》いてもあったということになる」

「建御名方神が……？」

「はい」

同じことをしたのか。

後からやって来た神々が、古来そこに住んでいた神々を追い出して居座ろうとした。その結果、大国主命と事代主神は命を落とし、建御名方神は遥か諏訪の地まで逃げて来た。

しかしその地で彼は、もともと諏訪に住んでいた神々を追い払い——居座ったというわけだ。

二重写し、玉突き……そんな構図ではないか。

ということは――。

奈々は納得した。

それが、ミシャグチ神が諏訪大社境内に祀られていない理由なのではないか！　自らが一方的に滅ぼしてしまった先住民族――神だからだ。

ゆえに、離れた場所に祀っているのではないか。そしてその祭祀は、滅ぼされてしまった神々の子孫たちに任せて……。

それならば――祟の言葉ではないけれど――理論が通じている。理屈に合う。

「これはあくまでも口承――というより口碑《こうひ》に近いんですけれど」麻紀は続ける。「その頃、つまり稲作以前の諏訪盆地には、洩矢の長者の他に、蟹河原《かにがわら》の長者、佐久良《さくら》の長者、須賀《すが》の長者、五十集《いさり》の長者、武居の長者、武居会美酒《えみし》、武居大友主《おおともぬし》などの人々が住んでいたそうです。なので、出雲系の稲作民族を率いた建御名方神がこの盆地に侵入した時に、洩矢神を長《おさ》とする彼らは、天竜川河畔に陣取って迎え撃ちました」

「やっぱり、戦いになったのね」

「そうです。そしてその時に建御名方神は、その手に藤の蔓《つる》を、そして洩矢神はその手に鉄の輪《かぎ》を掲げて戦ったといわれています」

「藤の蔓と、鉄の輪？」

「これにも色々な意見――解釈があるようなんですけれど、まだ結論は出されていません。そして結局その戦いで、洩矢神は負けてしまいました。その時の両方の陣地の跡には、今の藤島明神《ふじしまみょうじん》と、洩矢大明神が、天竜川を挟んで対岸に祀られています。藤島明神の藤の木は、その時の藤蔓が根付いたものといわれています」

「藤の木……」

もしかしてそれは「藤原氏」ということなのだろうか。そうすると「鉄の輪」というのは何だろう？

地元で産した鉄の武器のことか？

それで、と由美子も言う。

「また、これも地元での言い伝えなんですけれど、本宮が造られた理由」

「本宮が造られた？　ああ……そういえば、前宮が一番古い社殿だっていう話を聞いたわ」

「そうなんです。でも、ある時、前宮の辺りで大きな争い——戦いが起こって、たくさんの血が流された。そこで社殿を遷した。それが現在の本宮なんだという……」

血を嫌ったというのか。

しかし——。

諏訪の神は、血肉を忌避していないではないか。御頭祭がその顕著な例だ。それとも、人間の血は好まないというのだろうか。

そんなことを思っていると、奈々の心を読んだかのようなタイミングで、崇が言った。

「まあ、理由はそれだけじゃないだろう。単純に血の穢れを嫌っただけとは思えない」

「実際に、御頭祭のような神事も行われているのだから——」

「そうだ、奈々くん。きっとその戦いによって、その土地に住む人たちの勢力図が変わった、ということだろう。精神的な理由じゃなく、もっと政治的な理由だったんだろうと俺は思う」

「ひょっとして——」奈々は尋ねる。「そこから『遷座祭』が始まっているんでしょうか」

「それは分からない。しかし、こういった伝承はとても貴重だね。地元に足を運ばないと知ることができないから」

「ありがとうございます」

恥ずかしそうに笑う由美子の隣で、

「いや、桑原。前宮の話は、そう言われればそうだよ」翔一は、うんうんと頷いた。「ぼくもずっとそう聞かされて来ていたから、今まで何も疑わなかったけれど、確かにそうだ。きっと、政治的な問題だったんだろう。人間は、自分たちで思っている以上に、即物的な生き物だろうからね」

「……そうですか」由美子は渋々頷く。「私は、ずっとそう思っていましたけれど……でも、御頭祭などのことを考えれば、桑原さんのおっしゃる通りかも知れませんね」

「教えるより、教わる方が多いんじゃないか？」翔一は笑った。「麻紀ちゃん、頑張れ」

「はい……」麻紀も困った顔で返事をする。「ええと……では、ミシャグチ神に戻ると……さっきの前宮にある説明書きの立て札にも、

『ここ前宮は古来より諏訪明神の住まう所として生き神となる諏方大祝《おおほうり》の居館を存し神秘にして原始的なミシャグジ神を降して諏訪明神の重要な祭祀・神事をとり行った聖地である』

とあります」

「あっ、そうだ」

「何か？　棚旗さん」

「ええ。その『大祝』という人たちについて知りたかったんです。それは、どういう職に就いていた方々だったの？」

「『祝』というのは――」麻紀に尋ねたのに、崇が説明する。「もともとは『はぶり』とも呼んで、神職一般を指していたともいう。しかし主に、神主、禰宜に次ぐ神事奉仕者とされていた。古代においては神憑《かみよ》りをして託宣を告げる者や、祭主ではないけれど神との仲介をする者という意味もあったんだ。特に女性は『祝女《はふりめ》』として『巫女《みこ》』の機能も司っていたらしい。諏訪大社の他には、大山祇《おおやまつみ》神社や阿《あ》蘇《そ》神社などが有名だな。でも、もちろんこの名称には他の意味もある」

「それは？」

「さて――」

奈々のその質問には答えずに、崇は目の前に姿を現した鳥居を感慨深そうに見た。

「本宮に到着した。ゆっくり参拝しよう」

奈々たちは御手洗川に架かっている神橋を渡り、境内に足を踏み入れた。現在はこちらよりも、北参道の方に立派な鳥居が建っている。しかし北参道から入ると、参拝順路として大きく左に迂回することになる。そして今奈々たちがいる場所へとたどり着き、結局ここから参拝が始まる。

すぐ目の前には、布橋《ぬのばし》という七十メートルも続く回廊が延びていた。

「ここは」と翔一が説明する。「今言った、大祝が通行する際に布が敷かれたことから『布橋』という名称が付けられたんだ。今も遷座祭の時には、神輿が通る道筋に布が敷かれるけれどもね」

「あそこに建つのは」と崇はすぐ右手に見える建て御柱場所を指した「一の御柱かな?」

「いや、桑原。二の御柱だ」

「何故、一じゃないんだ?」

「そういわれれば……」

翔一は困惑顔で、由美子と麻紀を振り返った。

「どうしてだろうな……」

「参道入り口右手に『一の御柱』が建つと考えるのが、常識だろう」

「そう……だな」

まあいい、と崇は足を進める。

「しかしここは、古い回廊だな」

「そうですね」麻紀が答える。「御門と一緒で、文政十二年(一八二九)建立といわれています。拝殿の建つ斎庭《ゆにわ》と、一般の私たちが通る境内の中間にありますから、神と人とを繋ぐ道といわれています」

奈々たちは回廊に足を踏み入れる。風が吹き抜け、とてもひんやりとしていた。

入ってすぐ左手に、御柱のメドデコと、曳き綱が飾られていた。しかし、その飾り方は——。

「蛇がとぐろを巻いている形になっているんだな」

崇が言う。「どう見ても」

ええ、と麻紀は答える。

「曳き綱には、微妙に太さの違う、男綱と女綱があります。そして上社の御柱は、進行方向に向かって右側に女綱、左側に男綱を結びつけます。その結びつける部分を『蛇口』と呼んでいますし」

「えっ。じゃあ、やっぱり『蛇』だというのは、周知の事実なのね」

「そういうことですね」

後ろで由美子も、うんうんと頷いた。

奈々たちは、ゆっくりと回廊——布橋を進む。摂末社遥拝所や大国主社を左手に眺めながら行くと、東宝殿と西宝殿の間に、四脚門が現れた。宝殿には普段神輿が納められており、御柱祭の度に一方が建て直されるという。そして四脚門は、別名を勅使門と呼ばれていて、前にも話していたように、古い氏子さんたちはここから参拝するという。

奈々も覗いてみる。

すると正面、やや左手の小高い場所に大きな石が見えた。あれが「諏訪七石」の一つの「御硯石」なのだろう。そしてその背後は、御神体山というわけだ。とすると——。

「やっぱり拝殿の位置がおかしいですね」奈々は翔一に尋ねる。「普通に拝所から参拝する人たちは、一体どこを拝んでいることになるんですか？」

「東南東を」

「そこには何があるんですか？」

「それが……」翔一は苦笑いして肩を竦める。「分からないんだよ」

「仮説は色々あります」麻紀が言う。「たとえば、この延長線上には前宮があるとか——」

「でも、実際は微妙にズレている」

「ええ。あとは、昔拝殿の奥に仏舎利を納めた舎利塔と経文があった。だから、それを拝んでいるのだとか、あるいは諏訪明神の本地仏である普賢菩薩が祀られていたので、それを拝していたのだろう、とか」

「神仏習合ですか」

「はい。でも結局は良く分からず……」

「なるほどね」崇が横で頷いた。「この向きか」

見ればいつの間にか彼の広げた手には、方位磁石が載っていた。それを眺めながら、

「一の御柱がこちらだから――」

などと一人でぶつぶつ呟いている。

奈々たちがその様子をじっと眺めていると、

「これは面白いな」急に笑った。「一考の価値がある。さあ、次だ。折角だから宝物殿にも寄ってみよう」

宝物殿は布橋を抜けて、もう一度塀重門をくぐった先にある。左手は拝殿。正面には、四の御柱が見える。

宝物殿には「徳川家社領寄進状」や「八稜鏡《はちりょうきょう》」や、神長官守矢史料館にも飾られていた「薙鎌《なぎがま》」や「サナギの鈴」などが、ガラスケースの中に並んで展示されていた。その宝物をゆっくりと眺めていた奈々は、ふと変わった印があるのを見つけた。

それは古い紙の上に押捺《おうなつ》されている歪んだ卵形の印で、中央部分に崩れた十字形の空間がある。説明書きには、

「鹿の角の根部で作られたもので印面は不整形である。摩滅して何の形かわからないが、大和古印時代以前の原始的印で、諏訪大神の神影として伝えられ、神事の御符に押捺した記録がある」

とあった。

奈々は思う。やはりこの神は、鹿と非常に縁が深いのだろうか――。だが、少なくとも鹿は使神《ししん》として扱われてはいない。かといって、神影として伝えられるほど神に近い動物でもあったわけだ。

そうなると、何故七十五頭もの鹿の頭が捧げられなくてはならなかったのだろう。矛盾してはいないか？

しかし崇は理論が「首尾一貫している」と言っていた。どこでどう「一貫」しているのだ？

奈々が心の中で首を傾げながら宝物殿を出ると、境内に大歓声が沸き上がった。御柱がこちらに到着したのだ。

子供たちの歌う「木遣歌」の声も響き渡る。色取り取りの法被を着た氏子たちが、一斉に集まっていた。そして御柱は明日の午後まで、この境内で建てられるのを待つことになる。

その姿をじっと見終わると、

「さて」と翔一は、奈々と崇を見た。「一旦帰ろう。下諏訪だったね。旅館まで車で送って行くよ」

「ありがとう」

「その後でぼくらも一度家に帰る。桑原、夕食後にまた会おう。フロントまで迎えに行くから、それまで温泉にでもつかって食事して、のんびりしていてくれないか」

「分かった。そしてその後、どこかに移動して飲むということだな」

「ああ。ちょっと良いバーを発見したんだ」

「それは素敵な誘いだ」

「まだまだ話の続きもあるしね」

「夕食では、余り飲み過ぎないで下さいね」由美子は念を押す。「桑原さん、相当飲まれるらしいから」

「誤情報が流れているようだな」

「そんなことはないでしょう」

「棚旗さんは？」

「ええ、はい。少し……」

いや、と崇が真面目な顔で訂正する。

「俺と同量に飲む」

「え――」

「それは頼もしいな！」翔一が嬉しそうに言う。「彼女たちも、それなりに飲むからね。いや楽しみだ。積もる話もたくさんあるし」

「タタルさんの、中学時代の話？」

「そうだね。きっと、棚旗さんの知らないような話なんかも――」

「そんなことはどうでもいい」崇は不機嫌そうに翔一を睨む。「肝心な、諏訪の話を聞かせてくれ」

「分かってるって」翔一は笑う。「ぼくも、桑原の話を聞きたいからね。まあ、夜は長いし、ゆっくりと語り合おう」

「徹夜になるぞ」

本気か冗談か、崇は答えた。

奈々は——ちょっとだけ崇の昔の話も知りたかった。どんな中学時代を送っていたのだろう。でもおそらく、今と大差なかったのではないか。しかしそうすると、こんなムッツリとした中学生だったら同級生に苛《いじ》められたりしなかっただろうか。それとも、意外ともてたりしていたのだろうか。

チャンスがあったら、翔一にこっそり聞いてしまおうか……ちょっと恐い気もするけれど。

奈々はそんなことを思いながら、崇の隣をゆっくりと歩いた。

＊

結局年が明けて春になったというのに、月見ヶ丘の事件は全く進展していなかった。

戸塚は煙草に火をつけて、イスに寄りかかる。古いイスの背が軋《きし》んだ。机の上には例によって、穴師村の事件の資料が、バサリと投げ出されている。

その中にはもちろん、赤江初子に関する物もある。それを読んで初めて知ったのだけれど、初子はもともとあの一帯の大地主だったらしい。そして、建売の区画を整備する話にも喜んで乗り、土地を提供したらしい。

しかし、これは珍しい例だった。というのも、この辺りの地主連中は、そういった系統の話には余り食指を動かさないからだ。というのも、先祖代々の土地を自分の代で減らしてしまうことを、恥だと思っている地主が多いからだ。だから、国道や駅ができるという公共事業でもない限り、基本的に土地を売ることはない。あとは、自分の所有する山を削って高速道路ができるという話が舞い込んで、通常の何倍もの地価で山を手放したとか……そういう特殊な例の時だけだった。

だが初子は、嬉々としてその計画に乗ったという。もっとも彼女は五十代半ばで独身。夫も子供もおらず、両親も既に亡くなっている。だから、彼女の財産は自分の代で終わり。そこで、自分の好きに使ってしまおうということで、区画整備に協力したらしかった。

ところが、いざ始まってみると、協力的だったのは最初のうちだけで、急に口うるさいことを言い出したのだという。まあ、ああいった偏屈な性格だから、想像できなくもない——。

「いやあ、まいっちゃいましてね」と不動産会社の担当者は顔を曇らせた。ちょっと性格が暗そうな、腰の低い慇懃無礼《いんぎんぶれい》な男性だった。「突然ああだこうだと言い始められてしまいまして」

「なんだと言うんだね？」

メモ帳を開いて問い掛ける戸塚たちに向かって、担当者は「はあ……」と頭を掻いた。

「家を建てるのは良いけれど、入居者は自分の許可無しで決定するな、なんて言うんですよ」

「ほう。しかし、彼女にそんな権限はあるものなのかね？」

「もちろんありませんよ！」とんでもない、というようにプルプルと首を横に振った。「区画の土地は、私たちが買い上げたんですからね。でも、赤江さんはここらへんの大地主だったし、同時に古くからのお客様でもあり、またうちの会社の社長とはお互いの親御さんの世代からのお付き合いなもので、余り無下《むげ》に断ることもできず……」

「そりゃあ、困ったもんだね」

「そして、いくら契約書に記載されていない条件だといっても、実際に私も同じ一画に住むんだから、どんな人がやって来るのかくらいは知る権利もあるんじゃないか、と」

「まあ、気持ちは分からなくもないがねえ」

「ええ……。しかし幸いなことに、入居希望者もとても多かったこともありまして、社長も間に入り、なんとかうまく波風も立てず双方の意見も聞きまして、完売致しました」

「そりゃあ良かったね。その結果、赤江さんはあの一区画の一番南側の大きな家に入ったんだ」

「ええ。でも最初はどうなることかと」

しかし——、と溝口は尋ねる。

「ということは、入居時に赤江さんがその人たちの情報を、全てチェックしたということですか？」

「はい、全員」

「それじゃあ、いくら相手が元の地主さんだといっても、個人情報の流出ということになってしまうでしょう」

いえいえ、と担当者は顔の前で手を振った。

「もちろん、そんな詳しくは教えられませんよ。いかにあの方が言ってきたとしても。せいぜいが、名前と年齢、家族構成と、どこからやって来られたかという情報くらいです。入居して暮らし始めれば、すぐに分かってしまう程度のレヴェルで」

「なるほどね——」

戸塚は頷いたけれど……しかしまた、どうしてそんな面倒なことを？　やはりちょっと変わった女性のようだ。

それに、入居の際にはこんなにチェックを入れた割には、住んでしまったらもう全くどうでも良いというように、殆ど近所付き合いをしていない。

ただ、自分なりの独特な「占い」などもやっていたようで、仕事運や恋愛運なども割りと当たるという評判も立っていた。そこで、たまに近所の人たちが——ご機嫌伺い代わりに——占ってもらいに訪れることもあったという。しかしこれも、決して仕事として行っているわけではないようで、気まぐれに受けたり断ったり、そんな程度だったらしい。

「いやしかし、一時はどうなることかと思いましたよ、本当に」

男は卑屈そうに笑った……。


占い——か。

そういえば、諏訪大社にも変わった占いがあったような記憶がある。それは確か、その年の農作物の出来不出来を占う神事だった。古い神社に、よくある妙な風習だ。

その他にも——初子に言われるまでもなく——大社には謎が多い。というより、謎だらけだ。

「御柱祭」などはその最たるものだし、以前に溝口も言っていた「御頭祭」にしても不可解極まりない。

だが、そんな謎は謎のままで構わないのではないか——そんな気がする。

その謎を追究するのは専門家の役目で、一般庶民である戸塚たちは、その風習を受け継いで行きさえすれば良いのだと思う。別に、謎が解けなくては祭に参加できないという法もないし、解けたからといって祭が変わるわけでもないだろう。知らなくても生きて行けるだろうし、特にこの諏訪大社に関して言えば——。

知らない方が良いような気もしている。

実際、科学的に解明されている「七不思議」もある。それは諏訪湖の「御神渡《おみわたり》」だ。しかし、あの湖を横断する「龍神の渡られた跡」を実際に目にすると、そんな科学的説明など吹っ飛んでしまう。実に神秘的で感動的な光景だ。昔の人たちが、神の存在を心から信じていたという話も納得できる。一度、凍《い》てつく風の中を見物しに行ったことがあったけれど、まさに龍神——神の練り歩いた跡、そのものだった……。

知らぬ間に思考が少しずつずれて、そんな光景を

頭に思い浮かべていた戸塚は、

「警部っ」

という溝口の声で我に返った。

「事件ですっ」

来たか、と思った戸塚はイスをくるりと回して尋ねる。

「何だ、もしかしてまた穴師村——月見ヶ丘か？」

「はいっ」

これで三度目だ。

何となく嫌な予感が戸塚を襲う。

「しかも今度はっ、赤江初子が——」

「何だと！　殺されたのかっ」

いいえ、と溝口は首を振る。

「しかし、腹部を刺されて重傷を負い、救急病院へ搬送されましたっ」


もう何度目だろう。

戸塚は車を降りて思った。

春風が頰《ほお》を打つ。

この建売区画を訪ねるのは、何回目になった？

そして、何回訪ねれば、この事件は収束するというのか——。

初子は、重傷を負って倒れ伏していたところを、今朝早くこの辺りをジョギングしていた隣家の森村《もりむら》洋二《ようじ》によって発見されたという。何の気なしに初子の庭に目をやった森村は、そこに俯せになって倒れている人影を見た。声をかけてみたけれど、ピクリとも動かない。そこで、慌てて交番に通報したらしかった。

戸塚たちは警官に案内されて、初子の家の庭に入った。確かに、他の家よりは少し大きい。ここの建売は、全部が全く同じ形ではなく微妙に異なったデザインになっているのだけれど、初子の家は土地自体が大きいようだった。

庭に出ると、芝生の中央には赤黒い大きな染みだけが残されていた。この場所に、初子が倒れていたわけだ。

そして今回も——。

「何だよ、これは……」

頭を落とされたり、喉元《のどもと》を切り裂かれたりしている小鳥——雀が数羽、その血溜まりの側に落ちていた。雀たちは、首のない茶色い物体と化して、芝生の上にバラリと無造作に転がっていた。

「……どういうことだ?」

「さあ……自分には全く……」

「おいおい、兎と亀の次は雀か? 舌切り雀——ってことかね?」戸塚は苦笑いしようとしたが、顔が引きつった。「やっぱりこの犯人は、遊んでるっていうのか?」

「いや……」

「それとも、日本昔話でも演出しようとしてるのかね? ささくれ立った我々の心を、なごませてくれようとして」

「自分には何とも……」


しかし——、と戸塚は真面目な顔で溝口を、そして雀たちの死骸《しがい》を見た。

「もしもこいつが同一犯の仕業だとしたら、とんでもない偏執狂か、それとも尋常じゃない頭の持ち主だぞ」

「その通りですね……」溝口もしゃがみ込んで、雀たちをまじまじと見つめた。「一体、何の意味があるんでしょう」

「ぼくらの理解を超えてるね。これは、何としても犯人を捕まえないといかん。そして、こんな残酷なことをした理由を問《と》い質《ただ》してやる——。それで、凶器はどこに?」

振り向いて尋ねる戸塚に、

「はい」と鑑識がビニール袋に入った出刃包丁を差し出した。「あのサツキの根元に落ちていました。間違いなく、これが凶器と思われます」

「指紋は?」

「今のところ、いくつか確認できますが、被害者の物か犯人の物かは、まだ断定できません。しかしどちらにしても、付着している血液もＤＮＡ鑑定に回しますので、その時にきっちりと調べます」

「犯人らしき人物の足跡などは？」

「これも、今のところ特定はまだ……。というのも、数種類の足跡が発見されていまして」

「この家には、普段から意外と客人が多かったってことか」

「そうですね。近所の方の話によりますと、被害者は自分から余り出歩くことはなかったようですが、訪ねて来る人たちはそこそこいたようです。男性女性問わず」

「分かった」戸塚は手を挙げて礼を言った。「また、よろしく頼むよ」


庭と家を一周して、戸塚たちは一旦県警に戻ることにした。その後でもう一度出直し、また聞き回らなくてはならないだろう。


帰りの車の中で、溝口がハンドルを握りながら口を開いた。

「警部、よろしいですか」

「ああ、いいよ。何だね？」

「今回の事件、どう思いますか」

「と言うと？」

「もちろん軽々《けいけい》な判断は避けたいところではあるんですが……自分は、どうもこいつは怪しいんじゃないかって気がするんです」

「怪しい——っていうのは、こいつは殺人未遂じゃないってことか？」

ええ、と溝口は前を見たまま頷く。

「ひょっとしたら、自殺未遂かも知れませんね」

「もしくは、狂言か」

「はい」

「しかし……」戸塚はシートに深く寄りかかる。

「凶器の出刃包丁は、かなり離れた場所に転がっていたんじゃないか。意識不明になるほどの重傷を負った彼女に、あんな重い物を放り投げる余力が残っていたかどうかっていう問題があるね」

「火事場の馬鹿力っていうのもあります。或いは、何らかの方法を用いた」

「……どうだろうかね。まだ何とも言えないけれど、投げても決して届かないっていう位置に落ちてたわけじゃないしね。可能性として考えれば、完全には否定しきれないな」

「最初から、我々に対する態度もちょっとおかしかったですからね。諏訪大社が、どうのこうのと」

溝口は、まだ根に持っているらしい——と戸塚は感じて心の中で苦笑いした。来月に控えた御柱祭に参加しようとしている彼に向かって「諏訪を知らない」と吐いたその言葉が、溝口のプライドを大きく傷つけたのだろう。

しかし、それはそれとしても——、

「確かにそうだね。その方面も視野に入れながら捜査を進めよう。だが……それにしても」

先程の状況を思い浮かべた。

「あの雀はどう思う？　何の意味がある？」

「それは……全く想像もつきません。それこそ、諏訪の祭にも関係なさそうですし。ただ捜査を混乱させるための小道具だったんじゃないですか。こうして実際に、我々も悩んでしまっているように」

「兎と亀と雀が、小道具ねえ」

「ええ……」

じゃあ、と戸塚は溝口に尋ねる。

「もしも……もしもこの次に、また同じような事件が起こったら、そこには何がいるんだ？　狐か狸の死骸が転がってるってわけか。それとも……」

鬼か——？

戸塚は不機嫌そうに鼻を鳴らした。

＊

下諏訪は宿場町だ。江戸から京都へ向かう中山道と甲斐を抜けて走る甲州街道と、これら二つの主要な街道が下諏訪の地で合流していた。今もその合流の碑が「綿乃湯《わたのゆ》源湯」の脇に建っている。

ちなみに、この「綿乃湯」の起源は、それこそ八《や》坂刀売神《さかとめのかみ》まで遡《さかのぼ》るらしい。

むかしむかし——。

建御名方神と八坂刀売神が下諏訪にお帰りになられた時、八坂刀売神が日頃使われていた化粧用の湯玉を、この場所に置かれた。するとそこから、こんこんと温泉が湧きだしたという。そしてその湯玉は、綿で作られていたことから「綿乃湯」と呼ばれるようになったという。

そんな古い伝統を持っているこの町には、共同浴場も数多くあり、浴衣姿で温泉に入りに行く観光客の姿も散見された。町並みも海鼠壁《なまこかべ》や板塀が続いていて、とても情緒溢《あふ》れている。

そんな町の古い温泉旅館に、奈々たちは宿を取っていた。

ゆっくりと温泉に浸かって疲れを癒《いや》した奈々は、夕食後にそのまま出かけられるように、再び着替えながら、荷物もきちんと整理する。

八畳と四畳半の続き部屋に、奈々一人。やはり沙織も連れて来たかった。それにこの時期、一人ではちょっと贅沢《ぜいたく》すぎて申し訳ない。そんなことを思いながら、部屋を出る。

奈々が夕食処に到着すると、すでに崇が一人でビールを飲んでいた。掘り炬燵《ごたつ》の和室だった。

遅くなってすみません、と奈々は崇の前に腰を下ろす。崇は風呂上がりのため、普段にも増して髪の毛がボサボサだった。いや、これでも一応梳《と》かしては来たのだろうが……。

「地ビールだ」と言って、崇は奈々のグラスにビールを注ぐ。「しっかりとしていて美味しい」

いただきます、と奈々が答えて乾杯すると、料理が運ばれてきた。郷土料理をメインにした和食だった。最近はいつも、旅行に来たら、温泉と地酒と郷土料理だと勝手に決めている。昔は旅先でもホテルのレストランで食事をしていたのに、いつの間にかすっかり和風に染まってしまった。年齢のせいなのか、それとも、

「地方に行ったら、必ず地主神に挨拶して、温泉に入って、地酒を飲む。そうすることによって、地元の神々と、精神・肉体の両面から繋がることができる」

という持論のある崇の影響なのか——。

「こんな本を見つけた。例の菅江《すがえ》さんの本だ」

前菜をつまみながら、崇は一冊の本を奈々に見せる。『菅江真澄《ますみ》の信濃の旅』と表紙にあった。

「御頭祭について、詳しく書かれているんだ。さっき部屋で読んでいたんだが、なかなか面白かった」

「神事の内容について書かれてあるんですか？」

「昔の形式が分かる。ちょっと読んでみようか。ああ、ビールを追加しておいて」

奈々に言うと崇は、パラパラとページをめくり、グラスを片手に読み上げる。

「天明四年（一七八四）に御頭祭を見物した際に、次のように書き残しているんだ。ちょっと長いけれど、全文を読もう——。

『そこ（十間廊）にはなんと鹿の頭が七十五、真名《まな》板《いた》の上に並べられていた。その中に、耳の裂けた鹿がある。この鹿は神様が矛で獲ったものだという。上下《かみしも》にいずまいを正した男が二人、動物の肉を真名板にのせて持って登場する。……神に供える大きな魚、小さな魚、大きなけもの、鳥の類など、いろいろなものがことごとく奉られ、数多くの器に組み合わせて供えてある……大勢の神官が皆敷皮の上に並んでこの供物を下ろして食べる。神官はお互いに銚

子で御神酒《おみき》をついで回っている。……やがて（神長が）篠の束の縄をほどき、篠をばらばらにしてその上に敷き、花を添える。長殿（神長）はそのままじっとしている。その時、長さ五尺あまり幅は五寸ほどで、先のとがった柱を押し立てる。これを御杖《おつえ》とも御贄柱《おにえばしら》ともいう……御神《おこう》といって、八歳ぐらいの子供が紅の着物を着て、この御柱にその手を添えさせられ、柱ごと人々が力を合わせてかの竹の筵《むしろ》の上に押し上げて置いた』」

「八歳ぐらいの子供――『御神』が、神だということなんですか？」

「そういうことだ。神なのか、これから神になるのかは分からないがね。さて――」

崇は続ける。

「『長殿からは、四人めの下位の神官であろうか、山吹色の袂《たもと》の神官が、木綿襷《ゆうだすき》をかけて持つ。そこへ上下を着た男が藤刀《ふじがたな》というものを小さな錦の袋から取出し、抜き放って長殿に渡す。長殿がこの刀を受け取り、山吹色の衣を着た神官に渡す。その藤刀を柱の上に置く。また長い縄を渡す。木綿襷をした例の神官が、刀を柱のてっぺんに当て、刻みつけ、さわらの枝・柳の枝・象《きさ》の小枝などを例の縄で結いつける。さらに、矢も一本結びつける。また、三の枝を結ぶ。これにも矢を一本結びつける。そして、もう一本の柱も刀で同じように刻みつけ、二ヵ所を結ぶ』――」

時折ビールで口を湿らせながら、崇は延々と読み続けた。

「『こうして左右二本の柱を飾り立て、縄が残ると藤刀できっちり切り放す。また柏の枯れ葉に糀《こうじ》を盛って折箸《おりばし》で縫い通し、二つとも糀でくっつけて柱にかける。そして、四つともこの御柱にさす。その後、神官たちが家の中程の所に立ち、祝詞を読み上げる頃には御神楽の声が聞こえ出す。そして、柏手を打つ音が三つ聞こえて後、神楽が止んだ。例の神の子供達を桑の木の皮を縒《よ》り合《あ》わせた縄で縛り上げる。その縄で縛る時、人々はただ「まず、まず」と声をかける。火を点す。再び祝詞を読み上げた後、大紋を着た男が子供を追いかけて神前に出てくる。一方、長殿は藤づるが茂っている木の下に行き、家を造った時屋根に差した小さな刀物を八本投げられた。

いよいよ祭は最高潮となる。諏訪の国の司《つかさ》から使者の乗った馬が登場する。その馬の頭をめがけて人々は物を投げ掛ける。しかし、この馬はとても速く走る。その馬を今度は子供達が大勢で追いかける。その後ろから例の御贄柱を肩にかついだ神官が「御宝《ごほう》だ、御宝だ」と言いながら、長い鈴のようなものを五個、錦の袋に入れて木の枝にかけ、そろりそろりと走り出し、神の前庭を大きく七回回って姿を消す。そして、長殿の前庭で先に桑の木の皮で縛られてきた子供達が解き放たれ、祭は終わった』

——。というわけだ」

「ずいぶんまた具体的ですね!」奈々は驚いた。

「そんな資料が残っていたんですか」

ああ、と崇はグラスを空けた。

「その様子をスケッチした絵も残っているんだ。それをもとにして、今日見てきた『神長官守矢史料館』の展示が作られているんだけれどね」

「そうなんですか。でも——」奈々もビールを一口飲んで、煮物を口に運んだ。「やっぱり、かなり血生臭いですよね。どうしてまたこんなに?」

「だから、こういうことを言っている人もいる」崇は、本と一緒に持っていた資料をパラリとめくった。『雄鹿を捕獲し、その慰霊と速やかな輪廻《りんね》を願うということが、御頭祭第一部の表向きの理由と考えられる。この祭を古代狩猟民族の祭祀《さいし》の名残《なごり》であろうと考えるむきもあるが、その考えを推し進めるには無理がある。この祭礼をつぶさに検証して感じることは、この祭礼には太古から脈々と続いているという雰囲気もなければ、自然の恵みに感謝するという素朴で敬虔《けいけん》な祈りもない』

そうなのだ！

今の意見と殆ど同じことを、最初からずっと奈々は感じていた。けれど千年以上も続いている伝統的な「神事」といわれていたために、この人のように断定できなかった。

神と人とが一体になるための儀式とはいうものの、いっぺんに七十五頭もの鹿を殺していたのだ。儀式——つまり形式であるならば、ほんの数頭で良かったのではないだろうか。これでは、余りにも残酷過ぎはしないか。山の神への祈りというよりは、何か……そう……まるで、誰かに復讐しているかのような感覚を覚えてしまう——。

「もともと御頭祭は」崇は言う。「古代から延々と続いてきた祭礼ではなくて、下社造営後に上社で創作したものだ——という説がある」

「えっ。そうだったんですか！　というより……下社は、上社造営後、かなり後から造られたんですか？」

「どうもそうらしいな……」崇は言う。「もう少し、飲みながら話そうか」

「え。は、はい」見れば地ビールはとっくに空いていた。しかも二本。「何をもらいますか？」

「もちろん地酒を。『真澄《ますみ》』の原酒がいいだろう。四合瓶を一本」

「はい」

奈々は答えて呼び鈴を鳴らす。

やがて「真澄」が運ばれてくると、崇は奈々のぐい呑みになみなみと注いでくれた。一口飲む。これも美味しかった。ふくよかな芳香と、予想外にサラリとした舌触りと喉ごし。

奈々は基本的に「水のような」日本酒よりも、トロリとした甘口の日本酒の方が好きだった。だからいつも沙織に「オジサンみたい」と言われる。

しかしこの「真澄」は、とても美味しい。もっとも、旅先でくつろぎながら飲んでいるというシチュエーションも加味されるのだろうけれど。

「実は、諏訪大社に関して」崇もぐい呑みを傾けながら言う。「上社と下社では、奉祀《ほうし》する神職の長――大祝の呼び名が違うんだ」

「どう違うんですか？」

「上社は『神別《しんべつ》』、下社は『皇別《こうべつ》』という」

「神別と、皇別？」

「つまり上社は『祭神《さいじん》の子孫』、そして下社は『皇族の子孫』ということだな」

「祭神と……皇族？」

「おそらくこのあたりについては、これから鴨志田たちの話に出てくると思うから、その時に詳しく話そう。そして俺は、この点も御頭祭の謎に絡んでくると思ってる」

どういうことなのだろう？

同じ神社の同じ神職なのに、一体何が違うのか。

分からない。

そして、分からないといえば――。

そうだ！

奈々は今回、最初から延々と引っかかっていた疑問を、崇に投げかけることにした。

「あの……タタルさん」

「なに？」

「御頭祭の話を初めて聞いた時から、ずっと疑問に感じていたことがあるんですけれど」

「それは？」

はい、と奈々は崇を見る。

「どうして古代の神様は、それほどまでに『血』を好むんでしょうか？　今までの私の感覚だと、むしろ神様は血や肉食を『穢れ』として忌避していたように思えるんですけれど」

「なるほど」

「実際に神社の境内などでも、犬や猫を連れて入ってはいけないじゃないですか。それなのに、この諏訪大社では境内どころか、拝殿や本殿で獣の血が流されていたわけでしょう」

「正確には『十間廊』という建物だが」

「でも……境内ですよね」

「それは間違いない」

「やはり、考えられません。だから最初私は、獣たちも『神』として扱うからだろう思っていたんです。けれど先程のお話で、この祭には『自然の恵みに感謝するという素朴で敬虔な祈りもない』——という意見があると聞いて、やっぱりおかしいんじゃないかと思い直したんですけれど……」

「確かに、獣を『神』として考えるのは良いとしても、七十五頭は血を流しすぎだな」

「では何故？」

ああ、と崇は日本酒を飲み干し、手酌で自分のぐい呑みに、なみなみと注いだ。

「よく勘違いされているけれど——。もともと日本では獣に関して、神社もそれほど忌避していなかったようだな」

「えっ？」

「たとえばこんな意見がある」崇はまた違う資料を開く。「『朝廷は、和銅六年（七一三）五月に、地名は好字《こうじ》で表記して地域ごとの地誌的状況を報告するよう、諸国に命じた。いわゆる風土記撰進の命令だが、今に伝わる『播磨国風土記《はりまのくにふどき》』讃容《さよ》郡郡首条は、次のように伝える。


玉津日女命《たまつひめのみこと》（賛用都比売命《さよつひめのみこと》）が生きた鹿を捕らえて腹を割《さ》き、その血に稲種を蒔《ま》いたところ、一夜の間に苗が生成した。

同じく賀毛《かも》郡雲潤《うるみ》里条にも、「太水神《おおみずのかみ》が宍《しし》（鹿・猪など）の血で田を作るので河水は要らないと語った」とある』
『猪は古来、代表的な狩猟獣だが、祭儀の生贄にも広く用いられた。愛知県朝日・奈良県唐古《からこ》・鍵《かぎ》・大阪府亀井・大阪府池上《いけがみ》・島根県西川津《にしかわつ》・佐賀県菜畑《なばたけ》・長崎県原《はら》の辻《つじ》など弥生時代の各遺跡から、猪の下顎《かがく》骨《こつ》が穴を穿《うが》たれ棒に抜いて懸架したことを示す情況で出土していて、猪が特別に取り扱われたことがわかる』——とね。つまりこれは猪の首——おそらくは生首を、生《い》け贄《にえ》として差し出していたということだろう」

「え……。神が……」

生きた鹿を捕らえて腹を割く——？

猪の生首を差し出す——？

血で田を作る——？

どういうことだ。

驚く奈々の前で、崇は淡々と続けた。

「そして『祈年祭の起源を伝える『古語拾遺《こごしゅうい》』の御歳《みとしのかみ》神神話は、これまでは肉食を穢れとして忌み避けようとする内容と理解されてきたが、実際はその逆で、御歳神の祭祀には牛肉が不可欠だったことを伝えたものである』——という」

「牛肉も！」

「そうらしい」

「神様の祭礼にですか？」

「ああ。だから、現実には我々が思うほど、古代に於いて肉食が忌まれていたわけじゃないようだ。実際に御歳神や漢神《からかみ》、常世神《とこよのかみ》を始めとして、天照大《あまてらすおお》神《みかみ》にまで生け贄が捧げられていたという説もある」

「天照大神にまで！」

「もちろん、その他の喪葬《そうそう》儀礼や祖霊の祭でも、肉が供えられていたという。昔はね」

「じゃあ、いつから今のように忌避されるようになってしまったんですか？」

「聖武《しょうむ》天皇の頃から、というのが一般的だな」

「というと……」

「在位が、神亀一年（七二四）から天平勝宝一年（七四九）。平城京の時代だ」

「え……」

意外に新しい——というのも変だけれど、少なくとも奈々が想像していたより、遥かに身近な年代だ。奈々は当然、神代の頃からだろうと思っていた。

「そして重要な点は、この時は『忌避』というより、もっと具体的に『禁止令』が出されたということだ」

「禁止令？」

「これもまた、一つの説だが」と言って崇は、今度は自分のノートを開いた。

「平林《ひらばやし》章仁《あきひと》という人が、こういうことを言ってるんだ。

『聖武天皇が牛馬の屠殺《とさつ》を禁断した本当の理由は、恭仁《くに》宮を正式の都とするための大規模な造営工事が始まっていて、朝廷には多数の役畜《えきちく》、牛馬が必要だったという現実的な事情にある。（中略）桓武天皇が長岡宮造営中の延暦十年（七九一）九月十六日に命じた殺牛漢神祭祀の禁断（『続日本紀』）も同じ理由による。また、延暦二十年四月八日に出された越前国の殺牛祭神禁断令（『類聚国史《るいじゆこくし》』巻十）も、平安宮の造営と関わる。

国司や郡司が人民を徴発して行なう狩猟の禁止も、人民の生業を妨げるというのは表面的な理由づけに過ぎず、実際はそれが反国家的な武力に転化することを恐れてのことであり（略）』——とね」

「ああ……」

「そして、聖武天皇が『牛馬の屠殺を禁断した』ということは、裏を返してみれば、その頃は当然のように牛馬が殺されていた、ということに他ならないんだからね。この説も信憑性《しんぴょうせい》が高いと思う」

当然だ。その時点で誰も牛馬を殺していなかったら、そんな命令は最初から全く意味をなさなくなってしまう。

「確かに、仏教が殺生を禁じたということもある。しかし現実的には、こちらの理由の方が重かったのではないかということだ。そして、仏教とは教義的に関係のない神道では最初は獣を嫌ってはいなかったが、朝廷から禁止令が出た以上は、それに逆らうことができなかったんだろう。そしていつしか、その慣例が定着して——させられてしまった、というわけだ。事実、熊野の神々は『血』を拒まない」

「そう言われれば、そうですね……」

熊野本宮《ほんぐう》参詣の際に、運悪く生理を迎えてしまって、参詣を諦めかけた和泉式部の夢枕に、熊野権現が立ち、

もろともに塵《ちり》にまじわる神なれば
　月のさわりも何か苦しき

——月経（赤不浄《あかふじょう》）など気にすることはない。

と告げたと、以前に崇から聞いた。

でも、熊野が例外中の例外だとばかり思っていたのだ。けれど、もっと昔は日本各地の神社もそうだったとは——。

奈々は唖然《あぜん》とした。

やはり、人間は即物的——政治的な動機によって動くものなのだろうか。もちろん、形而上学的《けいじじょうがくてき》な裏打ちも必要だろう。でも、やはり一番強く人を突き動かすのは……政治力なのだろうか。

奈々は軽く嘆息する。

だが、そうなってくると「穢れ」というものは、一体何なのだろう。歴史上のある時点で、時の権力者が「それは、穢れだ」と規定しただけの話なのか？　そしてそれが端緒になっている、それだけのことなのか……。そんなことを思いながら、奈々が最後のご飯を口に運んでいると。

「そろそろかな」崇が時計を見上げた。「残っているお酒を飲み干してしまって、ロビーへ移動しよう」

奈々は、はい、と答えて赤出しのみそ汁を口に運び、崇は四合瓶を綺麗《きれい》に空けた。

＊

奈々たちがロビーに降りて行くと、すでに翔一たちはフロント脇のソファに腰を下ろして二人を待っていた。麻紀などは、昼間のパーカーではなく、お洒落《しゃれ》なサマーセーターに着替えていた。

奈々たちは早速タクシーに分乗して、翔一推薦のバーへと向かう。その店は、町の中心——繁華街から外れた静かな場所にあった。シックなドアを開けて店に入ると、優しく落とされた照明、低くスローなBGM、そしてゆったりとしたソファが置かれていて、広い店内では数組の客が、思い思いにカクテルを楽しんでいた。

奈々たちは五人なので、カウンターは遠慮してボックス席に座る。崇と奈々が二人並び、低いテーブルを挟んでその前に、翔一、由美子、麻紀の順に腰を下ろした。昼間からずっと付き合ってもらっていて、申し訳ない。

ボーイが注文を取りに来ると、崇はギムレットを、奈々たち女性三人はミモザを、翔一はサイドカーを注文した。

「あの……」もじもじと麻紀が言う。「食事も注文していいですか……」

「あら、食べてこなかったの？」

「ええ……お風呂に入って髪を洗って着替えていたら……時間がなくなっちゃって」

「そんな、わざわざお洒落してくるからだよ」翔一が笑った。「どうせ桑原は、女性のファッションになんか全く興味ないんだから。恐ろしいことに、中学生の時から朴念仁《ぼくねんじん》と呼ばれていた」

「いえ、そういうことじゃなくて——」

「いや、冗談はともかくとして、ここは料理も美味いんだ。折角だから、ぼくも付き合おう」

と言って、クラブハウスサンドとテリーヌとナッツ、そして自家製ピクルスを注文した。

「良い店だな」崇が言う。「『バー・ラジオ』の尾崎さんなどは、良いバーテンダーの第一条件として『料理が上手いこと』を挙げてる」

「へえ。そんなものなのかねえ……。でも、それならば良かった」

「そういえばサイドカーって、ブランデー・ベースのカクテルでしたっけ？」

小声で尋ねる由美子に、翔一は答える。

「そうだよ。ベースをジンに変えれば、ホワイト・レディになるんだ。また、ウォッカにすれば、バラライカ」

「そして」崇が付け加える。「ラムを使うとX《エックス》・Y《ワイ》・Z《ジー》。また、テキーラに変えてスノー・スタイルにすれば、マルガリータ」

「ああ、そうなんですか。みんな殆ど同じレシピなんですね」

「サイドカーの創作者といわれているハリーズ・バーのハリー・マッケルホーンは、最初、ベースにペパーミントを使ったホワイト・レディを考えていたらしい。それが、ジンのホワイト・レディとなり、やがてサイドカーになったともいわれているんだ。いくらでも応用が利くレシピだね」

「でも……」麻紀も尋ねる。「サイドカーって、乗り物の名前じゃないですか、側車の付いているバイク――」

「第一次大戦中のパリで、いつもサイドカーに乗ってビストロに通っていた大尉が、そこらへんにあったスピリッツとリキュールを混ぜて作ったカクテルだから、という説もある。あるいは、それはドイツ将校だったともいわれてる。まあ確かにサイドカーは、ドイツ軍的なイメージがあるね」

「……色々とお詳しいですね」

「ジャーナリストのぼくが詳しいならば分かるけれど」翔一が感心を通り越して、呆れたような顔で言う。「また、どうして薬剤師の桑原が、そんなことまで詳しいんだ？」

「カクテルも調剤も、似たようなもんだ」

「いくらなんでも、それは違うだろう！　眩暈《めまい》と地震くらい違うよ」

「意味不明なたとえだな」崇は苦笑いした。「まあそう……カクテルは、単なる趣味だ」

趣味というよりも、崇の場合は、生活の一部のような気がしたけれど……奈々は、おしとやかに黙っていた。

やがてカクテルが運ばれてきて、五人は乾杯する。奈々の口元で、シャンパンの細かい泡と共にフレッシュ・オレンジの香りが弾けた。「世界一贅沢なオレンジ・ジュース」は、やはり文句なく美味しかった。

「なかなかのものだろう」サイドカーを一口飲んで、翔一が崇を見る。「もちろん東京とは、比べものにならないかも知れないけれどね」

「いや、とても美味しい。カクテルの味と店の場所は、殆ど関連性がないからな」


「でも、やっぱり都心のバーは違うだろう。立派な伝統に裏打ちされているだろうし」

「伝統といっても、ただ無意味に重くのしかかっているだけのものだってあるからな」

「そうなのか？」

ああ、と崇はグラスを傾ける。

「たとえば、ある場所のバーでは『このカクテルには、このグラス』というように一々決まっていて、それが伝統だと教えられたりするそうだ。だがそんなものは、機能的に最適でありさえすれば、どんな型——シルエットのグラスだって構わないじゃないか。というよりもむしろ、その場の状況や、客の雰囲気に合わせて自由に選択する方が、正しいあり方だと思うな。そもそも、型にとらわれないという考え方の飲み物こそが、カクテルなんだからね」

「哲学の違いかな」

「頭が固いだけだ。新しいものを恐がっている」

「どこの世界でも一緒だな。でも、どうしてそんな人間が多いんだろうね」

「自分で何かを創作した経験がないからだろうな。ただ先人たちから引き継いでいるだけで。スタンダードは、日々変化してこそスタンダードになるということが分からないんだ」

「それは手厳しい」

翔一は、笑ってサイドカーを一口飲む。

一方崇はもう、一杯目のギムレットを空けてしまい「同じものを」と注文した。

場所——といえば。

奈々はつまらないことを思い出して、鴨志田に尋ねた。

「そういえば、みなさん全員、同じ地区に住んでいると聞きましたけれど、この近所なんですか？」

「少し離れた場所にある月見ヶ丘という場所——建売の区画なんだ」

「じゃあ、鴨志田さんは一人で一軒家を借りられてるんですか？」

「うん、八区画ある建売の内の一区画に、ぼくらは住んでる。彼女たちは、もちろん家族の人たちと一緒にいるんだけれど、ぼくが住んでいるのは、うちの会社の社宅なんだ」

「社宅？」

「ああ。会社が買い上げて、家族用に貸す。でも、たまたま今は誰もそんな人がいなくて、ぼくが格安で借りて住まわせてもらってる」

「それは幸運だったな」崇は楽しそうに笑う。「忍者屋敷に改造したのか？」

「何でそんなバカなことを言うんだ？」

「しかし実家には『どんでん』があると言っていたじゃないか」

「どんでん？」

「『どんでん返し』の『どんでん』だよ。壁が、くるりと回転する」

「え……」

「いや桑原……その話はいいんだけれどな……」

それまで照れながら聞いていた翔一は、急に顔を曇らせて、真顔になった。

「最近ちょっと、ぼくらの家の辺りは、とんでもないことになっていてね」

「とんでもないこと?」奈々が尋ねる。「何が起こったんですか」

「実は、こっちの事件のこともぼくは少し調べているんだけれど——」

「事件?」

うん、と答えて翔一は、由美子たちの顔をたまに横目で見ながら、ポツリポツリと話し始めた。

去年の秋に、栗山寅蔵という人が、自分の家から一軒おいた燕沢義夫の家の庭で殺害された。しかも、その現場の様子が変わっていて——云々。

そして冬には、今度はその燕沢が、栗山の家の庭で殺害された。しかも、国道を挟んで栗山の家の向かいに住んでいた黛功司郎も、彼と一緒に殺害されていた。そしてこちらも、現場の様子が——。

その上、先月は燕沢の事件に絡んでいるのではないかと思われていた赤江初子が腹部を刺されて、意識不明の重傷で入院している。しかもその現場にはまたしても——。

「東京でチラリとニュースを見たが、鴨志田たちの村の出来事だったのか」

「実はそうなんだよ。困ってるんだ」

「しかし……それはまた不可解だな」

「だから」と由美子が顔をしかめた。「夜はとても恐くて歩けないんです。今夜も三人一緒で、しかも遠くから桑原さんたちがいらっしゃるということで、ようやく親から許可をもらって」

「それはそうだ。俺がきみたちの親だったら、絶対に許可しない」

「そんなことを言うなよ」

「しかし……そちらもまた、謎だな」

唸る崇に、翔一が訊く。

「どう思う、桑原?」

「どうも何も——判断材料が少なすぎて、何も分からん」

「じゃあ、殺されてしまった兎と亀と雀は？　何を暗示してる？」

「想像もつかない」

「そういえば」と由美子が顔を上げた。「姉から聞いたことがありますけれど、桑原さんは大学生の時に『オカルト同好会』に所属していたって。何か思いつかれたことありませんか？」

「余り関係ないだろうな」

「そうか……」翔一は腕を組む。「兎は、御頭祭の生け贄と同じだと思うんだけどね。しかし、亀と雀は出てこない」

「やっぱり、何かの呪《まじな》いだったんでしょうか」

おそらく、と崇はグラスを傾ける。

「そんなところじゃないか。事件とは全く無関係ということじゃあなさそうだしな」

「それならば、やはり『塩』は、お清めかな？」

「さあ……何ともいえない」

「でも——」奈々は三人を見る。「自分たちと同じ区画でそんなことが立て続けに起こったら、さすがにちょっと嫌ですよね」

「そうなんだよ。まあ、一本国道を挟んではいるんだけれどね。でも、黛さんに関しては、ぼくの家の隣で、しかも麻紀ちゃんの家の——」

「ちょ、ちょっと待ってください」奈々はあわてて話を止める。「あの、申し訳ないですけれど、家の配置が良く分からないんですけれど……」

「ああ、そうだよね」

翔一はペンを取り出して紙を探す。そこに崇が、持参していたノートを差し出した。

「お。ありがとう」翔一はそれを受け取ると、白いページを広げた。「つまり、ぼくらの区画は、こんな風になっているんだ」

そして図を描き込んだ。

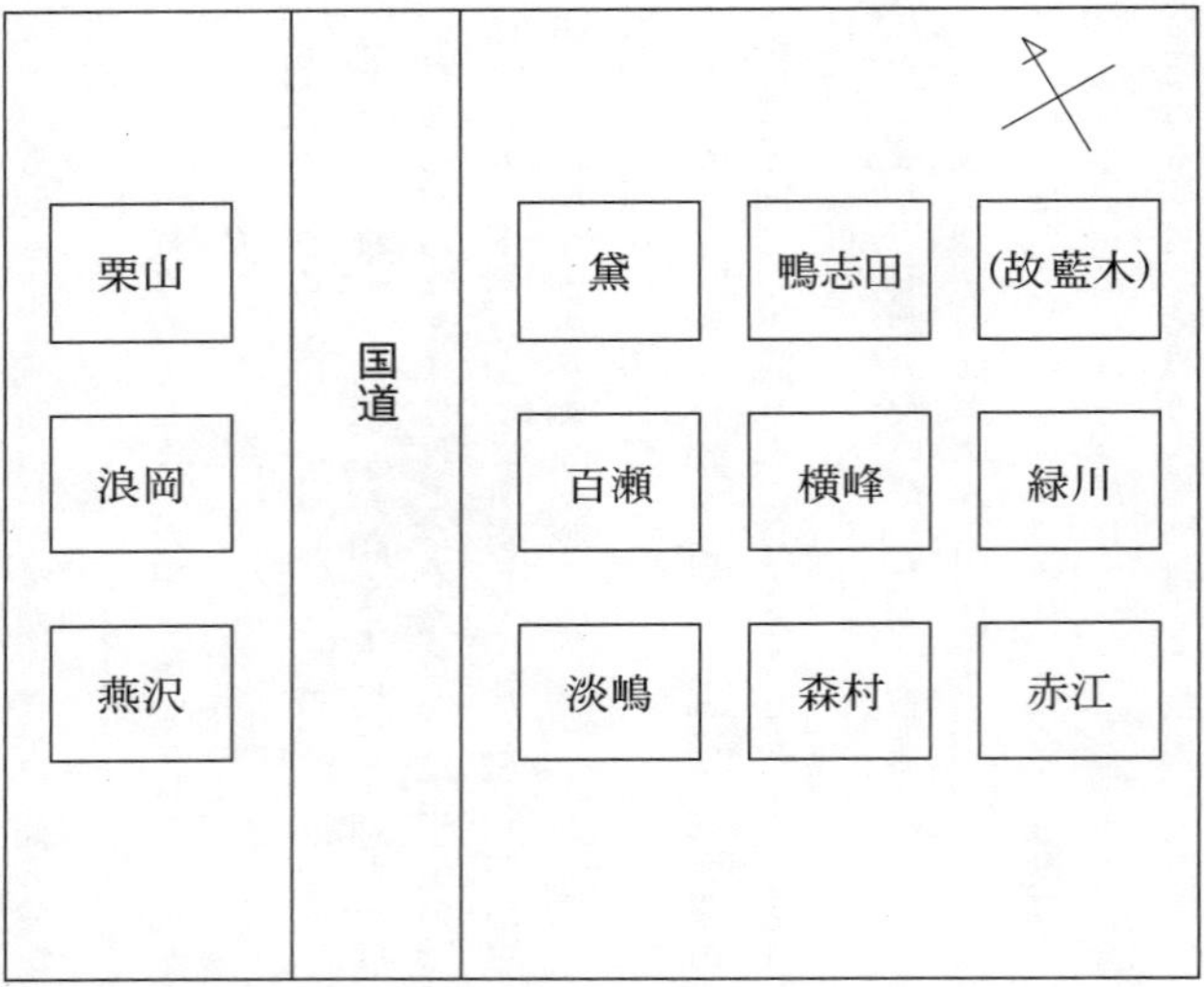

「ここにぼくが住んでる」翔一は、一番上の列、右から二番目の家を指差した。「そしてこの図では、黛さんの下の家が麻紀ちゃん。一軒おいて右側が由美子ちゃん」

「本当にお隣さんなんですね」

「そうだよ。電話しなくても、ベランダと庭で会話ができる」

「いや、これは面白いな！」崇が笑った。「偶然なのか？」

「……何が？」

「何がって、見ての通りだが――まあ、いい」

崇は視線を逸らせてグラスを傾ける。

「変な男だなやっぱり」そんな様子を上目遣いで眺めながら、翔一は首を傾《かし》げた。「とにかく……。そして事件が、この国道を挟んだこちら側――北西側で起こったというわけなんだ。そしてさっき話したけれど、燕沢さんたちの事件の時に、この一番角の家――赤江初子さんが疑われた。いや、これは動機云々というわけじゃなくって、その事件当夜、国道の辺りを歩いていたのを目撃されているということと、普段から少し言動がおかしいということでね」

「言動が？」

「ああ……」と翔一も、もう一杯同じものを注文する。「家に訪ねて行った刑事に向かって、何か文句を言ったそうなんだ。担当の事件記者から聞いたんだけれど」

「文句って、何をですか？」

「諏訪大社や、御柱について」

「御柱？」

「御柱に関して、何も知らないのかって」

「それはまた……」崇は一口でギムレットを三分の一ほど空けた。「どういうことだろうな」

「その理由を聞いても、何も教えてくれなかったらしいよ。自分で考えてみろって」

「ふん」

「でも……一理あるかも知れないな」

「え？」

「い、いや――」翔一は、あわてて否定した。「何となく、そう思っただけだ……。そして、そんなこともあって、赤江さんは何らかの形で事件に関与しているんじゃないかといわれていた。あくまでも噂レヴェルだけれどね。ところが――」

「その赤江さん本人が」由美子が話を受けた。「事件に巻き込まれてしまった。自宅の庭で、重傷を負ってしまって――」

「そして――雀が」

「そうなんですよ……。兎と亀ときて、今度は雀」

「舌の代わりに、首を切られたっていうことなのかしら……？」

「分かりません。犯人は、一体何を考えているのか、全く」

「兎と亀と雀か」

「桑原は、犯人の意図が想像つくか？」

「つくわけありませんよね」麻紀が崇の代わりに嘆

息した。「私は思うんだけれど、本当は大して深い意味なんて、ないんじゃないかなあ。まあ、もっとも蛙《かえる》ならば分かりますけれど」

「蛙？」

キョトンとした奈々に、翔一が説明する。

「ああ。諏訪大社には『蛙狩神事』というものがあるんだよ。これは上社の神事なんだけれど、七不思議の一つになっているから、明日下社にお参りした時に説明しようと思っていたんだ。まあ簡単に言ってしまえば、蛙を殺して酒盛りをする、不思議な神事なんだ」

え——。

まだ謎が残っているのか。

ここまででも、かなり闇の中なのに……。

「それとも……」麻紀が尋ねる。「やっぱり、変な新興宗教の儀式なんでしょうかね？」

「全く分からないね」崇は首を捻った。「だが、もしも——万が一、次の事件が起こったとしたら、犯人は一体何を殺すんだろうか」

「えっ」

全員が崇を見る。

すると崇は誰に言うともなく、ポツリと呟いた。

「やはり、蛇……かな」

「蛇！」

諏訪大社の祭神ともいわれている——蛇。

「どういうことだよ、桑原！」翔一が身を乗り出した。「何か閃いたのか？」

いいや——、と崇は首を振った。

「蛙よりは蛇じゃないか……そう思っただけだ」

意味不明なことを言う。

そして、

「その時、赤江さんは」急に現実的な話題に戻った。「どんな様子だったんだ？」

ええ……、と戸惑いながら、由美子が答える。

「赤江さんは、お腹を刺されたようで。殺害未遂だと……」

「自殺しようとした可能性はなかったのか?」

冷静に尋ねる崇に、由美子は説明する。

一応、県警としても自殺説、あるいは狂言説などの線で捜査を進めているようだけれど、今のところはまだ何も解明していない。当の赤江も、ずっと入院したまま、まだ意識が戻っていないようだ——。

「でも、かなり回復はしているようだから、もう何日かすれば会話はできるようになるだろうって聞いたけれどね」

「でも鴨志田。それは、当人が喋る気になって口を開けば——という条件付きの話だろう」

「まあ、もちろんそうだけれどね……」

「散々だな。七年に一回の大祭なのに。というより、日常がボロボロだな」

「そうなんだ。でも、折角桑原たちが来るっていうから」

「ええ」と由美子も微笑む。「それに、もしかしたら姉の時みたいに、桑原さんに事件を解決してもらえるかも知れないし」

「えっ」

「鴨志田さんや麻紀にも話しちゃいました。姉から聞いたんですけれど、その時は桑原さんが連続殺人事件を見事に解決したって」

「別に俺が解決したわけじゃない」

「でも、かなり警察の力になったと……」

「偶然だよ」

「またまた。ご謙遜《けんそん》を」

「本当だ。それに俺は、謙遜は見栄や自慢と同じくらい嫌いだ」

「そう……なんですか」

口をすぼめて由美子は崇を見る。

「しかし……」と崇はそんな彼女から視線を外してグラスを空けた。「御柱について、何も分かっていない——か。それは厳しい言葉だな」

そしてお代わりを頼もうとした時、

「ああ、桑原。それで肝心なことを思い出した」翔一が制止した。「この店には、変わったリキュールが置いてあるんだけれど、今度はそれを飲んでみてくれないか」

「変わったリキュール？」挙げかけた手を止めて、崇は尋ねる。「どういった？」

「まあ、いいからいいから」翔一は楽しそうに笑ってボーイを呼ぶ。「もし良かったら、棚旗さんもぜひ一緒に。お酒も強そうだしね」

「は、はい……じゃあ、同じものを」

もうとっくにミモザを飲み終わってしまっていた奈々も、その提案に乗った。翔一も自分のグラスを空けて、何やら三人分のリキュールを頼んだ。

やがて三人の前に、澄んだ黄緑色のリキュールが並べられた。それがスポットライトの下で、実に美しくキラキラと輝いている。

「黄檗《きはだ》色のリキュールか。珍しいな」崇はリキュールグラスを掲げて、香りを嗅いだ。「とても爽やかだ。ちょっとライムに近い香りがする」

「黄檗——って何だ？」

「樹皮を取って漢方薬にする。黄柏《おうばく》のことだよ。苦《く》寒《かん》火を降ろし、熱を清め、湿《しつ》を去り、黄疸《おうだん》を除き、腎燥《じんそう》を潤す——。消炎、健胃薬だ」

「へえ……。しかし色は合っているけれど、黄柏じゃないよ。実はそれ、樅《もみ》の木のリキュールなんだ」

「樅の木？　ああ……御柱ということか」

「その通り！」

えっ。

それでわざわざこの店に？

御柱——樅の木のリキュールを崇に飲ませるために。ようやく翔一の意図が分かった。

奈々は、思わず吹き出しそうになった。

子供みたいだけど……何となく微笑ましい。

「樅の木のリキュールというと……」崇はちょっと首を捻った。「リキュール・ド・サパンか。名前は聞いたことがある」

奈々も、そっと口をつけた。

確かに一瞬、ライムを思わせる香りがして、口に含むとふんわりと優しい芳香が広がる。そして甘かった。これが樅の木？

「フランスのリキュールなんですって」麻紀がニコニコと説明する。「度数は二十五度くらいって聞きましたから、棚旗さんは全然問題ないでしょう」

いえいえ、と奈々はチェイサーを一口飲んだ。もうすでに地酒を一人二合空けているとは言い出しづらい。でも、本当に美味しいリキュールだった。

「この店は、とってもリキュールの品揃えが良くってね。桑原が来たら、ぜひ連れて来ようと思ってたんだ。しかしそれにしても、良く知っていたなあ。変なところでは驚くくせに、こういった場面じゃ全く驚かないし。きっと知らないだろうから教えてやろうと思っていたのに、残念だった」

「飲んだのは初めてだから、正直言って少し感動した。しかし……たまにはリキュールも良いな」崇は早くもグラスを空けた。「じゃあ、もう一杯お代わりをもらってから、アブサンにしよう」

「棚旗さんは？」

「それじゃ私は……これを飲み終わってから、後でグリーン・シャルトリューズを」

酒飲みな連中だ、と翔一は笑って注文した。

「ところで——」と翔一は真面目な顔に戻って尋ねる。「桑原。さっきお前は、御頭祭に関して何か思いついたって言っていたじゃないか。あれは何だったんだ？」

「ああ。おそらく本質的な部分をつかんだような気がしている」

「それは？」

「そうだな……やはり、根本の謎——御柱祭に関しての問題が解明したら話そう。というのも、御頭祭も御柱祭も連動していると思うんだ。根本の部分で必ずリンクしている。だから、両方の謎が解けた時点で話す。二度手間《にどでま》になってしまうかも知れないし、また、論点が微妙にずれてしまうという恐れもあるからな」

「そうか……。そうなると、やはり御柱祭だな。よし、ちょっとここで検討してみよう」

「まず、どうしてあんなに激しい祭なのかという点からして謎だ」

「怪我人も、大勢出るんでしょう」

という奈々に、

「実は――」と由美子が声をひそめて答えた。「御柱祭では、公表されている以上に死傷者が出ているんです」

「えっ」

「それでも公表しないし、公表しないということが暗黙の了解になっていて……」

「そうなのね」

ええ、と麻紀も小声で言う。

「毎回、二十名前後の重傷者が出ているんです。それと、私たちの地域みたいに、御柱で亡くなっても葬儀は翌年にするという場所もまだあるようで」

「翌年に？」

「昔は『物忌令《ものいみれい》』というものがあって」

「物忌令？」

「ええ。つまり、御柱の年における諏訪大社の『タブー』です。上社下社の両社にそれぞれあるんですけれど、両社とも大同小異の内容です。本当はたくさんあるようなんですけれど、現在も氏子達に知れ渡っているものは、

一、御柱年の結婚や元服の禁止。
二、家の新築の禁止。
三、葬式の禁止――仮埋葬して、翌年本葬。
四、木材の他国流出の禁止。

などです。ここで、(一)と(二)は、御柱祭に出費が嵩《かさ》むため、その年の祝事をお互いに避けるためだといわれています。(三)の葬式については、その年の本葬を避けて一旦仮埋葬をしておき、翌年

掘り出して本葬したといいます。それでも（四）の、材料を他国に売ったり搬出したりしてはいけないという理由については、文献の中にも明確な説明がないんです」

「でも……葬式はしないで、翌年掘り起こして本葬した……？」

「それに関しては」翔一が補足する。「『殆どの町村では、そういった慣習はなかった』といわれているんだ。ということはつまり――」

「行っていた町村もあった――ということだ」

「そうなんだ、桑原」

やはりそうだろう、と奈々も思う。

しかしそれにしても……。

あの木落しのビデオなどを見て、怪我人が出ていないと思う方がおかしい。しかし毎回大勢の死傷者が出るとなると、下手をしたら祭が中止になってしまう可能性もある。死傷者が出るから祭を中止するというのも全くおかしな理論だと思うけれど、現実的にはそういうことなのだろう。

「なるほどな」崇は頷いて、運ばれてきたサパンを一口飲んだ。透き通った液体が、リキュールグラスの中でキラキラと揺れた。「さて、それじゃもう一度、御柱祭の根本から検討してみよう」

「そうだね」

「まず――『諏訪大明神画詞』によると、桓武天皇の世に信濃国をあげて祭典や造営が行われたことが記されている。そして、桓武天皇より征夷大将軍を受けた坂上田村麻呂《さかのうえのたむらまろ》は、諏訪の神に祈願し、七年目に式年造営《しきねんぞうえい》を約束したという。寅と申の年の四、五月中に行われる御柱祭は、これを起源とするといわれている――ということは間違いないね」

「はい」麻紀が頷いた。「そこまでは」

「では最大の謎である『どうして四本の柱を社殿の周りに建てるのか』ということの検討だ。そんな大昔に、一体誰がどんな目的を持って決めたのか。今の説明を信じるならば、当然、朝廷側の人間の命令だろうけれどね。これはどう思う？」

「それに関しては『十指に余る説が古くから提出されているにもかかわらず定説となるものはない』というのが現在の状況です。でも、三輪《みわ》磐根《いわね》が、その著書『諏訪大社』の中で、有力六説の解説をしています」

「お昼に言っていた話ね」待ってましたと、奈々は尋ねる。「それは、どんなものなの？」

「はい、棚旗さん」麻紀はゆっくりと指を折って数えながら答えた。「まず……。

その一。四無量《むりょう》説――。仏教的に『慈』『悲』『喜』『捨』の心を表している。

その二。四天王《してんのう》説――。この柱は四天王で『多聞《たもん》天《てん》』『持国天《じこくてん》』『広目天《こうもくてん》』『増長天《ぞうちょうてん》』を表している。

その三。四菩薩《ぼさつ》説――。『普賢《ふげん》菩薩』『文殊《もんじゅ》菩薩』『観音《かんのん》菩薩』『弥勒《みろく》菩薩』を表している。

その四。神明妙体説《しんめいみょうたいせつ》――。御柱を以て、諏訪明神の御本体であるとする説。

その五。四神《しじん》説――。『青龍《せいりゅう》』『白虎《びゃっこ》』『朱雀《すざく》』『玄武《げんぶ》』を表している。

そして、その六。宮殿表示説――。御柱は社殿を代表する建物である。

というものです」

なるほど。

奈々は素直に感心した。きちんと考察されているではないか。

「でも、それらじゃどうしていけないの？　どれもみな、説得力あるじゃない？」

「いえ」と麻紀は首を横に振った。「それぞれに反論が上がっているんです」

「それは？」

「その一、二、三の、仏教に関連した解釈ですけれど、これはやはり無理があるんじゃないかって」

「何故？」

「仏教は、殺生を禁じているからです。しかし諏訪ではそんなこともない」

「ああ……」

「御頭祭だな」崇が言う。「七十五頭の鹿の生首や、禽獣の高盛だ。今の、蛙狩神事などもある。もしも御柱祭が仏教に準じているのなら——いくら神仏習合と考えても——全くこれらの神事とはそぐわない」

ええ、と麻紀は頷いた。

「そして、その四の説は、御柱が諏訪明神の御本体であるならば、神体山である守屋山から御柱を伐り出すべきではないか、というものです。それを、わざわざ二十キロも離れた八ヶ岳山中から伐り出すことがおかしい——と」

「その上」翔一が補足した。「御本体といいながら、社殿の四隅に建てっぱなしにして、雨ざらしにしておくのはどうか……ということだね」

「そうです」

それもそうだ。

御神体や御本尊を、雨ざらしにしている寺社など見たこともないし、ちょっと考えられることではない。仕方なく露座になっている大仏がせいぜいだろうが、もちろんそれが本尊というわけではない。

「そして」と麻紀は続ける。「最後の二説なんですけれど、実は御柱というのは全部同じ長さではないんです」

「え。そうなの？」

「はい。一の柱が五丈五尺。二の柱は、それより五尺短い五丈。そして、三の柱、四の柱と順次五尺ずつ短くなっているんです。ですから、意味が取れなくなってしまう……」

「確かにそうね。四神の背の高さが違うとか、宮殿の柱の高さが違うなんてあり得ないもの」

「そうですよね」

「あとは——」と由美子も言う。「宮山と他の地域との境を決めるために建てたのだとか、あれは密教の呪具——独鈷杵《とっこしょ》を表しているのだとかいう話も聞いたことがあります」

「その他にも」今度は翔一が、自分の手帳を開いた。「折口信夫《おりくちしのぶ》などは、こう言ってるんだ。

『柱を建てることは、その土地を神が選定したということにない。神聖な建物を建てるために土地の精霊が荒ぶれないように鎮めるという意味を持ち、建物ができたことと解釈し、神が降りる最も清浄な地域の表示ともなり、外部からの不浄を防ぐための区画標ともなる』――とね。また、地元の宮坂光昭《みやさかみつあき》さんは『祖霊崇拝』の行為だというんだ。つまり……まさに百花繚乱《ひゃっかりょうらん》で、定説がないんだよ」

「なるほど」

と崇は、涼しい顔で樅の木のリキュールなどを飲んでいるけれど――。

こんなにさまざまな意見があり、結局何を表しているのか分からない祭事に、崇は別の解釈を付けようというのか？

さすがに今回ばかりは、ちょっと無理だろう――と奈々は感じた。折口信夫まで参戦しているではないか。もうこれ以上、何をどうやって展開して行くのだ？

そんな奈々の気持ちを代弁するように、

「どう思う、桑原」翔一が尋ねた。「この他に、何か新しい説があるっていうのか？　それとも、誰かの説を敷衍《ふえん》していくか？」

さすがの崇も「ふん……」と嘆息した。そしてゆっくりと口を開く。

「『諏訪大明神画詞』には『寅申の干支に当社造営あり。一国の貢税、永代《えいたい》の課役、桓武の御宇《ぎょう》に始まれり。但し遷宮の法則諸社には異なり、元より古新二社相並びて断絶せず、よって仮殿の煩いなし。先年造営の新社は、七廻りの星霜《せいそう》を経れば、天水是を洗い、降露かわくことなし。当社奇特の随一なり』とあるだろう。そしてまた、百瀬くんが言っていたように『神明妙体説』というのは、もともとが『神長官守矢家』に伝わる説だと聞いた。神長官家より出た書状に――」

と言って崇はノートをめくった。

「『御柱者《は》神明之妙体ニ而《して》天地者《は》御柱祭ヲ以立《もってたち》、国家者《は》国之御柱ヲ以立《もってたち》、人者《は》胸裏之御柱ヲ以立《もってたつ》』とあって、『御柱をもって諏訪明神の御本体であるとしている』という解説が付けられている。ということは、やはりかなり『何かしら』重要な物であるということは間違いない」

「そんなことは、とっくに分かってるよ、桑原。だから、それが一体『何を』表しているのかを知りたいんだ。千二百年の謎を！」

「また、沢史《さわし》生《せい》さんは、御柱祭に関してこんなことを言っている」崇は再びノートに目を落とす。

「『それにしても、社殿を取り囲む形の、四本の巨大な柱は異様である。なんのために、こんな大木をわざわざ曳いてきて、押っ立てる必要があったのか。御柱の曳きおろしには、しばしば人命さえ失われてきたのである。よほど重要な意味があるべきはずだが、（中略）確たる理由を明らかにしたものはない。それに、いかに神事とはいえ、生命のある巨木を七年目ごとに、都合十六本も伐採してしまうのは、余りにも心ないといえないか。それでも神事だから、その年がめぐってきたら、また十六本を伐り出すという執念の凄まじさに、むしろたじろがされてしまう。ひょっとして、社殿を押っ取り囲む四本柱は、幽閉したタケミナカタを監視するための、王城仏教の四天王に見立てたものではなかったか。タケミナカタはオオクニヌシやコトシロヌシより強硬に、王権の王化に武力抵抗した神である』——と」

「やはり、四天王説か。しかし御柱は、きちんと社殿の東西南北に建てられるわけじゃないよ。まあ、見立てといわれれば、それまでだけれど」

「でも、その人の意見で重要な点は」麻紀が言う。「四天王は四天王でも、建御名方神を『守護する』のではなく『監視する』とおっしゃっていることですね」

「あっ。建御名方神が、諏訪から出ないようにするためにか！」

「そういうことだ」崇は頷いてノートを閉じた。

「おそらく今までは、あの柱が社殿や建御名方神を護っていると考えていたから、最後まで論理的に説明しきれなかったんじゃないか。こうして、建御名方神を監視している、あるいは閉じ込めていると考えれば、真実に近づける気がする」

逆転の発想だ！

護るのではなく、逃がさないようにする。

そういえば、最初から建御名方神はそう約束させられたのではなかったか。二度と諏訪の地を出ません——と。

ゆえに、念には念を入れた朝廷が、建御名方神を見張るために、御柱を四天王として配置したというのか……結界を張って。

「今桑原は、真実に近づける——と言ったけれども、ということは、今の人の説をもっと推し進められるというわけか？」

「何となく……そんな気がしている」

崇はグラスを空けて「アブサンを」と注文した。

奈々も、シャルトリューズを注文する。由美子と麻紀は、スプモーニを頼んだ。

「すでに知っているとは思うけれど、一応ここで四天王について話しておこうか」

崇は全員を見た。そしてみんなが頷くのを確認すると口を開いた。

「世界の中心にそびえ立つとされている須弥山《しゅみせん》（妙高山）の頂上に住む帝釈天に仕えて、その中腹にある四天王天——または四大王天、四王天——の四方に住み、仏法を守護する四体の護法神のことだ。別名を『四大天王』『四王』『護世四王』ともいう。そんなことから、須弥山の縮図とみなされた須弥壇上において、中央に安置された仏・菩薩の四方を守護する護法神となったんだ。

東方に、持国天。梵名を『ドゥリタラーシュトラ』といい、提頭《だいず(と)》頼吒《らた》などと音写する。経典によれば、眷属《けんぞく》には、乾闥婆《けんだつば》と毘舎遮《びしゃしゃ》がいる。

南方に、増長《ぞうちょう》天。梵名を『ヴィルーダカ』といい、毘楼勒叉《びるろくしゃ》、毘嚕陀迦《びろだか》などと音写して、増長と訳される。眷属として、鳩槃荼《くはんだ》と薜茘多《へいれいた》を従えている。

西方に、広目《こうもく》天。梵名を『ビルーパークシャ』といい、毘楼博叉《びるばくしゃ》などと音写して、広目・衆目と漢訳される。

北方に、多聞《たもん》天——毘沙門《びしゃもん》天。梵名を『ヴェイシユラヴァナ』といい、吠室羅末拏《べいしらまな》・毘舎羅門《びしゃらもん》などと音写し、これが毘沙門となった。漢訳では、多聞・普門となる——。

『増一阿含経《ぞういちあごんきょう》』や『阿育王経《あいくおうきょう》』には、四天王が釈尊のもとに現れて帰依《きえ》したことや、釈尊の涅槃《ねはん》の後に仏法を守護することを釈尊から託されたことが記されていて、『金光明最勝王経《こんこうみょうさいしょうおうきょう》』には、四天王が釈尊に対し、本経を信奉する人々とその国家を守護することを誓ったことが説かれている。また、他の経典にも、梵天《ぼんてん》や帝釈天《たいしゃくてん》とともに仏法の守護神として現れる」

「聖徳太子も、信仰していたよな」

「そうだ。四天王に祈願して、物部氏を打ち破ったんだ。そのおかげで、日本では飛鳥時代以来、四天王に対する信仰はとても篤《あつ》く、四天王寺や金光明四天王護国之寺——東大寺——が建立されるなど国家の平安が祈願されると同時に、多くの造像がなされ、堂内の四隅や須弥壇上の四隅に安置された」

「でも、国家の平安を祈願して造られたわりには、全員恐ろしい忿怒《ふんぬ》の形相をしていますよね」

「そうだね、奈々くん。しかし実は最初の姿は、上流階級の人間の姿で、表情も柔和に表されていたんだ。特にインドなどではね。それが、中央アジアを経由して中国以東の像は、中国風の甲冑《かっちゅう》を着けて立つ武将像として造られるようになっていった。そして我が国では、忿怒形の武人の姿で表されることとなったんだ。仏教守護の武人としてね。もともとこれらの神々は、本来、仏教以外の外道《げどう》――つまり、異教の神々であったため、仏教の中心的な尊格として扱うのではなく、むしろその周辺に置かれて、武器を手に仏たちを護るという、一段低いランクの扱いを受けたんだね」

「いわゆる、武士――『さぶろう者』と一緒というわけですか……」

「そういうことだ。また――」崇は続ける。「彼らの持ち物については諸説あって、典型的な形式を定めがたいというのが定説になっている。ただ、最古の作例として、奈良・法隆寺金堂四天王像に倣い、広目天が筆と巻物をとり、多聞天が宝塔を捧げて戟《げき》を手にするという形は大体どこでも一致している。しかしその一方で、持国・増長の二天は、比較的自由な造形が行われたと考えられているんだ。

ちなみに、東大寺戒壇堂《かいだん》の塑像の場合を見てみれば、持国天は、右腰前で構えた剣の先を左膝《ひざ》辺で押さえている。また増長天は、体の右側に立てた戟の長い柄を頭部より高い位置で握り、左手は腰に当てている。広目天は、左手に巻物を持ち、右手に筆を取っている。そして多聞天は、左手を下げて剣を取り、右手は高くかかげて、掌の上に宝塔を載せている。そして一様に、足下に邪鬼《じゃき》を踏んでいるんだ。また画像としては、ボストン美術館に鎌倉時代の絵師・重命《ちょうみょう》が画いたと推定される四面の像が知られているね。そして信仰的には、四天王を本尊として、息災のために修する四天王法があり、我が国では『金光明経《こんこうみょうきょう》』に説かれるところから、古くから尊崇されてきた。しかし一つ、不思議なことがある――」

「それは?」

「今言ったような『忿怒の形相』だ」

「だってそれは」由美子が、それこそ不思議だという顔つきで崇を見た。「仏教の怨敵たちを懲《こ》らしめるためなんじゃないですか。仏様の教えに従わせるために」

「だがね」崇は言う。「もしもそれが真実ならば、どうして御仏に仕える猛将として、天邪鬼《あまのじゃく》に慈悲を垂れないんだ？」

「え――」

「なぜ、夜叉《やしゃ》たちを足元に踏みつけているんだ。仏は、そういった迷えるものたちを救うのが役目じゃなかったのか？　他力本願《たりきほんがん》ではなかったのか」

「そ、それは……。きっと、どうしても言うことを聞かない悪党だったからでしょう。だから、実力行使に出たんです」

「違うな」

「違う？　じゃあ、何故だと言うんですか」

「実は――」崇はアブサンを一口飲むと、グラスをテーブルに、トンと置いた。「もともと毘沙門天は、夜叉・羅刹《らせつ》を引き連れた悪神だったんだ」

「えっ」

「古代インド神話においては、暗黒街の悪霊の長とされていた。しかしそれが、やがてヒンドゥー教に取り込まれて、財宝・福徳をつかさどるとともに、夜叉を従えて北方を守護する善神に転じたんだ。仏教に入ってからは、北方守護の役割を継承しつつ、帝釈天の配下にあって四天王の一人として位置づけられた。我が国での福徳神としての信仰は、室町時代以降のことで、それ以前の時代での信仰は、四天王中の最強神として、護国あるいは戦勝の神としての信仰だった。つまり最初から、恐ろしい神だったんだ。

また、持国天は『妙吉祥《きっしょう》菩薩所問大乗法螺《ほら》経』には『持国天水夫』と出てくる。これも海童《わだつみ》――海や川の童だったんだ。

広目天は『大毘盧遮那《びるしゃな》成仏神変加持経』下に『広目天竜衆』『竜王妃眷属』と見える。また『守護大千国土経』上に『西方竜王広目天王』と記されている。竜王妃というのは、つまり竜宮の乙姫のことだから、それの眷属である広目天もまた、同様に海童ということに他ならないだろう。

増長天は『和漢三才図会《わかんさんさいずえ》』には『この天王は二部（二種類）の鬼を領す（支配する）。一つには冬瓜《とうがん》に似るによって、これ魘魅鬼《えんみき》なり。二つにはすなわち餓鬼《がき》の中の劣れる者なり』とある。さてここで、冬瓜に似る魘魅鬼とは何か。冬瓜は無駄花が多く、殆ど実を結ばない。このため死や病気に関わる縁起の悪い瓜とされていたんだ。それで冬瓜には『役立たず』の意があった。こちらも、大して素晴らしい神とはいえない。つまり彼らは、悪神の出自であったにも拘わらず天邪鬼や夜叉たちを征伐して、朝廷の守護神となった——ということを、あの像は物語っているんだ」

「そう……だったんですか……」

「ということで、彼らならば建御名方神の見張り番として最適かも知れないけれど、果たして本当にそうだったんだろうか——俺は違うと思う」

崇はグラスを空けた。そして沈黙する。

「……何か頼むかい？」

尋ねる翔一に崇は、

「エリキシル・ヴェジタルはあるかな」と言う。

「ちょっと強いから、チェイサーと」

崇がチェイサーなんて珍しい、と思ったら、なんとそのリキュールは七十一度もあるという。

「奈々くんが、シャルトリューズなんて言うから、久しぶりに思い出した」

「それも、シャルトリューズの一種なんですか？」

「ああ。シャルトリューズ修道院で作っている。もとは薬草酒として、角砂糖などに垂らして使用されていたそうだがね。だから『エリキシル・ヴェジタル——植物の霊酒』という名前なんだ」

やがて崇の前に、こちらも澄んだ淡いグリーンのリキュールが運ばれてきた。確かに薬草酒という香りがする。これもまた素敵だ。

奈々は崇に頼んで、一口だけ味見をさせてもらっ

た——のは良いけれど、

「あっ」

口の中に入れた瞬間に、舌の上で蒸発してしまうような錯覚を覚えた。それくらい、アルコール度数が高い。でも、香りがふんわりと残る。これはちょっと、癖になってしまうかも、毎晩数滴ずつ飲んで寝たら幸せ……などという危ない考えをつい抱いてしまった。

その後、翔一もアニス、バニラなどの薬草のリキュール——ガリアーノを頼んだ。そして由美子は、パルフェ・タムールを使ったブルー・ムーンを、麻紀はペルノーをシャンパンで割ったヘミングウェイを注文した。誰もが本気で飲み始めてしまったらしい。

「そういえば、御柱に関してもう一点」麻紀が、ほんのりと頬を赤く染めて崇に尋ねた。「このお祭と似たような祭事が、ネパールにあるそうなんですけれども、ご存知ですか？」

ああ、と崇は頷いた。

「インドラ・ジャトラだろう」

「それです！　よくご存知ですねえ」

呆れたように見つめる麻紀を、そして由美子を見返して崇は言う。

「いわゆる『帝釈天祭』のことだね——。ネパールでは、インドラは雨の神として崇められていた。しかしある時、インドラの母が病気になってしまった。他の神に聞くと、ネパールにある漢方薬を飲めば治るといわれた。そこでインドラは、それを探しに遥々《はるばる》ネパールまでやって来た。ところがその薬草を採っていたインドラは、泥棒と勘違いされて捕まってしまった。だが、やがて神であるということが判明して、許される。そしてその時、ネパールでは干ばつが続いていたので、インドラに頼んで雨を降らせてもらった。それに対する感謝の祭といわれている。山車《だし》に『クマリ（少女）』『ガネス（象）』『パラエバ（シヴァ）』を乗せて五日間、町を練り歩き、最後に『ハヌマンドゥカ』という宮殿の横に、高さ二十メートルもの柱を建てるんだ。ネパールでは、ここに神が降りてくるという言い伝えがあるらしい。だが、この祭も色々と矛盾点を孕《はら》んでいるみたいだけれどもね。まあ、大体はそんなところだ」

「柱を建てるんですか……」

「しかし、こちらの御柱祭とは微妙に違う気がする。そして、もしも御柱祭が、インドラ・ジャトラを起源にしていたとしても、もうすっかり別物になっていると考えた方が良いだろうね。というのもこちらは、建御名方神を捕まえて柱としたわけでもないし、かといって彼に対して感謝するという祭でもなさそうだ」

「なるほど……」

奈々たちが頷いていると、

「なあ、桑原」翔一が言う。「ぼくは今までの話を聞いていて、ふと思ったことがあるんだけれど」

「それは？」

うん、と翔一は頷く。

「やっぱり、御柱は建御名方神を守護するためではなくて、他の地に出かけないように見張る役割を果たしているような気がする。その方が、お前の言葉じゃないけれど、どうもしっくりくるし、論理が立つような気がするんだ。いや、まだはっきりは言えないけれどね。但しぼくが思うのは、あの四本の柱は決して四天王ではなくて、違う神と考えた方が良いんじゃないかってことでね」

「違う神というと？」

「もちろん——ミシャグチ神だよ」

ミシャグチ神！

またしても登場した。諏訪の地主神。建御名方神以前の神——。

「どうだろう。彼らが建御名方神を見張っているという考え方は」

「実は俺も、一瞬そう思ったことがあったんだ。しかし、実態はそう単純にはいかない」

「どうして？」

「いや、鴨志田の言うようにミシャグチ神でも、または四天王でも、それこそ他の神々でも――。どちらにしても、無理なんだよ」

「何故？」

「決定的におかしな点が出てきてしまうんだ。論理的に矛盾してしまう」

「どこが？」

実は――、と崇は全員を見た。

「そこが、今回最大の問題点なんだ」

＊

月見ヶ丘は大騒ぎになった。

何しろ、このわずか半年の間に三人が殺害され、一人が重傷を負って意識不明なのである。地方の町で起こった通り魔事件などでは、数ヵ月の間に十数人もの人々が襲われたと騒がれていたけれど、しかしそれは半径二十キロにも及ぶ地域の話だった。ところがこちらはわずか数軒分、半径五十メートル程度の範囲なのだ。

真剣に引っ越しを考えている住人も出始めているというし、夜は極力一人で出歩かないように通達がなされ、県警の見回りも夜を徹して行われていた。

もちろん戸塚たちも、一軒一軒訪ねてまわる。しかし、怪しい人物などの目撃情報を得ることはできなかった。

戸塚は、改めて十二軒全ての家に関しての資料に目を通す。この事件に関しては、未だに動機が不明だった。栗山も燕沢も、そしてもちろん黛も、命まで奪われなくてはならないような原因が、何も見当たらない。そこで、隣人同士のいがみ合いがあったのではないかと思ったのだ。

しかしそれも——少なくとも表立っては——ないようだった。元からこの土地に住んでいた黛や赤江たちと、新しくやって来た人々との諍《いさか》いでもあったのかと考えたのだが……そんなこともなかったらしい。というより、殆どがもともと諏訪に住んでいた人たちのようだった。

その中で一番新しい人間が——。

〝鴨志田翔一……か〟

地元の新聞社の人間らしいが、独身で一人暮らし。しかも地方出身者だ。今のこの家は社宅だそうだけれど、随分と贅沢な生活ではないか。黛さんの隣人だったし、もう一度詳しく訊いてみるか。

そして鴨志田の隣は、故藍木辰夫の家。今はもう空き家である。世帯主の辰夫が亡くなった翌年——つまり五年前に、家族は引っ越してしまったという。今はどこに住んでいるのか分からなかったが、おそらく諏訪を出たのではないかという話だった。

そういえば藍木は、赤江初子と親しく付き合っていた数少ない隣人の一人だったらしい。といっても藍木にはもちろん家族があるから、個人的にという意味ではなく、家族ぐるみで付き合っていたようだった。藍木は、初子とは年齢も近いし、気が合っていたのだろうか。

手元の資料によれば、藍木は当初、隣の区画に住む予定だったらしい。それをわざわざ初子が、この区画に呼び寄せて住まわせたのだという。確かに、この図を見れば、一軒おいて隣同士だ。間には、緑川家が入っている。お互いに往き来があったものの、辰夫は——前回の御柱祭で事故死。

〝御柱祭で……事故死〟

今まで何気なく読み飛ばしていた文字が、戸塚の頭の中で大きく躍った。

いや——事故死は事故死。決して殺人事件ではない。しかし……何かが引っ掛かった。

そこで改めて図を見れば——。

この鴨志田翔一の家の両脇で死人が出ているではないか。しかも、国道を挟んで向かい側の栗山の家では燕沢と黛が殺害され、その家主の栗山も死亡している。この、鴨志田の横の線上の家では、彼以外、全ての家から死人が出ている！

このジャーナリストは、一体何者なのだ？

果たして、この一連の事件に全く関係していないのか？

やはり、もう一度、じっくりと話を聞く必要があるだろう。いや、その前に少し調べを入れておくべきだ。そして、前回の御柱祭——藍木の事故死に関しても……。

戸塚は溝口に頼み、藍木に関しての資料を取り寄せてもらうことにした。


数日後——。

その関係書類を手に、溝口がやって来た。

「警部っ」彼は言って、戸塚の横に立つ。「全部揃いましたっ」

「ご苦労さん。まあ、そこらへんに座れ」戸塚は空いているイスを指差し、煙草に火をつけた。「それで、どうだった？」

「はあ……」と溝口は頼りなさそうに答える。「当時の資料、全てに目を通したんですが、やはり不可抗力的な事故だったようで、人為的なものは全く感じられませんでした」

「そうかね……」戸塚は少し落胆したけれど、「じゃあ、とにかくその状況を話してくれ」

溝口を促した。その要請に、

「はい」と答えて、溝口は説明する。

当日藍木は、下社秋宮の木落しに参加していた。国道百四十二号線の、木落坂だ。斜度三十五度、全長約八十五メートルの急坂を、ほんの十秒足らずで直滑降するのだが、当日の御柱は、こぶの所で大きく跳ねた。その際に藍木は、跨っていた御柱から転落してしまったのだという。そして倒れたところを、御柱に直撃されて——。

「どうしようもなかったと思いますっ」溝口は言った。「自分の経験上から考えましてもっ。そうなると周りの人間は、どうにも手の出しようがないですから」

「だが……。もしも最初から、彼に対して殺意を抱いている人間がいたとしたらどうだ？」

「最初から——ですか」

「そうしたら、行動に移すのに十秒もあれば充分じゃないか」

「それはそうですが……」

「事故死に見せかけて殺してしまおうと思ったら、あんな場面はもってこいだろう」

「でも……。御柱が跳ねるなんていうのは、あらかじめ計算できることじゃないですからね。たとえ犯人がいて、殺意を抱いて臨んでいたとしても」

「跳ねないにしても、あの騒ぎだ。色々と方法を考えていたかも知れん。そこに、たまたまアクシデントが起こり、これ幸いとばかり——」

「そう考えれば……まあ、可能性は否定できませんがね」溝口は腕を組んで唸った。「しかし、どうしてまたそんなことを？」

いや、と戸塚は苦笑いした。

「何となくなんだがね。ただの勘だよ」

しかし、もう少し掘り下げて調べてみる必要がある。これは、意外に奥が深い事件なのではないか。そんな気がした。

《御霊》

奈々はシャワーを浴び終えると浴衣に着替えて、洗面台の前でゆっくりと髪を梳《と》かす。今日も一日長かったけれど、でも後は布団に入るだけだ。

崇はもう寝てしまっているのだろうか。枕元の時計を見れば、午前二時を大きくまわっていた。

結局あのバーに、三時間以上いた計算になる。何杯飲んだのだろう。五杯目までは覚えていたけれど、それ以降はもう分からない。恥ずかしいけれど、ちょっと記憶が曖昧《あいまい》だった。

由美子も麻紀も、最後はすっかり酔っ払っていたけれど、きちんと家に帰れただろうか。あんな大変な事件が起こっていたとは知らなかった。こんな時期に付き合わせてしまって、家族の人たちに怒られなかったか心配になる。それこそ、事件などに巻き込まれなかっただろうか……。まあ、翔一が——彼もかなり酔っていたものの——一緒だったから大丈夫だとは思うけれど。

奈々は部屋の照明を落とすと、清潔な糊《のり》の香りのする布団にもぐり込んだ。そして、今夜のバーでの話を回想した……。

一体何が——、と翔一はグラスを片手に崇に尋ねた。さすがに少し酔っている。

「最大の問題点だって言うんだ？」

一方崇は「ああ」と相変わらず冷静に答えた。

「御柱の正体だ」

「正体？」

「つまり」崇は三人の顔を見る。「果たして、御柱は本当に『神』なのだろうか？　ということだ」

「え？」由美子は、長い髪をサラリと掻き上げて笑った。「それは当たり前でしょう、桑原さん。だからこそ『お祭』になるんじゃないですか」

うんうん、と麻紀も頷く。真っ赤な顔がまた可愛らしかったけれど、大きな瞳が崇を睨む。

「御柱が『神』じゃなかったら、この祭の意義自体が失われちゃうじゃないですか。それに御用材は、きちんとミシャグチ神の旧地から運び出されて来るんですよ。その所領から伐《き》り出《だ》される木が『神』じゃないなんて、そんなわけありません」

「しかしね」と崇は微笑む——ちょっと皮肉に。

「そう考えると、おかしな点がいくつか出てくるだろう。常識では考えられないような点が」

「それは？」

「きみらには、当たり前すぎて分からないか？」

「え……ぼくらにはって」翔一は怪訝《けげん》そうな顔をした。「じゃあ、棚旗さん、分かる？」

矛盾点と言われても——。

何だろう。

奈々は力弱く首を横に振った。

「……分かりません。残念ながら」

「ほら。きみらもなにも、誰も分からないじゃないか」

「そうかね——」

崇はゆっくりとグラスを空けた。

「曳行《えいこう》だよ」

えっ……。

「はあ？」翔一たちは、不思議な生物でも見るように崇を見た。「それがどうした？」

「御柱の曳行のことですか？」

「別に何もおかしくないでしょう」

「じゃあ一つ訊くが——」と崇は真摯《しんし》な眼差《まなざ》しに戻って三人に尋ねる。「もしも御柱が本当に『神』だというのならば、どうしてきみたちはその崇高《すうこう》なる『神』を、延々と地べたの上に引きずって来るんだ？」

「えっ」

「どういう意味……？」

例えば——。と崇は言う。

「伊勢神宮の式年遷宮《しきねんせんぐう》では、御杣山《みそまやま》で伐採された御樋代《みひしろ》の御料木や、棟持柱《むなもちばしら》などに充《あ》てられる御用材などは、人の背丈ほどもある立派な、お木曳車《きひきぐるま》——『奉曳車《ほうえいしゃ》』に乗せられる。それを氏子たちが、うやうやしく曳いて行くわけだ。しかし、一方こちらの諏訪では、『神』であるとされている御用材を直接道の上に転がして——昔は土の道、今はアスファルトだ——そのまま引きずって来る。そして急坂から逆落としした後、きみたちも言っていたように川の水に潜らせ、禊《みそ》ぎをさせる。しかも、その間中、大勢の人々が御柱に『跨《また》って』乗っているんだ。そして大社に到着した御柱はようやく建てられるものの、社殿の外で雨ざらしのまま、六年間も放っておかれる——。果たしてこれが、自分たちの尊敬する『神』への待遇なんだろうか？」

「あ……」

そう言われてみれば——そうだ。

他の地域の神々に関しては詳しく知らないけれど、こうやって聞く限りにおいて、御柱の待遇は余りにも酷《ひど》すぎるかも知れない。

千年以上も続く祭だから、当然のように思っていたけれど、確かに綱に繋いで延々と道の上を引きずって来るというのは『神』に対する対処の仕方とは思えない。少なくとも、崇敬《すうけい》する相手への態度ではない……。

「でもそれは！」麻紀が勢いよく反論する。「単なる風習——形式論であって、御柱に対する本質ではないんじゃないですか？」

「本質とは？」

「桑原さんも言っていたじゃないですか！『神明《しんめい》妙体説《みょうたいせつ》』です。御柱こそが、諏訪明神の御本体だって！」

「もちろんそれは知ってる」崇が冷静に答えた。

「ちなみに、『天御柱命《あまつみはしらのみこと》』『国御柱命《くにつみはしらのみこと》』といえば、龍田《たつた》大社の祭神になるね。どちらにしても『龍神』ということだが」

「龍田大社はともかく！　この点に関しては、どう考えられますか」

「そこが……」

珍しく崇が言《い》い淀《よど》んだ。

「実に悩ましい所なんだよ」

「は？」

「ここに来る途中で奈々くんにも話したんだけれどね、それこそが御柱祭における、どうしようもなく大きな謎なんだ」

「大きな謎って……」

「明らかに御柱は、諏訪大社の『御本体』だという。そして確かに諏訪の人々は、御柱に異様な情熱――愛情を注いでいることは、今回も見て手に取るように分かった。しかしそれにしては、常識的に考えられないほど待遇が酷すぎはしないか？」

「そう言われてしまうと……」

「実際に、御柱が境内に到着する頃には、ボロボロに傷ついてしまっているじゃないか。何故、わざわざ――とも思えるほどに――御神体に傷を付けるんだろう？」

「他に搬送の方法がなかったからじゃないんですか？」

「いえ、奈々さん違うんです……」由美子が残念そうに呟いた。「むしろ、その方法を昔からの人たちは自慢げに話すんです……」

「え？」

「道を引きずるような曳行の仕方にしても、木落坂の逆落としにしても、宮川の川越しにしても……」

「確かに……」翔一も腕組みして唸った。「ずっと諏訪に住んでいたから、今まで不思議に思ったことはなかったけれど……改めてそうやって指摘されてみると……」

でもでも！　と麻紀は納得しない。

「もしも御柱が『神』じゃないとしたら、どうしてわざわざ大社の神域である境内に建てるんですか？　それこそ、おかしいじゃないですか！　そんなことを言うなら、敷地の外に建てるべきでしょう」

「ミシャグチ神の祠《ほこら》のようにか」

「そうです」

「それは……そうよね」奈々は頷いた。「別にわざわざ社殿を取り囲むように建てなくても、境内の外に建てれば良いんですものね。一の鳥居の辺りに。特に前宮なんて、あの急坂を登らなくて済むからずっと楽でしょうし」

「そうでしょう！　その点は、どうなんですか？」

麻紀が崇に詰め寄った時、

「そういえば――」奈々は閃いた。「さっき、御柱はミシャグチ神の旧地から運び出されるって言っていたじゃないですか」

「そうだよ」翔一は頷く。「その年によって多少の変更はあるけれど、基本的には東俣《ひがしまた》地域周辺から伐り出されるんだ。旧御射山《みさやま》の近くだともいわれている辺りだね」

「そこは」と由美子も言う。「御射山祭が行われていたらしい遺跡も残っているんですよ」

それならば、と奈々は麻紀を見た。

「御柱というのは、神は神でも、ミ、シ、ャ、グ、チ神だと考えられるんじゃないかしら？」

「御柱が……ミシャグチ神」

「だから諏訪大社としては、それほど大切に取り扱う必要はないんです。確かに地主神だから『諏訪明神の御本体』ではあるけれど、でも決して『諏訪明神』そのものではない」

「ミシャグチ神だからそれほど大切にしなくても良い――という理論はないんじゃないかな。それこそ、もともとの地主神なんだからね」

「いえ、ですからそれは、私たちの立場から考えた意見だと思うんです」奈々は翔一に説明する。「でも――変な言い方かも知れませんけれど――諏訪大明神、つまり建御名方神たちにしてみれば、自分たちが諏訪に入る際に討ち滅ぼした人々——神じゃないですか。だから、それほどまでに大切に扱う必要もない。実際に建御雷神に敗れた建御名方神は、酷い扱いを受けた。だから今度は、ミシャグチ神に対して自分たちが受けたような態度で接した。実際に今日見て来た、守矢神長官屋敷の敷地内に祀られていた祠のように」

「ふうん……」

「そうですね……」由美子は奈々を見つめた。「その可能性はあるかも知れませんね。つまり……御柱祭というのは、ミシャグチ神を山から呼び寄せて来て建御名方神の四方に祀り、四天王のようにして彼を見張らせる——というのが本質だったということになる」

なるほど——、と翔一も唸った。

「それならば、意味が通るね。どうだい桑原？」

「実は俺も……」と崇は翔一を、そして奈々を見た。「ここに来る前に、そこまでは考えてみた」

えっ。

もう既に考えていた——？

「なんだよ。それじゃあ、今の話で良いんじゃないか。特に問題もないだろう」

「いや」と崇は首を横に振った。「一見、何の矛盾もないように見えるが、しかし決定的な部分で辻褄《つじつま》が合わないんだ」

「おいおい」翔一は身を乗り出して笑う。「何だよ、その決定的な部分っていうのは？　今夜の桑原は、何でもかんでも反対していないか？」

「いや、反対していない。むしろ統合しようとしているんだ」

「じゃあ、何を言いたいんですか！」

真顔になって突っかかる麻紀を、

「まあまあ」と翔一は抑える。「でも桑原、ちょっと理由を言ってみてくれないか。分かりやすく」

「それは、先ほどの四天王説にも通ずるところなんだがね」

「四天王説？」

つまり、と崇は三人を見る。

「建御名方神は、日本有数の軍神だということだ」

「そんなことは分かってるよ。でもそれが？」

「おかしいだろう」崇は笑った。「その、軍神を見張っているのが——」

あっ……。

奈々は思わず叫んだ。

「建御名方神が打ち破った神。つまり、見張る側よりも、建御名方神の方が圧倒的に強い！」

「ああ……」

「そうなんだ」と崇は首肯する。「いくらミシャグチ神は地主神といっても、一度建御名方神が諏訪にやって来た際に天竜川で戦い、そして敗退しているじゃないか。だから建御名方神にしてみれば、自分たちが滅ぼした一族に見張られたところで、痛くも痒《かゆ》くもないだろう。何の脅威にもならない。再び兵を挙げて打ち破れば良いだけの話だ」

「でも！」今度は由美子が反論する。「ミシャグチ神自体はそうかも知れないですけれど、彼らの後ろから諏訪に目を光らせている建御雷神がいるじゃないですか。彼が、ミシャグチ神に命令しているという状況も考えられます」

「誰がバックにいようとも、少なくとも自分より弱い相手に見張られて、仮にも『軍神』と呼ばれた神が、はいそうですかと大人しくしているだろうか。それこそ、ミシャグチ神を味方に引き入れて、再び建御雷神と一戦交えてもいいんじゃないか」

「それは……」

口籠もってしまった由美子に代わって、麻紀が尋ねる。

「じゃあ桑原さんは、その理由はなんだと考えているんですか？」

「だから大きな謎なんだよ。ただ言えることは、御柱の正体は『ミシャグチ神』だと単純には結論づけられないということだ」

「いや、そこまで言われてしまうと……」と翔一は由美子たちを横目で見た。「おそらく、ミシャグチ神に関係していることは間違いないだろうけれど、しかし今の桑原の話を素直に聞く限りでは、これは一筋縄ではいかないような気もしてきたよ。どう思う、麻紀ちゃんは？」

「そうですね……」まだ完全には納得できない様子で答えた。「でも私はただ単純に、山から『神様』を招いて来て、建御名方神を見張らせた――ということで良いと思うんですけれど」

「あら」由美子が麻紀を見た。「麻紀にしては、随分あっさりとした意見じゃない？　珍しく」

「そんなことないよ」

「そう言えば、その点に関して赤江さんは何か言っていなかったの？　あの人、御柱祭に関して何か持論があるような雰囲気じゃなかったっけ」

「別に……そのあたりは特に……」麻紀はテーブルの上のグラスに視線を落として急に口籠もった。

「聞いていないな……」

そういうことで――、と崇はグラスを空けてお代わりを注文する。

「結局、御柱は『何者』なのか――という冒頭からの疑問に逆戻りしてしまうんだ。やはりこれが、諏訪大社最大の根源的な謎だな」

「その謎が解けるか？」

「誰にも解けなかったからこそ、千二百年も定説がなかったんだろう」

「それは、弱気な発言なのかね？」

わざと笑いながら覗き込む翔一から、ゆっくりと目を逸らせて、

「さあ……」

と言ったきり、崇は大きく腕を組んで沈黙してしまった。

確かに、諏訪大社の謎は深い。だからこそ、地元の人たちや専門家たちの間でも、その見解が百花《ひゃっか》繚乱《りょうらん》なのだろう。今回ばかりは、さすがの崇でも快刀乱麻、一刀両断とはいかないのだろうか。

奈々は、そっと覗き見たけれど、崇は眼を閉じたまま時折手にしたグラスを口に運ぶだけで、口を閉ざしていた。

仕方なく話題が変わる。

緑川の姉・友紀子の関与した事件——四年前に横浜で起こった、シャーロキアンたちの事件だ。そんな話を麻紀たちから、やけに熱心に尋ねられ、緘黙《かんもく》してしまった崇に代わって奈々が——グラスを重ねながら——皆に説明した。それを由美子たちは目を輝かせながら興味深そうに聞いて……。

ふと目を開けると、もう朝だった。

小鳥の声が爽やかに響き渡る。

ストン——と眠りに落ちてしまっていたらしい。

時計を見れば、四時間ほどしか眠っていなかったけれど、目覚めは爽快だった。随分飲んだけれど、殆どアルコールが残っていない。薬用酒——リキュールばかりだったからだろうか。

奈々は起きあがり、大きく伸びをした。

さて、今日は下社・春宮と秋宮をまわる。再び翔一が車を出してくれることになっている。さて、荷物もまとめて、その準備をしなくては。

朝食を終えて支度を調えた奈々がロビーに下りると、ちょうど崇もやって来たところだった。

さすがに眠たそうな顔に、寝癖のついたままの髪。崇のことだから朝食はきちんと摂ったのだろうが、ちょっと服装がだらしなくないか。

お早うございます、と声をかける奈々に、

「ああ、お早う」崇は生欠伸で答えた。「さすがに少し飲み過ぎたかな。しかし胃腸には良さそうな酒ばかりだったな。まだ少し体がリキュール臭いような気もするけれど」

「呼気が少し……」

奈々は笑って、ズボンからはみ出しそうな祟のシャツを整えてあげながら、フロントに向かった。そしてチェックアウトをする。ちょうどそれが済んだ頃に、

「やあ、お早う」と眠そうに二重まぶたを腫《は》らして、翔一がやって来た。「体調はどう？　随分飲んだからねえ」

その後ろから——やはりさすがに眠そうに——由美子と麻紀も「お早うございます」と笑う。

「ゆっくりできましたか？」

由美子たちは楽しそうに、そして少し恥ずかしそうに奈々たちを上目遣いで見ながら尋ねてくる。

何か勘違いしていないか——？

「さて、今日は下社だ」翔一は奈々たちを引き連れて車に向かう。「今日は何も行事がないから、このままぐるりとまわってしまおう。桑原たちは何時の列車で帰るんだっけ？」

「いや、まだ決めていない。見学が終わった時点で考える」

「了解」翔一はドアを開ける。「じゃあ、それまで付き合うよ。さて出発しようか」

それじゃ——、と翔一はバックミラーを覗きながら言った。

「春宮に到着するまでに、昨日言っていた『諏訪大社の七不思議』について説明してあげて、麻紀ちゃん」

「はい」と頷いて麻紀は手帳を開き、たまにそれに視線を落としながら説明を始めた。

「実は『諏訪大社の七不思議』といっても、上社と下社で、微妙に違うんです。そのうち三つは同じなので、実質上十一種類ということになります。まず

上社の七不思議は——、

一、元朝《がんちょう》の蛙《かわず》狩《が》り
二、高野《こうや》の耳裂鹿《みみさけじか》
三、葛井《くずい》の清池《せいち》
四、宝殿《ほうでん》の天滴《てんてき》
五、御神渡《おみわたり》
六、御作田《みさくだ》の早稲《わせ》
七、穂屋野《ほやの》の三光《さんこう》

というものです。個々の説明は後にして、続いて

下社の七不思議は——、

一、根入杉《ねいりのすぎ》
二、湯口《ゆぐち》の清濁《せいだく》
三、五穀《ごこく》の筒粥《つつがゆ》
四、浮島《うきしま》
五、御神渡
六、御作田の早稲
七、穂屋野の三光

——です。ここで後半の三つが同じものになりますけれど、前半の四つが異なります。さて、これらについて簡単に説明しますね」

麻紀は手帳を見る。

「『元朝の蛙狩り』

これは元旦の蛙狩神事——この内容も後で詳しくお話しします——において、どんなに寒い年でも蛙が捕れるというものです。

『高野の耳裂鹿』

昨日、桑原さんもおっしゃっていましたけれど、御頭祭時の七十五頭の鹿の中には、必ず耳の裂けたものがいるという不思議です。

『葛井の清池』

茅野市上原に鎮座している、旧摂社葛井神社本殿下の神池に、十二月三十一日の夜、本宮御幣殿にお祀りしてあった御幣束《みてぐら》を沈めるという『御幣束納神事《おさめのしんじ》』が執り行われます。すると翌元旦にはその御幣が、遠州《えんしゅう》さなぎの池に浮かび上がると言われているものです」

「遠州……？」

「ええ、遠江《とおとうみ》。現在の静岡県西部です」

確か——崇の口からその地名が出てこなかったか。いや、何か言っていた……。

その奈々の心を読み取ったかのように、崇は助手席から振り向いた。

「上社の拝殿が、そっちに向いているんじゃないかという話をしただろう」

「ああ……。拝殿から一直線に線を引くと、遠州灘に到達する——」

来る途中の「あずさ」で聞いた。

「どちらの話が先か分からないけれど、不思議な関連性があるね」

「また」と麻紀は続けた。「この池には片目の魚がいると伝えられているんです」

「片目の魚？」

「当然、タタラ関係の伝説だろうな」崇が今度は振り向きもせずに言う。「片目片足の」

奈々もさすがにその点は、崇に指摘されなくても分かるようになっていた。

タタラ——昔の製鉄業従事者で、特に村下《むらげ》と呼ばれる技師は、ずっと炉《ろ》の中に燃えさかる火の色を見つめていなくてはならなかった。そのおかげで、片目をやられてしまう。だから一つ目の妖怪「山童《やまわろ》」などは、彼らをモデルにしているという——。

また、番子《ばんこ》と呼ばれる人々は、炉に風を送り込むために送風板を踏み続けなくてはならず、長年の間に片足をやられてしまう。ちなみに、これはとてもきつい仕事のため、交代制でなくてはとても体がもたない。これが「代わりばんこ（番子）」の語源である——と。

「そして」と麻紀は続ける。

「『宝殿の天滴』

　昨日行った宝殿に関するものです。これは、どんなに干天《かんてん》の時でも、御宝殿の屋根からは最低三滴の水滴が落ちるといわれ、諏訪大神が水の守護神として広く崇敬される根元になっています」

「龍神だからね」

「え、ええ。その通りです」麻紀は祟の背中に答えた。「それで、ここまでが上社だけの『不思議』で、下社はちょっと違います。まず、

『根入杉』

　秋宮の正面にそびえている、樹齢約八百年といわれる杉の大木です。これが夜になると、枝を下げて寝入るという伝説があります。そして、

『湯口の清濁』

　これも秋宮です。秋宮近くにある『綿乃湯』は、不浄の者が入ると、その湯口が濁ると伝えられています。続いて、

『五穀の筒粥』

　これは、春宮筒粥殿《つつがゆでん》で行われる神事です。大釜の中に米と小豆、それに葦の筒を入れて一晩中炊き続け、筒の中に入った粥の状態によってその年の農作物の吉凶を占います。その占いの正確なこと正に誤りなし——といわれています。次は、

『浮島』

　春宮の脇を流れる砥川《とがわ》の浮島——中之島——は、どんなに大水が出ても流れないといわれています」

「しかし実際は、浮島ではないんだろうな。中州のような状態になっているんだろう」

「そうですね、おそらくは。後で寄ってみましょう……。それから、上社・下社に共通する『不思議』

ですね。三つあります。最初は、

『御神渡』

これはもう何度か話に出ましたから簡単に——。

諏訪湖が全面に氷結して数日後の夜更けに、雷鳴の轟《とどろ》きのような音と共に、上社の浜から下社の湖岸にかけて大きな亀裂が生じる現象です。その亀裂が、更に高さ一メートルほどに盛り上がって、あたかも大蛇が湖面をくねくねと這ったかのようになる。これが御神渡で、上社の男神が下社の女神の許《もと》に通われた道筋だと伝えられています。全長は五・五キロにも及び、この現象が起こると、初めて一般の人々も湖面上に出ることが許されます。同時に、この道筋の方向や形からその年の豊凶が占われ、昔は逐一朝廷や幕府に報告していたといわれています——。続いて二番目は、

『御作田の早稲』

これは、六月三十日に田植えをして、一ヵ月後の八月一日には神前に米を供することができた——という奇跡のような伝説です。そして最後に、

『穂屋野の三光』

御射山祭祭場で祭礼の当日に、三光——太陽と月と星が、同時に見られるという伝承です。ちなみにこれは、天文学的には不可能だそうです。あくまでも、伝承ということで。以上です」

パチパチ……、と由美子と奈々は手を叩いた。

「すごいね。良く知ってる」

「いえ……」

と麻紀は照れる。時々何か考え事をしているように黙って自分の世界に入ることもあったようだけれど、こうしていると、とっても魅力的な女の子だった。根が真面目すぎるのだろうか……。

「その中で——」と翔一が前を見ながら言う。「最も有名なのが、御神渡だね。ただそれに関しては、

色々な意見があってね。一般には上社に建御名方神、下社に八坂刀売神といわれているけれど、実際には二柱一緒に祀られているしね。まあ、凍った湖を龍が渡って行くんだから――ということで、男神・女神と区別したのかも知れない。後付けでね」

「その他にも」と祟も言う。「この二神の祀られ方は、神奈川県にある龍口明神《りゅうこうみょうじん》社と、そこから海を隔てた――今は橋で結ばれているけれど――江《え》の島《しま》弁財天《べんざいてん》の祀られ方に酷似しているという説もある。つまり本質的には、彦星《ひこぼし》と織姫《おりひめ》星と同様に天の川を隔てて引き裂かれている、という意味だろう」

「なるほど」翔一は頷いた。「しかし、どちらにしたところで龍神――蛇神であるということには変わりないわけだ」

「以前に俺は、茨城、福原《ふくはら》の出雲大社に行ったことがある。そこはもちろん大国主命を祭神にしていて、本殿前の注連縄も――本家の出雲大社には及ばないにしても――かなり大きく立派だった。そしてその神社には、大国主命の絵と共に『龍蛇神』と大書された軸が飾られていた。どう転んでも彼の一族は『龍』であり、同時に『蛇』なんだ。これは間違いなくね」

「そういうことだろうね……。でも、蛙ではないのかな？」

「同じ世界の神ではあるけれど、微妙に違うかな。蛙は、伊勢の二見《ふたみ》興玉《おきたま》神社にも見られるように、使《し》神《しん》としての性格がやや強い」

「そうか。いや、ちょっと『蛙狩神事』で思い出したものだから」

あの……、と奈々は二人に割って入る。

「以前にも聞いたんですけれど、その『蛙狩神事』というのは――？」

「これがまたちょっと変わった神事でね。麻紀ちゃん、よろしく」

笑って麻紀に振る。

「はい」と麻紀も嫌がらずに、奈々たちの後ろから身を乗り出してきた。「一月一日、上社では早朝から間断なく神事が行われます。『蛙狩神事』は、その一つの特殊神事なんです。これは、本宮前の御手洗川の氷を砕いて蛙を捕まえて神前で小弓を射通し、生《い》け贄《にえ》としてそのままお供えします。さっきも言ったように、どんなに寒い季節でも必ず蛙を捕まえることができることから『七不思議』の一つになっています。また、中世や江戸時代の記録では『弓矢で射取りて、串で捧げ持ちて生け贄の初《はじめ》とす』『火を打ち丸炎《まるやき》にして神人皆持ち』『二の柱を過ぎ、舞台につき、かの蝦蟇《がま》を丸焼きにし、社人《しゃじん》氏子これを拝す』『その後、蛙の包丁。大祝《おおほうり》対座してオンタラクと唱え蛙を首より二つに切り』『蛙を大祝の前に置き、切り裂きてそなえ』などとあるようです」

またしても、生け贄だ。

しかし、捕らえた蛙を射殺《いころ》し、丸焼きにし、二つに切る？

これはまた随分と念入りな「生け贄」ではないか。何とも言えない不気味さを感じる……。

「三《み》輪《わ》磐根《いわね》著『諏訪大社』によれば」麻紀は淡々と続ける。「この祭礼の目的に関しては諸説があって、その代表的なものとして、次の五つの説があげられています。

一、食料として神に奉る儀式。
二、害虫として蛙を射止める儀式。
三、狩猟または農事の豊穣《ほうじょう》を祈願する儀式。
四、御狩初めの式を表したもの。
五、諏訪神の龍神——蛇神信仰に起因して、生け贄として捧げる儀式」

「蛇の神様だから、蛙を捧げる——」

納得しかけた奈々に、

「言うまでもないことだが」崇が振り向いた。「ここでいう『蛙』は、当然『河衆《かわず》』のことだよ」

「あっ……」

そうだった。

蛙は河衆——河の側で暮らす人々。

つまり、河童のことだった。

安倍晴明《あべのせいめい》のエピソードにも出てきたではないか。

「罪作りな……」と晴明自らも口にして、そして貴族のたわむれによって打ち殺されてしまった「蛙」は——河衆。

そしてまた、ここでも射殺され、丸焼きにされ、切り裂かれて……生け贄となったのか。

「やはり——」と麻紀が尋ねた。「そう思われますか。この『蛙』は、本物の人間だったと」

「もちろんそうだろう。これも守屋隆さんだ」

崇は言って、一枚のコピーを肩越しに奈々に手渡した。それを奈々たちは見る。そこにはこんなことが書かれていた。

「以上の各説いずれもそれなりに説得力のあるものでありながら定説に成り得ないのは、捕獲された『蛙』に対する残酷で執拗《しつよう》な仕打ちの持つ意味が説明できないからであろう。『蛙』は冬眠中に御手洗川の堅い氷を打ち砕かれて捕獲され、弓矢で射殺され、切り裂かれ、首を切られ、串に刺され、挙げ句の果てに丸焼きにされて薬にされてしまう。しかも丸焼きの後、その前で神職は餅を肴に酒を酌み交わしたという記述さえある」

これは……。

確かに少し残酷すぎる。

しかも伝統的な「神事」として行われていたのだ。

「いいか」と崇は言った。「守屋さんによれば、この生け贄の蛙を川で捕獲した後、一行は『おお』という大きな声を上げたというんだ」

「大声を？」

「しかし、この大声に関しての解説はどこにもない。そこで彼は『「おお」と発する声は「警蹕《けいひつ》」のこと』ではないかと考えた」

「けいひつ？」

ああ、と崇は頷く。

「蹕——というのは、道行く人を止めるという意味で、この言葉は『天皇または貴人の出入り、神事の時などに、先払いが声をかけて辺りを戒める』という意味だ。『みさきばらい』などとも言われる。この『おお』というのは、もともと隼人《はやと》の声といわれる狗《いぬ》の声で、『大声十遍、小声一遍、終えて更に一人が細声で二遍』という。これによって霊魂を鎮め、外敵を防ぐともいわれている。神道の葬儀でも、死者の魂を遷座《せんざ》させるために、通夜の席などで発せられているな」

「じゃあ、その蛙を捕獲して神前に運ぶのに『けいひつ』が発せられるというのは……かなり特殊なことだと」

「もちろんそうだ。生け贄の蛙を持ち運ぶのに、どうしてわざわざ『先払いが声をかけて辺りを戒め』なくてはならないんだ？ これは明らかに、昔は本物の『人間』だったんだろう」

またか。

生け贄——だ。

「それで！」奈々は叫ぶ。「『どんなに寒い年でも蛙が捕れる』——というわけですか。本当に寒かったら蛙はいないかも知れないけれど、川の側に住んでいる人々ならば一年中……」

「そういうことだ」崇は頷いた。「事実上の生け贄だ。だが……果たしてこの『蛙』を諏訪明神が欲したのか、それともまた別の意味があったのか……その点がまだはっきりとはしないんだ」

「どういうこと？」

「警蹕だ。今も言ったように、この声は『貴人』の出入りに際してかけられる声だからね。ただの『河衆』に対するには、少し大袈裟なような気がする」

「なるほど……」

「その上、この神事は上社だけで行われる。ここにも何か隠された謎がありそうだ」

「あの――」奈々は尋ねる。「これも前から不思議に思っていたんですけれど、こういった色々な神事にしても風習にしても、どうして上社と下社とでは微妙に違うんですか？　下社だけの遷座祭も行われると聞きましたし……」

「そうだね――」

崇が言いかけた時、

「ああ、ちょうど到着した」翔一が大きくハンドルを切って、車を駐車場に入れた。「降りて歩きながら話そう」


本宮や前宮に比較して、春宮は随分小さく質素なたたずまいだった。特に門前の賑わいもなく、まだこれから到着する御柱を静かに待っている。予定では、五日後のはずだ。

緑の香りも濃く、昨日の上社の賑わいが嘘のように感じる。それでもまだ、参拝客や関係者の出入りが通常よりは多いのだろう。普段はきっと、しんと静まり返っているに違いない。それもまた素敵だろうと思った。

奈々たちは、ゆっくりと幣拝殿に向かう。

「さっきの棚旗さんの質問だけれど」翔一が奈々に振り向いた。「どうして、上社と下社があるのかっていう」

ええ、と奈々は再び尋ねる。

「どうしてなんですか？　しかも二社ずつも」

「ああ、実はこんな話があるんだ――。棚旗さんも知っているように、最初は諏訪大社は前宮だけだった。しかしそれが――何らかの理由で――本宮も造られた。前宮の辺りで大量の血が流されたから云々という話だね。そして二社で諏訪明神を祀っていたんだ。しかしそんなある日、

『朝廷の主導の下で、諏訪湖の北に、現在同様に、二社を造営する』

というとんでもない命令が下され、平穏だった諏訪大社は上を下への大騒ぎとなったんだ。そしてこ

こからは資料を読むと――」

翔一はパサリとコピーを広げた。そして歩きながら読み上げる。

「『計画の概要が次第に明らかになり、諏訪を二分して氏子の半分を下社側に割譲せよという要求もついている。こんな計画を上社が受け入れられる道理はない。第一、諏訪には既に上社前宮と本宮の二社が鎮座し、何の不都合もないではないか。そこへ何故、更に二社の下社が必要なのか、その真意が皆目わからない。当然、守矢神長官から造営中止の建議書が朝廷に発せられた。しかし朝廷側からは強引に造営の意思が伝達され、それは有無を言わせぬ命令に近いものであった』――というんだ」

「どういう意図があったんでしょう……」

「大体想像はつくけれど、何とも断定しきれないね。桑原はどう考える」

「単純に推察して――」崇は翔一を見た。「諏訪大社の力を分散させたかったんだろうな。もしくは、内部分裂を狙ったとかね。おそらく、それほど朝廷は諏訪の力を恐れていたんじゃないか」

「……やはり、そんなところだろうかな」

「日本有数の軍神だからな。いや、もしもまともに戦っていたら、建御雷神をしのぐ力を持っていただろうからね」

「まともに戦っていたら……？」

「昨日奈々くんに、建御雷神に敗れたのにも拘わらず、建御名方神が『日本第一の軍神』と呼ばれていた理由を尋ねられたけれど、実際にこの祭の規模や勢いを肌で感じて確信した。やはり建御名方神は、朝廷の人々の裏工作によって敗れたんだろう。だからその戦いは『日本書紀』にも記載されていないし、ここまで追いつめても朝廷は、なお彼を恐れていたんだ。そして数年経ってもその力が衰えないことを知り、無理矢理に分裂させた」

「だから――」と奈々は叫んだ。「上社は神別、下社は皇別なんですね！　つまりこれを言い換えると、上社は従来からの神であり、下社は朝廷の息のかかった神ということ」

「そういうことだな。ちなみに、上社には御神体はなく、神別の大祝――つまり、祭神の子孫の人間を神として祀っていたというからね」

崇はゆっくりと頷いた。


参拝を済ませると、奈々たちは筒粥神事が執り行われるという筒粥殿の脇道を通って、浮島へと向かった。確かに一見、島のように見えるけれど、中州なのだろう。神橋を渡って浮島に乗る。右手には「浮島神社」という小さな祠が見えた。それを眺めつつ、奈々たちは神橋のちょうど反対側になる浮島橋を渡り、砥川の反対岸に降り立った。その草原を少し歩くと、かの岡本太郎がいたく感動したという石仏がある。大きく、どっしりとしたゾウガメの甲羅のような形の岩の上に、小さな頭がちょこんと載っている、変わった石仏だった。万治《まんじ》三年(一六六〇)と彫られているために「万治の石仏」と呼ばれているらしい。また、それ以前には「浮島の阿弥陀様」といわれていたという。

奈々たちは石仏を見物すると、今と全く逆のコースをたどって、境内に戻った。

年季の入った立派な二階建ての、楼門形式になっている幣拝殿を眺める。その両脇には、一の御柱と二の御柱が建てられるのだろう。そんなことを思いながら、奈々は崇に尋ねた。

「建御名方神が、そうやってずっと朝廷から見張られていたとすれば、やはり御柱は見張り――四天王だったんじゃないですか。何となくそんな気がしますけれど……」

「基本的には、その通りだろう」崇が振り向いた。「しかし、昨夜も言ったように、細かい点で矛盾してしまうんだ」

「でもそれは、あくまでも象徴としての『四天王』だと考えれば、細かい点に関しては――」

「いや。これも以前に言ったけれど、俺はこの諏訪の地には、見事な結界が張られているような気がしているんだ。そして結界が完成している以上、そこにはどんな小さな矛盾点、あるいはわずかな欠損も存在してはならない。一から十まで、計算し尽くされているはずだ。研ぎ澄まされた茶室と一緒だよ」

「茶室……ですか」

「そうだ。主人の神経が隅々にまで行き届いている茶室だ。掛け軸も、花も、茶碗も、水差しも、棗《なつめ》も、茶杓《ちゃしゃく》も全て整えられ用意されているのに、今の季節で炉が切られていることはあり得ない。それと同じことだ」

そうか——。

一ヵ所でも綻《ほころ》びていれば、それが致命的な欠点になってしまう。そして、もしもこの諏訪の結界が、それほど慎重に張られているとしたならば……。

「さて、じゃあ秋宮にまわろう」翔一が言う。「いよいよ最後だ。ここで全ての謎が解けると良いんだけれどもね。諏訪大社の御加護を祈っていてくれないか」

にっこりと微笑んだ。

＊

「赤江初子が殺されただと！」

溝口からその報告を受けた戸塚は、思わず叫んでしまった。

「だが彼女は、入院していたんじゃなかったのか？」

「はあ……」溝口もがっくり肩を落として告げた。

「その入院先の病室で……」

上社前宮の建て御柱が終わった翌日——五月四日の朝だった。まだ祭の最中。今日は午後から本宮の建て御柱が行われる。

その最中に——。

「しかし……どうやって？」

はい、と溝口は答える。

「消灯後に、病室内で窒息死させられたようです。おそらくビニールのような物を、顔の上にぴったりと張り付けられたのではないかと」

「何てこった……」

戸塚は脱力した。

心の中で密かに、初子はこの事件にかなり関わっているのではないかと踏んでいた。それは溝口も同じだったようで、初子が刺された時、自殺あるいは狂言ではなかったのかと話したのだ。喋れるようになったら、聞き出したいことが山ほどあった。そして、一気に事件解決へと持ち込むつもりだった。

しかし、その初子が殺されてしまうとは——。

ということは……。

初子は、この事件に無関係だったのか？

いや、全く関与していないのならば、犯人がわざわざ病院に忍び込んでまで殺害することもないだろう。きっと、犯人との間に、何らかのトラブルがあったに違いない。だからその人物は、何があっても初子の口を塞《ふさ》がなくてはならなかったのだ。

〝何もご存じない〟——。

まさに初子の言った通りではないか。戸塚たちは何も知らなかった……。

「もう少しで意識が戻るところでしたのに……申し訳ありません」

「いや、きみのせいじゃないよ。憎むべき人間は、他にいる」

戸塚はゆっくりと立ち上がり、二人は病院へと向かった。

病院で話を聞くと、犯人はおそらく消灯前に病院内に入り込んでいたのではないかという。そして、トイレか、あるいは使われていない病室にじっと身を潜め、当直の看護婦の見回りが終わったのを確認した後、病室に忍び込んで初子を殺害したようだった。

その後犯人は、非常階段を使って地上に降り、そのまま逃亡したものと見られた。夜の侵入は殆ど不可能だが、非常口を使えば、病院から外に出ることは何も難しくない。あたりは暗いし、少し行けば緑の多い公園もある。そのまますぐに、闇に紛れてしまえただろう……。

「そういえば警部」帰り道で溝口が思い出したように言った。「昨日、目撃情報が一件飛び込んで来まして」

「なんだと。それは？」

ええ、と溝口は頷いた。

「これは月見ヶ丘の住人以外の方からの情報なんですが、このところあの区画を、見慣れない男が歩いているのを見た、と」

「見慣れない？ どんな男だね？」

「おそらく三十歳前後ではないかということなんですが、帽子を被ってサングラスをしていたので、はっきりとは分からなかったようです。ただ、体格はがっしりとしていたと」

「そいつはまた随分と臭《にお》うね、色々な意味で」

というより、あからさますぎないか。正体を隠すというより、逆に目立っている。

〝一体、どんな目的があったのか……〟

「しかもその男――らしき人物は、昨日、初子の入院している病院の近くでも目撃されているんです」

「なにい？　益々怪しいじゃないか」

戸塚は煙草に火をつけた。そして大きく煙を吐き出す。そして、ふと思った。

三十歳くらいというと、鴨志田の年齢にも近いのではないか。例の、地方新聞社のジャーナリストだ。鴨志田は中肉中背、やや痩せ形だ。太っている人間が痩せて見えるようにするのは難しいが、その逆は簡単だろう――。その動機は、まだ全く想像がつかないけれど。

この事件は、一見異様な雰囲気に包まれている。それは、松の木が刺さった死体の周りにバラ撒かれていた塩であったり、生け贄とも思われる白兎であったり、思い出すだけでも血が逆流しそうな――黛の首を落とされた遺体であったり、亀や雀の死骸であったり……。

だが、そんなモノに惑わされてはダメだ。

戸塚は思う。

最初から感じているように、それらは現場を混乱させるための小道具に過ぎないのだ。本質は、あくまでも連続殺人事件であり、その犯人の不可解な動機だ。

それとも犯人は、ただ単にあの区画をボロボロにしようとしているだけなのか？　まさか、住人全てを抹殺することは考えていないだろうが、ある程度の人数を殺害してしまえば――以前に浪岡菊乃が言っていたように――あの区画に近付こうとする人間もいなくなっていくだろう。

とはいうものの……。

それにしては、余りにも手が込みすぎていないか。

たったそれだけの動機ならば、住人を通り魔的に襲えば良いだけの話だ。わざわざ亀や雀をつかまえて来て首を落とす、そんな手間をかけることもない。但し犯人が生来の偏執狂であるというならば、また別の話になるが……。

「警部。一応、その男を追ってみますか？」

溝口の呼びかけに、戸塚の思考が途切れた。

「ああ……そうだな。念のために、聞き込みを続けてくれ。また何か新しい情報にぶち当たるかも知れないからね」

「分っかりました」

そう言って去って行く溝口の背中を見つめながら、戸塚はふと思った。

怪しい男と言ったけれど、もしもそれが犯人の変装であったならば――、

〝女性の可能性もあるんじゃないか……〟

いつも通りの習慣で、戸塚が十五分で昼食を終えて席に戻り、調書に目を通しながら一服していると、

「警部っ」

またしても溝口がやって来た。

しかし、この声のトーンは良い報《しら》せだ――と直感的に分かった。

「おう、どうしたね？」

「もう一件、新たな目撃情報です」

「今度は？」

はいっ、と溝口は意気込む。

「赤江初子の病院ですっ」

「そうか！　どんなネタだ？」

「はい。殺害当日の夜――つまり昨夜遅く、帰宅途中の看護婦が、病院の近くで不審な人影を見たと言うんです」

「例の帽子にサングラスの男とは別人か？」

「いえ、それはまだ判明していません。しかしこちらは、どこかで見たような顔だと思っていたら、以前に被害者を見舞いに来た人物だった。そして、今朝になったらこの騒ぎというわけで、連絡が入りまし

した」

「それは誰だか分かったのか？」

「ええ。以前に見舞いにやって来たというんですから、当然、被害者の関係者か隣人だろうと思い、顔写真を用意しまして、彼女に確認を取ってもらいました。すると、暗がりではあったけれど、おそらく間違いないだろうということで」

「でかした！　それで、その人物というのは？」

「月見ヶ丘に住んでいる、鴨志田翔一。三十一歳です」

やはりそうか――。

戸塚は心の中で叫んだ。

どうも最初から引っ掛かっていた。

現場近くを変装してうろついていたのも、この男に違いない。

「よしっ」膝をパンと打つ。「すぐに鴨志田に会おうじゃないか。今どこにいる？」

「会社――新聞社に連絡しましたところ、昨日今日と休みを取っているとのことでして」

「捜そう。あそこの新聞社から、うちに担当の記者が来てるんじゃないかな。彼に訊いて、鴨志田と連絡をつけてくれないかね」

「分っかりましたっ」

溝口は飛び出して行き、戸塚は大きく煙を吐き出した。

＊

秋宮は、旧甲州街道沿い、諏訪湖畔に鎮座していた。

境内のすぐ脇――北西の位置に「甲州街道・中山道合流之碑」と、そして「綿之湯」の碑が建っていた。近くには歴史民俗資料館もあり、観光客も大勢往き来している。

奈々たちは、広い駐車場から境内へと向かう。手水舎で口を漱《すす》ぎ、神橋を渡って少し歩くと、すぐに大きな杉の木が見えた。これが「根入杉」――樹齢八百年といわれている杉の木だ。その前で二つに分かれている石畳の参道を、奈々たちは右手――神楽殿へと進む。

天皇・皇后両陛下行幸記念碑を過ぎて行くと、立派な大注連縄が飾られた神楽殿《かぐらでん》が威容を見せる。注連縄の重量は約一トン。その両脇に控える青銅の狛犬は――列車の中で崇が言っていたように――日本一の大きさを誇るという。

そして、神楽殿の上がり口両脇には、

「蛇……ですね」

これまた太い曳き綱が、とぐろを巻くように飾られていた。

「そうだな」崇が頷く。「注連縄といい、この曳き綱といい、どう見ても蛇以外のモノを表しているとは考えられない。いや、むしろこれ見よがしに安置されているようだ」

「確かに……」

それを見上げるようにして神楽殿の脇を通り過ぎると、眼前に立派な幣拝殿《へいはいでん》が姿を現した。こちらもまた春宮同様に、二階建ての楼門形式で、そこかしこに龍や獅子などの彫刻がびっしりと施されていた。

この幣拝殿の後ろに、東西の宝殿があり、その二つの建物の間に神木――イチイの木が立っているらしい。

　奈々たちは、その幣拝殿の前をゆっくり左手に進む。すると正面には、八坂社や賀茂社などの摂社が見えた。中でも、子安社という安産祈願の社には、底の抜けた柄杓《ひしゃく》がたくさん奉納されていた。これは、水（羊水）と一緒に子供がスルリと産まれますようにという意味らしい。これが航海の神である住吉神などと関連してきているけれど、今はちょっと別の話のようなので、奈々は詳しく訊かなかった。また日を改めよう。

　そんなことを考えていると、

「確かに——」と崇は掌の上に載せた方位磁石を見つめながら呟いた。「拝殿の方角が、上社とは全く違う」

「どんな本にでもそう書いてあるじゃないか」翔一が呆れたように言う。「全部、いちいち確認していたのか？」

「折角自分で足を運んだんだからね」

「それで……分かりましたか？」奈々は、そっと尋ねた。「それぞれ違う理由が……」

　すると崇は、

「ああ」とあっさり答えて、磁石をポケットに仕舞った。「分かった」

　えっ——。

「何だって、桑原。何が分かった？」

「拝殿の向きだ」

「本当か？」

「上社・前宮は、守屋山を拝む形になっているというのは分かっていますけれど……」

「地主神としてですよね」由美子も言う。「でも、現在の本宮は違うし……」

「いつから変わったのかが特定できれば、もっとはっきり言えるんだが」崇が答えた。「どっちみち、もともと上社は守屋山を拝む形を取っていた。これで構わないじゃないか」

「しかし——」翔一は顔を歪めた。「そうは言っても、現実的に今は違う。あれは前宮を拝んでいるんだという説もあるけれど、厳密に線を引けば微妙にずれている。そんな点はどう考える？」

「今の本宮の示す方角——つまり東南東は、甲斐《かい》じゃないかな」

「甲斐？」

「武田信玄《たけだしんげん》だ」

「ああ……」翔一は唸った。「そうか。確かに信玄は『お諏訪様』を守り神として崇め、社殿の造営や寄進をしている。そのために、諏訪氏を滅ぼしたにも拘わらず、土地の人々から大変な信頼と尊敬を受けていたというからな……」

もしくは、と崇は翔一に言った。

「甲斐を通り越して、富士山かな。本宮の拝殿が、いつからこの向きになったのかという時代さえ特定できれば、この二つのうちのどちらかに特定できるだろうな」

「なるほどね。じゃあそっちは良いとして、こちらの下社はどうなる？　素直に地図を見れば、春宮・秋宮ともに東北を拝むことになるよ」

「鬼門《きもん》を拝むっていうことになっちゃうんですよね」麻紀も言う。「それって、意味不明です。どうして鬼門を拝まなくっちゃいけないのか」

「拝むと思うから、不可解なんだろう」

「えっ」

つまり、と崇は麻紀を見た。

「拝殿が東北を向いているということは、それに相対する神木が南西を向いているということだ。上社前宮、そしてもともとの本宮から拝む方角を」

「というと……」

「守屋山だ。下社の神木——御神体は、守屋山を睨んでいるということだ」

「皇別——朝廷だから！」

「そうだ」

「そして、その神木自体を私たちが拝んでいるということ！」

「純粋に考えれば、そういうことだな」

崇はあっさりと答えて歩き出した。

そうなのか。

上社では、もともと守屋山を拝んでいた。

一方下社では、その守屋山を睨んで——見張っていて、しかもその見張っている御神体を、参拝客が拝む……。

ちょっと複雑だけれど、そう考えれば何の矛盾点もない。というより、単純な話だった。変にこねくり回すから、分からなくなるのだろう。

そんなことを思いながら、奈々は石畳沿いに境内を横切る。

この先に、温泉の湧き出ている手水——御神湯《ごしんとう》があるという。折角なので、そこも見てみることにしたのだ。

立派な参集殿と社務所の前に、それはあった。石で拵《こしら》えられた龍の口から温泉が、湯気を立ててこんこんと湧き出ている。飲料にも適しているようで、観光客が何人も柄杓ですくっては飲んでいた。

そのすぐ脇の小高い丘の上に、八幡社と恵比寿社があるということで、そちらもまわってみる。恵比寿社には、大国主命と事代主神が祀られていた。

お参りして降りて来ると、近くに梶《かじ》の木が立っていた。諏訪大社の神紋《しんもん》の木である。それを何気なく眺めていた奈々に、翔一が説明する。

「この梶の木の神紋もね、上社と下社では少し違うんだよ、棚旗さん」

「どこがですか？」

「梶の木の根の数が、上社は四本、下社は五本なんだよ」

そう言って翔一は、パンフレットを開いて奈々に見せた。

四本と五本……。

これにも何か意味があるのだろうか。

そういえば、鎌倉の鶴岡八幡宮《つるがおかはちまんぐう》にも、そんな数にまつわる場所があった。それは、三の鳥居をくぐって境内に入ったすぐ左右に広がる、源平池《げんぺいいけ》だ。左手の小さな池の名前は「平家池」で、浮かぶ小島が四つ。そして右手の大きな池の名前が「源氏池」で、小島が三つ。

これは平家の「四——死」と、源氏の「三——産」を表しているという。結局、源氏の血筋は「三」代で絶えてしまったけれど……。

この話を初めて聞いた時には、そんなところにまでこだわるのかと思ったものだ。というよりも、きちんと言い伝えられていなかったら、ただのこじつけと、一笑に付してしまっていただろう。

だとすれば、上社の「四」は素直に「死」——「あの世」で「彼岸」を表していると考えて良いのか。しかも崇が言ったように、ここは「州端《すは》」の地だ。ではそうなると、下社の「五」は何なのだろう？

そんなことを崇たちに尋ねてみると、

「それは、分からないんだ」翔一が苦笑いした。「『四』や『五』という数字に関して、何やら小難しい理屈は耳にするけれど、でも本当のところは謎らしい。ただ単に、区別しただけという説もあるけれど――」

四の五の言うな……というところか？

「もしかしたら」崇が言う。「『護』かも知れないな。神別の上社が『死』で、皇別の下社が『護』だ」

「ああ、それもあるかも知れないね。あるいは『御』とか」

「または『陰陽五行説《いんようごぎょうせつ》』の『五』かな」

「それはどうだろう？」

「いや、『五』と『七』という数字は怨霊封じの数だ――と俺は勝手に思ってる」

笑う崇に、翔一が言った。

「そういえば……御頭祭では、御幣として五種類の植物が捧げられるんだよ。それらは、辛夷《こぶし》や檜《ひのき》や柳などなんだけれど、それぞれに五色の色が割り当てられているという説もあるんだ。青、赤、黄、白、黒とね」

「それって」由美子も言った。「春、夏、土用、秋、冬なんでしょう」

「うん。春は青で『青春』、秋は白で『白秋』というようにね。同時に青は『東』、赤は『南』、黄は『中央』、白は『西』、黒は『北』を表している。ちなみに京都の街――平安京がその説に基づいて造られた」

「四神相応《しじんそうおう》だな」

「そうだね」翔一も頷いた。「想像上の生物を宛てて造られた結界だ。東には『青龍』――大きな川があり、南には『朱雀』――池があり、西には『白虎』――大きな道があり、北には『玄武』――山があるという」

「それで思い出したけれど」と崇は翔一を見た。「昨夜、俺はきみたちの区画が面白いと言ったのを覚えているかな?」

「もちろん覚えている。バーで、ぼくらの家の図を画いて見せた時だろう。『偶然なのか?』って言って笑った」

「これだな」

崇はノートを開いて、翔一の画いた図を見せる。

「何だ、持ってたのか」

「記念にね」

昼間に素面《しらふ》で見せられると恥ずかしいな、と翔一は麻紀たちを見て、はにかんだ。

「しかし、どうしてこの図が今の話に繋がるんだ? 陰陽五行説に」

「見てみろよ」

と言って崇は指差した。そしてそれを覗き込む奈々たちに向かって、ゆっくりと説明する。

「この南の位置に『赤』江さんが住んでいる」

「えっ」

「そして北には『黛』さん」

「黛さんが?」

「『黛』という文字の中には『黒』が含まれている」

「……なるほど」

「次に——東の位置には『緑』川さんがいる。昔で言う『緑』は、今の『青』のことだからね」

「本当ですね」由美子が楽しそうに叫んだ。「凄い偶然!」

「そして西の位置には『百』瀬さんで、言うまでもなく『百』には『白』が入っている」

「すごーい」麻紀が目を輝かせる。「まるで計算されているみたい!」

「最後に、中央——『黄』がくるべき場所には、『横』峰さんが住んでいるんだ」

「『横』の文字には『黄』が入ってる!」

「そうだ。『黄』はもともとは『黄』と書いて、四方八方に広がる火矢の光を表していた。そんなことから、中央という意味を持つようになったんだ」

「こんなこともあるのかね――」

「いや」と崇は急に真顔になって、全員を見回した。「これは……当初から計画されていたことなんじゃないか」

え――。

翔一たちは、無言のまま顔を見合わせた。

そして、

「嘘でしょう」麻紀が声を上げて笑った。「だって桑原さん。いくらなんでも、こんなにぴったりの名字の家族を募集なんてできないでしょう。確率的には低いかも知れないし、信じられないでしょうけれど、これは単なる偶然ですよ」

「そうかな……」


「そうだろう」翔一も、うんうんと頷いた。「今こうして聞いてびっくりしたけれど、しかしこれは計画して云々《うんぬん》という次元の話じゃないよ。とっても無理だって。ねえ由美子ちゃん」

「いえ……」と由美子は、真剣な顔つきで眉根を、ぎゅっと寄せた。「もしかしたら……」

「えっ？」

「そういえば、私の家……」

「由美子ちゃんの家が、どうしたの？」

確か――と由美子は静かに答えた。

「最初うちの父は、月ヶ丘の他の区画を申し込んでいたんです。そうしたら――」

「そうしたら？」

「赤江さんが声をかけてくれて、自分の家の隣――同じような南東の建売が空いているから、そこはどうかって。そして、もしもこちら――つまり今の場所――で良かったら、価格も特別に安くさせるからって言って……」

「赤江さんが！」

「はい。そんなことを、チラリと聞いた記憶があります……」

「でも！」麻紀が叫んだ。「それは別に、由美子ちゃんの家の名字が『緑川』だからということじゃなくって、ただ単に由美子ちゃんたちが初子オバサンに、気に入られたのかも知れないじゃない。偶然だってば！」

「そうかな……」

「そうだよ。だって、そんなことのために——陰陽五行説に合致する町作りをするために——お金と手間暇をかけたっていうの？　結界を張るために」

「おかしいね」翔一も同意した。「口で言うほど簡単じゃないよ、桑原」

「何とも言えないね」

「また、そんなことを——」

しかし、と崇は付け加えた。

「この図では、まだ不完全なことだけは事実だな。方位的にもね。俺に任せてくれれば、もっと完璧に造れるんだが」

「またすぐにそういうことを言う」

「いや、たとえばこの——」

もういいよ、と翔一は笑って全員を見た。

「取り敢えず、そこらへんの店に入って、一旦休憩しよう。お昼には少し早いけれど、昼食を食べてしまっても良いし」

その意見に奈々たちは賛成して、全員で近くの喫茶店に移動した。

さすがに昼食までは時間があったので、奈々たちはコーヒーを頼んだ。沙織や小松崎がいれば、きっとビールだワインだという話になるところなのだろうが、今日は素直にお茶になった。

と思ったら、

「桑原もコーヒーで良いのか？」翔一が確認する。

「ビールでも飲んだらどうだ？　ぼくも運転がなけ

りやつき合いたいけれど」

「いや、ビールはちょっとな」

「そうか」

「ジン・トニックをもらおうかな。奈々くんの分と、二つ」

え？

奈々は〝どうして私も？〟——と思ったけれど、すぐに注文が入ってしまった。

「お疲れさまでした」

とコーヒーとジン・トニックで乾杯する。これで一泊二日の——予想していた通りに長かった——諏訪の旅も終了になる。

「それで、どうだった桑原。結局、諏訪の謎は全部解けたのか？」

いいや、と崇はライムを軽く絞った。

「解けなかった」

「ダメでしたか……」由美子が残念そうな顔で長い髪を掻き上げた。「折角、こんなに遠くまで来ていただいたのに……」

「でも、別にそのためだけに来られたわけじゃないでしょう」

麻紀は笑ったけれど、しかしそれが今回、かなりの比重を占めていたことを知っている奈々は何も言えずに、崇の隣でほろ苦いジン・トニックに口をつけた。

「しかし桑原。昨日は、御柱祭の謎は解けたようなことを言っていたじゃないか。そっちはどうなんだ。余りもったいつけないで、話せよ」

「それは止めておこう」崇はグラスを傾けた。「昨日も言ったように、御頭祭や蛙狩神事や、それらの行事に隠されている謎は、全て連動しているはずだ。だから肝心の御柱祭の謎が解けない以上、いくら他の謎が解けたと思っても、それは単なる見立て違いかも知れない。根本の病《やまい》が全く違っても、末端に現れてくる症状が同じ様相を呈するという臨《りん》床例《しょうれい》は、腐るほど存在する。だから、本質を見抜けていないのに、軽々に口を開くことはできない」

「そうか……」

と翔一は頷いたけれど——。

奈々がふと見ると、麻紀は下を向いて……こっそり、と笑ったようだった。きっと今の崇の言葉は、単なる言い訳だと思ったのだろう。

でも仕方ない。細かい部分では色々な解釈を付けられたものの、肝心の「御柱祭」の謎が殆ど解けていないのだ。

「まあ、一回見たくらいじゃ無理だよな」翔一は笑う。「また来てくれよ。六年後とは言わず来年、いや、今年の夏休みにでも」

「方角が良かったら、そうする」

「方角って……神頼みっていうことか？」

「まあ、そんなところだ」

「そうか……。しかし、桑原ならば何とかなると思っていたんだけれどな……」

「買い被《かぶ》りすぎだ」崇は苦笑いして、カラリとグラスを空けた。「まあしかし、帰りの電車の中で昼飯でも食べながら、もう一度じっくりと考え直してみるよ」

「じゃあ、駅まで送って行こうか。『あずさ』に乗るならば、茅野《ちの》駅が良いだろう」

「助かるな。きみたちは、これからの予定に差し障《さわ》りないのか？」

「ぼくは大丈夫だ。午後からちょっと予定が入ってるけれど、まだまだ充分時間はある。由美子ちゃんは？」

「私は特に何も……。一度家に帰ります」

「よし、じゃあ出よう」翔一は立ち上がり、奈々たちも荷物をまとめる。「でも、なかなか楽しかったよ桑原。ぜひまた来てくれよ。あ、でも結婚式の方が先かな」

え——。

ポカンとする奈々を眺め、由美子と麻紀が顔を見合わせて笑った。

崇と奈々は、改札まで見送ってくれた三人に丁寧にお礼を言って、上りの「あずさ」に乗り込む。彼らには、すっかりお世話になってしまった。東京に戻ったら、改めてお礼をしようと奈々は思った。

一方、昼飯でも食べながら考える——と言っていたくせに、崇は何も買い込まず口にもせず、ただじっと窓の外を流れる風景に目をやっていた。

車内販売がやって来たので、奈々はサンドイッチを買うことにした。崇にも尋ねると、無言のまま手を振ったので、奈々だけミックスサンドと、ペットボトルの紅茶を買った。

電車は、のどかな田園風景の中を心地良く快適に飛ばしている。その規則正しい振動に身を委ねながら、奈々はサンドイッチを口に運ぶ。一方崇は、一言も口をきかずに風景を眺めている……のかいないのか。

やがて崇は急に立ち上がり、荷物棚に載った荷物に手を突っ込み、何かをガサガサと探し始めた。何をしているのだろうと思っていると、しばらくして崇の手には、愛用のスキットルが握られていた。

今飲むのだろうか？

と思っているうちに、崇はキリリと蓋《ふた》を開けて、本当にそのまま一口飲んだ。驚いて見つめる奈々の視線に気付いた崇は、

「奈々くんも飲むか？　ラム酒だけれど」

「い、いいえ、結構です。さっきもジン・トニックをいただきましたし。それよりもタタルさん、よかったらサンドイッチでもどうぞ」

「いや、いらない。腹は減っていないから」

それならば良いけれど、昼間からラムは良くないのではないか……。それともヤケ酒か？　そう思った奈々は、そっと言う。

「御柱の謎が解けなかったのは残念でしたけれど、とても楽しかったですね。想像していたよりも、色々と面白いお話が聞けて」

「そうかね。だが、御柱については何一つ分からなかったに等しい。少なくとも、諏訪の地に足を踏み入れるまでに俺が考えていた解答から、一歩も先に進むことができなかった」

「……相手は、千二百年の謎なんですから、仕方ないですよ。いつもいつも、そう上手くいくとは限りませんから。でも、タタルさんならば、いつか必ず解けると思います」

「その根拠は？」

「提示するまでもありません。確信しています」

「奈々くんに似合わず、随分とまた論理的じゃないな」崇は苦笑いした。「だが、ここでもう一度だけ振り返って問題点を整理してみたいんだけれど……付き合ってくれるかな」

「はい、もちろん喜んで」

「じゃあ、最初からだ——。出雲の国譲りで建御雷神に敗れた建御名方神は、諏訪の地に逃げ込んだ。そしてその際に彼は、諏訪に住んでいた地主神の洩《も》矢《や》の神——ミシャグチ神を打ち破り、彼らに取って代わった。ここまでが、古代の歴史——伝承だ。そして桓武天皇の御世《みよ》の頃から、御柱祭が始まった。この『柱』には、建御名方神に敗れたミシャグチ神が関わっていることは間違いない。何故ならば、御用材の樅《もみ》の木などは、今もできうる限りミシャグチ神の旧所領から伐採されるからだ。そしてそれは諏訪大社——建御名方神のもとに運ばれ、社殿の四隅に建てられる。そこで俺はこの作業を、一種の結界を張る呪術だと考えている。しかしそうなると、ここで問題が起こってしまう」

「ミシャグチ神よりも、建御名方神の方が、遥かに強い軍神である——」

「そうだ。それでも、どうしても見張らなくてはならないというのならば、建御雷神の部下が見張れば良い。しかしそれにしたところで、建御名方神はある種の策略によって建御雷神に敗れたと考えられるから、彼を抑えきれるかどうか保証の限りではないけれどもね」

「しかもその『柱』は、『神』と呼ばれるわりには、余りに酷い仕打ちを受け続けているんですね」

「そういうことだ……」崇は嘆息した。「一体どこの誰が仕組んだ祭――神事なのかは知らないが、直接会って問い詰めたい気分だな」

「桓武朝に飛んで、ですか」

「ああ。できることならばね」

そう言って崇は、再び視線を窓の外に投げた。そこで奈々は、

「じゃあ……現代に戻って」こちらを振り向かせる。「あの事件は、どう思います?」

「何の事件?」

「鴨志田さんたちの月見ヶ丘――穴師村で起こった、連続殺人事件です」

「さて……ね。しかしあれも、きっとある一定のルールに則《のっと》って動いているような気はするな」

「兎と亀と雀がですか? 日本昔話?」

「それにしては、龍や蛇が出てこなかったな」

「龍は諏訪の神様だから、最初からそこにいるんじゃないですか」

「そういうことかも知れない」

「でも……赤江さんは、本当に何か知っていたんですかね? それらのことに関する理由も」

「兎と亀はどうか分からないが、とにかく何か重要な事実を把握していたことは確実だな。だからこそ、狙われたんだろう。一思いに殺してしまえば、死人に口なしだからね」

「そうですね……」奈々は嘆息した。「諏訪大社にしても何にしても、色々な秘密を知っている人たちがどんどん死んでしまって、謎だけがポッカリと浮かび上がるように残されて……。それでも相手が死んでしまっている以上は、こちらからは何の打つ手もなくなって――」

「えっ」

ビクン、と崇が起きあがった。

そして驚いたように奈々を見る。

しかしその目は、ついさっきまでの物憂げな、そして眠そうな眼差しではなかった。睫の奥で、キラリと輝く瞳——。

「奈々くん……。今、何と言った？」

「えっ」奈々はキョトンとした顔で答える。しかも、サンドイッチを頬張りながら。「相手が死んでしまったら、こちらとしては何一つ打つ手がなくなって——」

「ああっ」

崇が叫んだ。

「だから彼らは——」

斜め前に座っていた中年の男性が、何事が起こったのかという顔で振り返った。奈々はあわてて、済みませんと謝った。そして横目で崇を睨んで、

「どうしたんですか、タタルさん！」

小声で咎めると。

「きみの言う通りだ」崇は顔を奈々に近づける。爽やかなラムの香りがした。「だから——そういうわけだったんだ」

「な、何が『そういうわけ』なんですか？　事件のことですか？」

「何の事件？」

「え。だから——」

「奈々くんが何を言っているのか意味不明だが、俺が言っているのは、諏訪大社のことだ」

「えっ」

「御柱祭だ」

崇は——いつものように——奈々の両手を握り、まさに抱きしめんばかりに引き寄せる。

「御柱の謎が——全て解けた」

＊

いよいよ事件も大詰めを迎えてきた、と戸塚は感じた。

鴨志田翔一が、この一連の事件にどこまで深く関与しているのかは知らない。しかし、無関係であるはずはない。何しろ赤江初子が殺害された夜、現場の病院近くにいたのだ。一体そこで何をしていたのか。ただ偶然、通りかかっただけなのか。

いや、あの救急病院は月見ヶ丘から、かなりの距離がある。そして側には繁華街もない。だから夜遊びの帰りなどという話は成り立たない。つまり、

〝絶対に何かある〟

戸塚は確信していた。

しかし、どちらにしてもじっくりと話を聞かなくてはならないし、この間からそう思っていたのだ。胡散臭《うさんくさ》いジャーナリストだ、と。

そんなことを考えていると、例によって溝口がやって来た。そして、いつもの如く戸塚に告げる。

「警部。鴨志田翔一の件なんですが」

「どうした？　連絡はついたのかね？」

「いえ、それなんですが、何やら遠くから友人がこちらに遊びに来ているらしく、諏訪を案内している最中のようなんです」

「御柱祭か」

「ええ……」

「のんきなことだな、全く。こんな事件が起こっているというのに」

「また、同じ月見ヶ丘に住んでいる、緑川家と百瀬家の娘さんたちも一緒のようです。彼女たちの家から、この情報を取りました」

「随分とまた、のどかなことじゃないか」

「はい。若者に良くありがちですが、きっと自分だけは、そんな事件に巻き込まれないと思っているんでしょう」

本気でそう思っているのだろうか。

そんな根拠はどこにある。

もしかしたら……。

〝犯人を知っているから——とでもいうのか？〟

「どうしましょうか、警部。大社で接触しますか？」

「いや、いいだろう。祭の最中に会って事情の聴き取りも難しいだろうからね。ただ、彼らの動向だけは知っておきたいね」

了解しました、と溝口は答えた。

「取り敢えず月見ヶ丘の区画に警官をやりましょう。そして、彼らが戻ったら、すぐに連絡を入れさせます」

「そうだな」戸塚は煙草に火をつけながら頷いた。「どっちみち今日中には、彼の話を聞いておきたいからね」

——そして、一気に事件解決へと持ち込みたい。

戸塚は大きく煙を吐き出した。

＊

御柱の謎が——解けた？

奈々は一瞬、自分の耳を疑った。

今の今まで、全く分からないと呻吟《しんぎん》していたのではなかったか。それが——解けた？

「そ、それじゃ、一体どういうことだったんですか？　ぜひ教えてください」

ああ、と崇は手を離すと座席にもたれた。

「実に単純な話だった。しかしこれで、諏訪に関する全ての謎が繋がった。やはり諏訪の地は、見事な結界が張られていた」

「ということは……やはり四天王ですか？　それとも、陰陽五行説？」

「陰陽五行説は関係ないな」崇は奈々を見て笑った。「何故ならば、それはむしろ——」

再び固まる。

「……？」

不思議そうに覗き込む奈々には目もくれず、崇はいきなり、
パン！

と自分の広い額を叩いた。

またしても斜め前の男性が振り返る。奈々は再度、丁寧に頭を下げた。空いている車両で良かったと、つくづく思った。崇が言う。

「奈々くん」

「はいっ」

「次の駅は？」

「ええと……甲府《こうふ》です。もうすぐ着きます」

「じゃあ、降りよう。早く支度して！」崇は立ち上がって、棚の荷物を下ろし始めた。奈々の分も。

「戻るんだ、急いで」

「？」

「まず、鴨志田に連絡を入れる。奴は携帯を持っていたかな。奈々くんは持っているね」

崇は持っていないのだ。

「でも……どちらにしても、番号は分かりませんけれど」

「そうだな。俺も自宅の番号しか知らない。どうするか……」

崇は眉間に深い皺《しわ》を寄せた。

奈々たちは甲府のホームに降り立つ。天気は下り坂だった。いつしか小雨がぱらつき始めていた。

そのまま二人は、下りの「あずさ」を待った。しかし、まだ少し時間がある。

その間崇は、何とかして鴨志田に連絡を取ろうと試みていた。だが、全くつかまらないようだった。崇はイライラと頭を掻く。

やがて諦《あきら》めたように、ドカリとベンチに腰を下ろしてしまった。奈々もその隣に座る。

「奈々くん」

小雨が降りかかる線路を見つめたまま、崇が呟くように奈々を呼んだ。

「はい……」

「きみがいてくれて良かった」

「えっ」

「きみがいなかったら、俺はただの飲んだくれの間抜けだった」

「い、いきなり何を言い出して――」

「バカだった……」

「な、何のことをおっしゃっているのか分かりませんけれど、決してそんなことはないですよ！　私なんて今回も、ただタタルさんに付いて歩いていただけで……」

「諏訪に来るまでに――いや、少なくとも昨日の夜の時点で、全部分かっていても良かったんだ」

「全部？」

「御柱祭の謎も、そして月見ヶ丘の事件の真相も」

「えっ！」


呆然とする奈々の右手に、崇は自分の左手をそっと載せて「ありがとう」と小さく呟き、そのまま口を閉ざしてしまった。

奈々は、何が何だか分からなくて……。

賞《ほ》められているらしいけれど、でも自分は何をしてあげたのだろう？　素直に喜んで良いのだろうか。それとも崇は、何か勘違いしている――？

しかし、小雨混じりの風の中で、右手だけが温かい。それだけは本当だった。


やがて二人は、ようやくやって来た下りの「あずさ」に乗り込む。そして空席を見つけて、滑り込んだ。電車が動き出しても、崇は相変わらず頬杖をついて窓の外をじっと見つめている――と思ったら、いつの間にか親指の爪を嚙《か》んでいた。こんな崇の姿を見るのは初めてだった。

何をそんなに思い詰めているのだろう……。

奈々は崇の右肩に、静かにそっと寄り添った。

《鬼神》

奈々たちは荷物を片手に、下諏訪の駅に降り立った。雨はすっかり上がっていたけれど、夕暮れ間近の空はどんよりと重く、昼間とは打って変わって冷たい風が頬を打つ。

結局、甲府のホームで一時間以上も下りの電車を待っていたことになる。しかも、翔一とも由美子とも全く連絡が取れず、その上、崇は一言も口をきかずに。

そういえば、以前にもこんなことがなかったか。あれは確か……二年前の十月、和歌山だった。その時もやはり、帰りの電車を途中で下車してUターンした。そして和歌山駅では、御名形史紋が待っていたのだった……。

けれど——今回は誰もいない。崇と奈々の二人きりだ。

改札口の時計を見上げれば、もう四時近かった。本宮の建て御柱も、ちょうど終わった頃だろう。上諏訪や茅野では、そろそろ帰路に就こうとしている観光客が移動し始めているに違いない。しかしここは下諏訪。それほどの混雑は見られなかった。

二人は早足にタクシー乗り場へと向かう。そして客待ちのタクシーに乗り込む。

「月見ヶ丘へお願いします」

崇の言葉に、初老の運転手は「はい」と答えて車を出す。

「ちょっと道が渋滞していますけれど、よろしいですか」

「ええ」

崇は即答した。他にはバスしか交通手段がないはずだ。それならば、少なくともタクシーの方が早い。

「月見ヶ丘の、どちらまで?」

「先日、事件のあった区画へ」

「了解しました」運転手はバックミラー越しに崇を見た。「お客さんたちも、取材ですか?」

「え……」

「いえね、実はさっきも、月見ヶ丘まで取材で見えたって男性をお乗せしたんですよ。最近あの辺りも物騒なことで有名になってしまいましたからねえ。困ったもんですよ」

崇はその言葉を軽く無視して眼を閉じると、シートに深々と体を沈めた。

運転手の言う通り、道は渋滞していた。市内を抜けてしまえば空《す》いていますから、という言葉を信じて、奈々たちはじっと黙って座っている。

でも——。

少し動いては止まる車、そしていつまで経っても変わらない景色を眺めていた奈々は、ついにこらえきれず崇に尋ねた。

「タタルさん」

「ん?」崇はうっすらと目を開いた。「どうしたんだ」

「あの……一つ訊いても良いですか」

「ああ、いいよ」

「彼……鴨志田さんは、この一連の事件に何か関与しているんでしょうか?」

「どうしてそう思う?」

「タタルさんが、ずっと気に懸けている様子だったので……」

「まあ、昔から奈々くんには隠し事ができないから正直に告白してしまうと——おそらく無関係ではないと思う」

「やはり……」奈々は視線を落として頷いた。「でも、そうおっしゃるということは、事件の全貌はつかんでいると?」

「ああ、多分ね」

その声に、運転手がバックミラーで二人を覗き込んできたけれど、崇は一向に気にする様子もなく言った。

「間違いはないと思うけれど、まだいくつか疑問点が残っている。だからそれを、現場で確認したいんだ。ただ……」

「ただ——?」

「彼らと全く連絡が取れないのは少し困ってる。とにかく直接訪ねてしまうしか、今のところ方法がないわけだからね」

「そうですね……」

そして崇は再び口を閉ざしてしまった。

もう少しで渋滞を抜けられますから、と運転手が言った。窓の外は、厚い雲のせいだろう、もう夕暮れのような暗さだった。

「でも——」奈々は呟くように崇に言う。「タタルさんがおっしゃっていたようなことを、本当に赤江初子さんが実行していたとしたら、ちょっと空恐ろしいですね」

「いや。そんな例は、昔から腐るほどある。ただ必ずそれらは、全て秘密裏に行われているために、誰も気付かないだけでね」

——深秘《じんぴ》か……。

「それでも、何となく恐いです」

「しかし、昼にも言ったように、あれではとても完璧とは言えないんだ。むしろ俺は——」奈々をチラリと横目で見た。「きちんと結界が張られていないという事実……そちらの方が恐い」

「えっ」

「奈々くん。今日俺たちは、下社をまわっただろう」

「は、はい……?」

「では、どうして下社は『春宮』と『秋宮』なんだと思う。何故『春』と『秋』という名称なんだ?」

「え？」

「まあもちろん一部には『諏訪地方の古い習俗によれば、人々は春夏の間は普通の住宅に住み、秋冬は土中に室《むろ》を造って寒さをしのいだという。その風習がそのまま神を祀る社に用いられたのではないか』という説もある。しかし、どちらにしても、はっきりと分かっていないというのが通説だ。でも俺は――勝手な解釈かも知れないが、また違う意味があるんじゃないかと思ってる」

「違う意味ですか……」

「そうだ。上社が先に創建されて、その随分後に下社が建てられた。祭神も同じ。場所もすぐ近く。それなのに『本宮――前宮』という上社の名称に対して『春宮――秋宮』としている。この意味は一体何なんだろう？」

「それは……」

返答に詰まる奈々に、崇は言う。

「俺は、この一連の諏訪の謎は、その鍵穴にたった一本の鍵を当てはめるだけで、全て氷解すると思ってる」

「えっ。全部が？」

「そうだ。国譲り神話から繋がって、御頭祭や蛙狩神事や、『春宮』『秋宮』の名称や――。そしてもちろん、御柱祭に関してもね」

「……それは？」

「まだ時間はある。きみもゆっくり考えてごらん」

崇は再び口を閉ざすと、シートに大きくもたれかかった。

アクセルを踏み込む溝口の隣で、戸塚は大きく腕を組んだ。

やはりあの怪しい男というのは、鴨志田翔一だったのだろう。最初から、どうも頭の隅に引っ掛かったままだ。必ず彼は、この事件に大きく関与しているはず。ひょっとしたら、それこそこの一連の事件の犯人——という可能性も捨てがたい。

しかし……。

ただ、そう考えていくと一点だけ疑問が生じてしまうのも事実だった。それは、どうして赤江の入院していた病院の近くで変装を解いて、帰宅途中の看護婦に目撃されてしまったのか——ということだ。油断したのだろうか。それとも他に何か意図があってのことだったのか。

もちろん、サングラスと帽子着用で病院内をうろつくことはできないだろうから、ちょうど出てきたところを見られてしまったという可能性もある。院

＊

「警部っ」

例によって例の如く、溝口が駆け込んで来る。

「月見ヶ丘の情報が入りましたっ！」

よしっ、と戸塚も例の如くイスをくるりと回して溝口を迎えた。

「鴨志田翔一に関してか！」

「いえ、そちらではなく、例のサングラスの男の目撃情報ですっ」

〝どちらにしても同じことだ〟

戸塚は心の中で頷いて、煙草を灰皿に押しつけた。

「どこだね？」

「現場の、月見ヶ丘ですっ。見張っていた警官から、たった今、署に連絡が入りました」

「よしっ」戸塚は立ち上がる。「急行しよう」

内で赤江を殺害後、表に出て変装する、その直前を目撃されたとか……。

　彼の目撃時間が特定されれば良いのだけれど、今のところどうも細かい時間は分かっていないために、憶測の域を出ない。

　しかし――。

　そんなことも何もかも、これから直接本人に問い質せば良い話だ。それで全て解決する。

　その時、溝口の携帯が鳴った。溝口は、ハンドルを握ったまま取る。

「なんですって！　それで……ああ……分かりました。とにかく……そちらに向かいます。了解」

「どうしたね？」

　尋ねる戸塚を、横目で見た。

「申し訳ありません、警部。見失ったようです」

「撒《ま》かれたのか？」

「おそらく……。しかし、そう遠くへは行っていないと思われますので、今、地元の警察署に応援を要請しました。なので、すぐに発見できるかと」

「だが」戸塚は軽く頷いた。「姿をくらましたってことは、我々の動向に気付いたということかな。しかもその上、逃げるだけの理由を持っているということだね」

「そういうことだと思います。益々こいつは臭いですよ、警部。とにかく現場に」

「そうだね。何とか奴を押さえたいから」

　了解しました、と溝口は答えて、アクセルを力強く踏み込んだ。

＊

春と秋……。

それがどうしたというのだろう。

奈々は首を捻った。

確かに先ほど崇が持ち出してきた説明では、ちょっと弱い気がするけれど……。

でも「右と左」「表と裏」そして、それこそ「上と下」程度の話なのではないか。しかし、崇がわざわざ尋ねてくるということは、そこにはそれなりの理由があるはずだ。

それは何だ？

全く……分からなかった。

奈々は、自分の隣で目を閉じ、車の揺れに身を任せている崇の横顔を見つめながら軽く嘆息した。

それにしても——。

ここ諏訪には、本当に正体不明の伝承や風習が多すぎる。それぞれ何とか理屈が付けられているものの、今一つ完全には納得できない。ただ、現在以上の説明が見つからないということで誰もが納得、いや妥協しているのだろう。

しかし、崇はそれら山積された問題の解を、本当に見つけたというのだろうか？　千年以上もの長い間、深い闇に包まれていた諏訪の謎が、たった一本の鍵で解ける？

信じられない……。


やがてタクシーは渋滞を抜けると、綺麗に住宅が立ち並ぶ町を目指してスピードを上げた。あそこが、月見ヶ丘住宅地か。

奈々がその風景を遠く見つめていると、遥か後方からけたたましくサイレンを鳴らしたパトカーと救急車が、彼らの乗ったタクシーを猛スピードで追い抜いて行った。

その瞬間崇は、ハッと目を開け、体を起こした。

そして、運転席の後ろから、身を乗り出すようにして叫ぶ。

「急いで下さい！」

前を見つめたまま「はい」と答えると、運転手はアクセルを踏み込んだ。両脇の風景が流れるように後方に去り、町並みがぐんぐん目の前に迫ってくる。

やがて建売住宅地の一画に、黒塗りの車とパトカーが停まっている区画が見えてきた。あそこが、奈々たちの目指している場所——鴨志田たちの区画なのだろう。

またしても何か事件が勃発したのだろうか？

奈々は何か嫌な予感に胸が締め付けられるのを感じた。

*

戸塚たちは国道沿いに車を停めた。するとそれを認めた警官が、すぐさま走り寄って来る。

車を降りれば、すぐ左手には主のいなくなった粂の家が、そして国道を隔てて栗山の家が見える。

「ご苦労さん」戸塚は警官に声をかけた。「それで、どこでその人影を見たって？」

「この国道沿いを、少し南に行った場所で見かけました」

栗山寅蔵が殺害された、燕沢の家の方角だ。鴨志田の家とは、やや離れてはいる。

「取り敢えず、鴨志田翔一の家に行こう。そしてまず、車があるかどうかを確認しようか」

「はい」

「しかし駐車場が空でも、念のために、あの国道沿いに停まっている車を一台ずつ調べた方が良いな。

片っ端から全部」

「そうですね。交通課に応援を頼みましょう」

「そうしてくれ。じゃあ、ぼくらはとにかく、彼の家に向かうから」

と戸塚たちが振り向いた時、住宅地の彼方にチラリと黒い人影が見えた。サングラスをかけた男のようだった。

「おいっ」溝口は叫ぶ。「あいつじゃないのか！」

「あ！」警官も身構えた。「まさにあの男ですっ」

よしっ、と三人は脱兎の如く走り出す。敷石の上を、靴音がバラバラとこだました。

途中で戸塚は二人と別れて、鴨志田の家の前に回り込む。もしもあの人影が鴨志田ならば、いずれこちらに戻って来るだろうと踏んだのだ。

「待てっ！」溝口の大声が響いた。「警察だ！　止まれっ」

なんだって？　という声が響いたように聞こえた。見れば戸塚の立っている鴨志田の一軒隣の家——故藍木の家の向こう側で、二人はその男を捕まえたらしかった。「何をするんだ」「おとなしくしろ」などという聞き慣れたセリフの怒鳴り合いが耳に飛び込んでくる。

戸塚が急いで声の方に走って行くと、藍木の家の庭の前には、一人の体格の良い男が、溝口たちと睨み合っていた。警官に腕をつかまれたその男は、帽子を脱ぎ、サングラスも外している。

鴨志田か！　と意気込んで身を乗り出し覗き込むと……違う男だった。

「誰だっ、お前は」

誰何《すいか》する溝口に向かって、スポーツ刈りのその男——熊のような体格の男は怒鳴った。

「おう、ちょうど良かった！　この家じゃねえかと思うんだ。ちょっと訪ねてみてくれないですかね」

「なんだと？　きみは一体何の権限があって——」

「早くしないと、マズいかも知れないっスよ、かなり」

「ふん。バカなことを言ってないで、ちょっとこっちに来なさ——」

その時、
家の中でガタン！　という大きな物音がした。

戸塚たちは、思わず身を竦《すく》める。この家は無人のはず……。

「おい！」

戸塚たち三人は、顔を見合わせる。

溝口は無言のまま頷き、玄関へと進んだ。そしてドアノブに手をかけた時、再びドタン……という物音が響いた。

「きみはこの男と一緒にここにいてくれ」と警官に言い残して「行こう！」

戸塚たちは玄関から突入する。

「誰かいるのかっ」

戸塚は叫んだ。すると、一階の応接間とみられる部屋から一人の男が血相を変えて、転がるように飛びだして来た。

「きゅ、救急車をお願いします！」

「き、きみは——」

その若い男こそ——。

鴨志田翔一だった。

その顔からは血の気が失せて、手はぶるぶると震えていた。

「一体どうしたんだ？」

戸塚たちは靴を脱ぎ捨てるようにして、上がりこむ。そして今鴨志田が出て来た応接間に向かって走り、中を覗くと床の上に一人の若い女性が、ぐったりと仰向けに横たわっていた。その長い栗色の髪の女性は確か……。

「緑川さんの、娘さんじゃないか！」

「そうです」翔一は叫ぶ。「この部屋で首を吊っていて！　必死に助け下ろしたんですけれど、意識がないんです。早く救急車を！」

戸塚は溝口を見て頷く。それを受けて溝口は、素早く携帯を取り出すとプッシュボタンを押した。

＊

タクシーを降りて奈々たちは、荷物を抱えたまま走る。途中で地元の警官に咎められたけれど、

「知り合いなので失礼」

当然のように崇が答え、一瞬虚を突かれた警官を残し、奈々もペコリとお辞儀をして風のように走り抜ける。

確かに美しく整備された住宅地だった。都心と違って一軒一軒の専有面積が広く、庭も綺麗に手入れされていた。しかも住宅地の周りは、深い緑の森に包まれて、遠く八ヶ岳を望むこともできる。絶好の立地だと奈々は感じた。

そんなことを思いながら、見れば一軒の家の前に救急車が停まっていた。

「鴨志田がいた！」崇が走りながら叫んだ。「あそこの家だ」

奈々と崇が息を切らせながらその家に近付いて行くと……どこかで見たことのある男が立っていた。スポーツ刈りで、紺色のブレザーにその熊のような体を包み込んで——。

まさか、

「小松崎さん？」

奈々は自分の目を疑った。二人の刑事に付き添われて家から出て来た男、そして彼らと何やら問答を交わしている男は……間違いない。

小松崎良平だ！

「熊つ崎！」崇も呆れたような大声を上げた。「何をしてるんだ、こんな所で！」

その声に小松崎が、翔一が、そしてその場にいた人々全員が奈々たちを振り向いた。

「よう、タタル！」小松崎が手を挙げた。「元気でやっていたか。どうだった旅行は？」

「一体何をしでかしたんだ？」

「どうして捕まってるんですか？」奈々もあわてて

駆け寄る。「というより……何故ここに？」

「いや実はな、奈々ちゃん——」

という小松崎の言葉は、初老の刑事によって遮られた。

「なんだね、きみたちは？　彼の知り合いかね」

「ええ」と崇が首肯した。「そして、そちらの鴨志田くんとも」

「なに？」

振り向く刑事たちに向かって、翔一が弱々しく頷いた。

「はい……。昔の同級生です……」

「何があったんだ、鴨志田？」

「ああ、桑原！　由美子ちゃんが救急車で——」

「何だって」

「今、乗せられたところだ」

「どうして！」奈々も叫んだ。「緑川さんが！」

「ちょっと」と若い方の刑事が言う。「こちらに来てくれませんか」

手招きされて、奈々たちは救急隊員の作業の邪魔にならない場所へと移動した。

やがて、由美子を乗せた救急車が行ってしまうと、刑事たちは「長野県警の戸塚です」「溝口です」と名乗り、奈々たちも自分たちの名前と関係を告げた。

「それで」崇が再び尋ねる。「一体、何があったというんですか？」

「じゃあ」と戸塚と名乗った初老の刑事が言う。「鴨志田くん。もう一度最初からゆっくり詳しく、事件の経緯を説明してくれるかな」

「はい……」青ざめた顔で翔一は頷く。「彼らを駅まで送り届けて、その後ぼくは家に帰りました。そして着替え終わって何気なく窓の外を見ると、由美子ちゃん——緑川さんが一人で歩いているのが見えたんです。それで……どこに行くんだろうと思って目で追うと、どうやら藍木さんが住んでいた家に向かっているらしく……。ぼくは、何となく嫌な予感がして……いえ、これも本当にただの勘だったんですけれど……家を出て、彼女の後を追ったんです。するとやはり彼女は藍木さんの家に入ったようでした。そのまま帰ろうと思ったんですけれど、ドアノブを回してみたら、鍵は掛かっていなかったもので……」

「中に入ったんだね」

「はい……。すると奥の方から何か物音がして、呻き声のようなものまで聞こえてきたので……あわてて声のする方向に行くと……」翔一は両手の中に顔を埋めた。「彼女が首を吊っていて……」

「それで、急いでロープを断ち切って助けたというわけだね」

「はい……」

鴨志田が頷いた時、

「フ、フワックション！」

小松崎が大きなくしゃみを二回した。

戸塚たちの冷ややかな視線を受けながら、小松崎は言う。

「ああ……済みません。ちょっと冷えてきたみたいで。風邪ひいたかな」

あっ。

これは、小松崎の例の癖だ。

余りに酷い嘘を聞かされると、くしゃみが止まらなくなってしまうという。本人いわく「純粋な心の持ち主特有の、嘘アレルギー」らしい。喋っている人間の微妙なマイナスの変化に反応してしまうのではないかと崇が分析していた。呼気中のアドレナリン量や、微妙な表情の変化や……。

しかし崇に言わせると、これは「逃避行動の一種」らしい。何からどういう風に逃避しようとしているのかは、全く分からないけれど。

そんなことで、奈々はあわてて崇を見た。しかしこの男は、どこ吹く風というように全く関係のないことを尋ねた。

「現場に蛇はいなかったのかな？」

「なんだって？」溝口は眉をひそめる。「蛇とは一体どういう意味だ？」

「蛇ですよ。トカゲ目ヘビ亜目の爬虫類です。円筒形で細長い体を持ち——」

「そんなことは分かってるんだよ！　自分が訊きたいのは、どうしてこの現場にそんなモノがいなくちゃならないのかという、その理由だ」

「まさかきみは」戸塚も苦笑いする。「この事件を、日本昔話だと思ってるんじゃないだろうね。兎と亀と雀と蛇……」

「鬼がいないな」

笑う溝口に崇は真顔で答えた。

「鬼はいたじゃないですか。最初の事件で」

「なにい？」再び溝口が睨む。「どこにいたっていうんだ？」

「どこにも何も、現場の庭に。刑事さんも、ごらんになったでしょう」

「死人が『鬼』っていうことか？」

「そうとも言いますが、この場合は違います。まさに『鬼』そのものが」

バカなことを——と溝口が嗤《わら》った時、

「警部……」鑑識が、ビニール袋に入った青黒いモノをぶら下げて来た。「現場に、こんなモノが」

「ん？　何だ、そいつは」

はあ、と鑑識は困惑顔で答える。

「蛇の死骸です。首を切られた……」

戸塚と溝口は、呆然とそれを見つめる。

小松崎と翔一、そして奈々は、穴が空くほど崇の顔を見つめる。

「そういえばタタルさん」思わず崇に尋ねる。「確か昨夜も、そんなことをおっしゃっていませんでしたか？」

ああ、と崇はもうそんなことに興味はないという顔で、運び出されて行くロープとハサミを見た。そ

して、

「綺麗な切り口だ」などと言って翔一を振り返った。「一つ訊いても良いかな?」

「あ、ああ、いいよ桑原」

翔一は戸塚たちを気にしたけれど、刑事たちは蛇の入った袋に目を釘付けにされていて、何も声がなかった。

「鴨志田は、緑川さんが首を吊っていたあのロープを断ち切ったと言っていただろう」

「ああ、その通りだ」

「何を使って切った?」

「え? ああ……周りを見回したら、ハサミが落ちていたんだ。多分、ロープを切ったか何かした時に使ったんだろうと思った。だからぼくは、急いでそれを拾って切ったんだ。本当に運が良かった」

崇は、チラリと小松崎を見た。すると小松崎は鼻の頭を掻《か》いた。ということは、今の話は怪しいのか。でも、崇が何を確かめたかったのか、奈々には全く想像できなかったけれど……。

そんな様子を見て、

「きみは」と戸塚が崇に尋ねる。「一体、何を知っているんだ?」

「何を——とおっしゃいますと?」

「この事件に関してだよ、当然」

「色々と」

「それならば、ぜひ聞かせてもらいたいな。捜査に協力してくれるかね」

「ええ、もちろん。俺の意見でよろしければ」

「じゃあ、ちょっと署まで行こう」

「彼の家じゃダメですか? できれば帰りに、緑川さんを見舞いたいし」

「え?」

「鴨志田くんの家です。ここから徒歩二十秒」

「えっ」鴨志田は驚いて顔を上げた。「い、いや、それは——」

「構わないだろう。すぐにすむよ」

「も、もちろん構わないけれど、ちょっと部屋が片付いていないから……」

「そんなことは気にしないよ」戸塚は笑った。「雨風さえしのげる場所があれば。もちろん庭先でも良いしね」

「わ、分かりました。でも、ちょっとだけ待って下さい。一、二分で片付けますから」

「了解」

「じゃあ、一足先に行ってますので、よろしくお願いします」

走って行く翔一の後ろ姿を眺めながら、奈々たちはゆっくりと家の前まで移動する。その間、溝口は携帯で各部署と連絡を取り合っていた。


「どっちみち彼の家は訪ねるつもりでいたからね」

戸塚が溝口に囁《ささや》いたのを、奈々は背中で聞いた。

「願ってもない話だ」

「それより警部……」溝口が小声で言う。「地元の警官が仕入れた情報なんですが、事件の前後であの男」——おそらく鴨志田のことだろう——「と、女性の争う声を聞いたという人間が」

「なんだって……」

戸塚が答えて、それ以降の会話は奈々の耳には届かなくなってしまった。


「しかし熊つ崎」崇が小松崎に言う。「お前は本当に何をしていたんだ？　俺が誘った時は、断ったくせに」

「当たり前だろう」小松崎は意味ありげに笑って崇を、そして奈々を見た。「どうして俺が、そんなヤボ天なことをしなくちゃならないんだよ、子供じゃあるまいし。第一、沙織ちゃんに怒られちまう」

え……。

「意味不明だな」

「いや、俺も馬に蹴られて死んじまう前に、きちんと仕事をしておきたかったってこともあってな。ちょっとこの事件に興味を惹かれていたから」

「益々理解不能だが……。それで何か成果は上がったのか？」

そうだな、と声をひそめる。

「タタルにゃあ悪いが、あの鴨志田翔一って男は、ちょっと怪しい」

「ほう……」

「少なくとも、一回は嘘を吐《つ》いた」

さっき小松崎がくしゃみをした時だ。事件を発見した状況について答えていた時。

しかし、

「そうかね」と崇は声をひそめて笑った。「でも俺は、奴がそう答えるだろうと思っていた。最初から」

「なにい。どういうことだ？　しかしありゃあ、完璧に嘘だぞ」

「分かってる。しかし奴にしてみれば、そう答えるしかなかったんだ。つまり――」崇はそうっと溝口を盗み見た。「あれは、訊くまでもない無意味な質問だったということだ」

「何だと……。お前こそ意味不明だぞ」

「そうかな」

崇が再びこっそりと笑った時、

「すみませんでした、お待たせして」翔一がドアを開けた。「まだ散らかっていますが、どうぞ」

奈々たちは家に上がる。散らかっていると言ったわりには、とても綺麗に使っているようだった。一人暮らしとは思えないくらいに。

鴨志田は全員を、一階のリビングに招いた。十畳ほどの、ゆったりとした部屋だ。そこに、戸塚、溝口、崇、小松崎、鴨志田、そして奈々の六人が入る。応接セットがないので――と翔一は申し訳なさそうに言って、イスをいくつか用意した。

「緑川由美子さんは」と溝口は耳に当てていた携帯を閉じた。「無事のようです。ショック状態ではあるものの命に別状はないようで、一晩入院すれば明日には回復するだろうということでした」

「それは良かったね」

戸塚はホッとした様子でイスに腰掛けた。

「しかし、どうしてまた首なんか括《くく》ろうとしたんだろうね。何をそれほどまでに思い詰めたのか……。きみに思い当たる節はあるかね」

「いえ……特に何も……」

と翔一が答えた時、

「そんなこと、彼女がするわけないですよ」崇が笑った。「襲われたんでしょう」

「襲われた？　誰に？」

「さあ……」

「じゃあ、緑川さんは襲われるためにわざわざあの家に入って行ったというのか」

「その通りです」

「あり得ない」溝口が鼻で嗤った。「やはりこの男性の言うことは胡散臭すぎますよ、警部。ここにいるのも時間の無駄かも知れませんね」

「しかし、さっき蛇がどうのこうのと言っていたじゃないか」

「偶然でしょう。たまたま面白そうなことを口にしたら、本当にいただけの話で」溝口は立ち上がった。「さあ、警部。やはり地元の署に寄って、県警に戻りましょう。もっと有力な証言が集まっているかも知れない」

と言ってまさに歩き出そうとした時、

「『白兎』という言葉——文字をご存知ですか？」

崇が唐突に言った。

「えっ」戸塚が訝《いぶか》しげに見る。「何をいきなり？」

その言葉を無視して、崇はノートを取り出して全員の前に広げた。そしてペンで書き付ける。

「『白兎』です。この文字をこうして重ねると——」

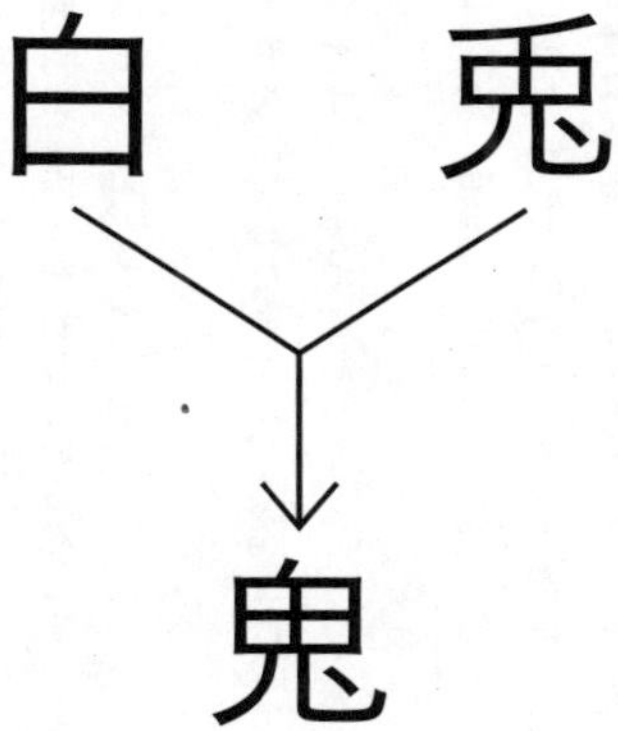

「『鬼』になるんです」

えっ——。

「…………」戸塚はノートから視線を上げると、じっと崇を睨む。「だから?」

「面白いでしょう」

「きみは、何を言いたいのかな」

「昔、中国には『魌頭《きとう》』という物がありました。死者を祀るための神頭——死者に似せて頭部に長い毛を付けた、わが国で言う『獅子頭《ししがしら》』のような物です。そしてそれが『由』という文字になりました。そこから『鬼』という文字が『人が死者の魌頭を被って、しゃがんで神の座に就いている』という意味を持って生まれたんです。そのために、中国では『死者』を『鬼』と呼ぶようになったんです。また、人が死ぬとその肉体を雨に晒《さら》して腐らせて白骨化させ、頭蓋骨を保存してこれを祀ることも行われました。これを彼らは『魄《はく》』と呼びました。後には、死者の容貌に似せた物を作って、これを祀るようになりました。故にこれらを祭る場所を『廟《びょう》』――つまり『貌』の音で呼んだんです」

「…………」唖然とした顔の戸塚は、ゆっくりと尋ねる。「だから？」

つまり――、と崇は言う。

「鬼は同時に『白』を表しているんです。ということは、つまり『西』です」

「西？」

「今日も彼らに言ったように、陰陽五行説で『白』は『西』です。白虎ですから」

「白虎？」

「ええ。白虎は聖獣といわれる想像上の生き物の一種で、その名の通り白い虎です。平安京・大極殿の回廊両端には、東に『青龍殿』、西に『白虎殿』が設けられていたといいます。ちなみに、幕末の会津『白虎隊』の白虎ですね」

「だから！」溝口がイライラと叫んだ。「それがどうしたんだと訊いているんだよ」

「昨夜俺は、この区画がとても面白いという話をしたんです。決して完璧ではありませんでしたが。これを見てください――」

崇はテーブルの上にノートを広げ、翔一が描いた例の地図を全員に見せた。

「このように、南に赤江さん、北に黛さん、西に百瀬さん、東に藍木さん、そして緑川さんも呼ばれて来たそうです。そして中央に横峰さんと、きちんとそれなりに配置されているんです」

そう言って崇は、念のために昼間と同じ話を戸塚たちに告げた。

「……それで、何を言いたいんだ、きみは？　まどろっこしいな」

「そうですか？　でも俺は、最初から言っているつもりなんですけれど、『栗山』さんが『西』なんだと。見たままでしょう」

「はあ？」

「もしかしてきみは、『栗』の文字には『西』が入ってているからだとでも言うのかっ」

「そうです」

「バカな」

「でも、それだから犯人は、わざわざ塩を撒いたんじゃないでしょうか」

「なんだと？」

「白兎の『鬼』。それを御頭祭のように生け贄にして、塩を撒いて現場を清める——と同時に、辺りを『白』で彩る。塩は、栗山さんが殺害された後に用意されたものではないと聞きました。とすれば犯人は、最初からあの場所に撒き散らすという意図を持って用意してきたわけです。そして現場の方角は、あの区画の『西』で『白』。首尾一貫しているじゃないですか」

「首尾一貫だと？」溝口は目を剝《む》いた。「じゃあきみは、被害者の遺体に刺さっていた松の木をどう考える？　あれも、そういったへんてこりんな意図の下に行われたとでも言うのか？」

「『御頭祭』でも、白兎は松の木に串刺しにされるそうです。当然犯人は被害者を、その白兎と同じ状況にしようと考えたんでしょうね。『白』です」

「どうして松の木が『白』なんだ？」

「これは以前、ここにいる彼らには言ったことなんですけれど——二年ほど前だと思いますが」

「いつだっていいよ、そんなことはっ」

「はい。つまり『松』という文字は、昔は『枀』と書いたんです。そして『白』は『日』と同意義であり同型と見なされていましたから、これはそのまま『八白の木』ということを表しています」

「八白の木？」

「八白というのは、方角でいうと北東です」

「北東……」

「艮《うしとら》で鬼門です。つまり『松』という文字自体で『鬼の木』という意味があるんです」

「あ……」

「そう考えると、実に念入りだと思いませんか？

『白兎』という鬼を、『松』という鬼の木で串刺しにしているわけです。そして全てが『白』という共通項を持っている。ちなみに『艮』にも『白』という意味があります」

「八……白、か」

確かに、全てが「白」を示している……。

しかし、驚く奈々の正面で、
バカな——、と溝口は嗤う。

「戯言《たわごと》だな。残念ながら我々は、そんな子供の文字合わせみたいな遊びに付き合っている時間はないんだ。きみは殺人事件を、ゲームやドラマや小説のように考えているようだけれど、現実は違う。人が死ぬということが、一体どんなことなのか分かって喋っているのか？　それに、もしもそんなことが動機の一部だとでも考えているのならば、きみは人間を舐《な》めている」

俺は、と崇は静かに答える。

「今ここでそんな議論を戦わせるつもりは、毛頭ありません。ただ俺も、今までに自分の命よりも大切だと思っていた人を一人失っているし、俺自身も死にかけたことがある。でもそんなことは、また別の次元の話だ。俺の個人的な感傷を、赤の他人のあなたに告げたくもないし、またそんな趣味もない。今はただ、事実を語っているだけです」

「なんだと……」

溝口は崇を睨んだけれど——。

奈々は初耳だった。

もう何年も付き合っているのに、そんな話は初めて聞いた。自分の命よりも大切だと思っていた人？

その人が亡くなった——？

どういうこと……。

「まあいい——」と戸塚は崇を見た。「それじゃ、きみ。話があれば、この際全部話してもらおうかな」

「ここで、ですか？」

「ああ、そうだ」

「全部？」

「もちろん」

「俺が分かっていることを、全て？」

「しつこいな。そう言っているだろうが。我々の時間ならば、充分にある。緑川さんに関してならば、何かあったら連絡をくれるように、病院には手配してあるしね」

「そうですか。では――」

崇は鴨志田が用意してくれていたペットボトルのお茶を一口飲んで、ゆっくりと喉を潤す。

「『諏訪』の『諏』という文字は、『集まって言う。相談する。神に問い掛ける』などという意味を持っています。今回まさに俺たちは、鴨志田くんたちと共に、ここ諏訪でそれを実践したわけです」

「は？」

「そしてこの諏訪大社は、古くから産鉄の神として崇められてきました。ところが皆さんご存知のようにこの地には、良質の砂鉄資源など見当りません。では、どうして諏訪の神が産鉄神といわれたのか？それはもちろん、建御名方神《たけみなかたのかみ》のせいです。彼は出雲から遥々この地まで追いやられて来た神だからです。出雲の神、大国主命は産鉄神。そして建御名方神は、その御子神であるから、当然産鉄神であるわけですね」

「き、きみは、一体何の話を――」

「電車の中で、奈々くんには簡単に説明しましたけれど、甲賀三郎《こうがさぶろう》という伝説上の人物がいました。

近江国甲賀郡の地頭である甲賀三郎は、最愛の妻春日姫《かすがひめ》を伊吹山の天狗に奪われ、六十六国の山々を探し歩き、信濃国蓼科山の人穴で発見し救出します。しかし彼は、兄の二郎のために穴に落とされ、七十三の人穴と地底の国々を遍歴する羽目《はめ》になってしまいます。最後に辿り着いたのは維縵国《ゆいまん》というところで、その国では毎日の日課に鹿狩りをする習俗があり、三郎はそこで暖かいもてなしを受けて日を過ごすのです。この部分は、諏訪大社を彷彿させますね。さて――。ところが、春日姫恋しさに日本へ戻りたいと願っていた三郎は、数々の試練に打ち勝って、無事に戻って来た。ところがその時点で三郎の体は蛇と化していたのです。釈迦堂の縁の下に隠れた彼は、十人の僧の口から蛇身を逃れる法を教わり、ようやく甲賀三郎となりました。その後春日姫と再会した彼は、信濃国に諏訪明神として上社に鎮座し、春日姫は下社に祀られるというのが、この伝説です」

「そんなことは、とうに知ってる」溝口も怒鳴った。「だからそれが一体何だと――」

「つまりここで彼が受けた地底の国々の遍歴は、いわゆる通過儀礼であり、それは八十神《やそがみ》たちの迫害を受けた大穴牟《おおあなむ》遅命《ちのみこと》が、地上から地下の根の国へと難を避け、素《す》戔鳴尊《さのおのみこと》の課すさまざまな試練に耐えて地上に蘇るまでの神話の構造と重なっています。ということは、これらの荒唐無稽といわれている伝承も、全て建御名方神から来ているわけです」

「そんなことは、きみに言われなくても承知しているよ。だから、何の話をしているんだと尋ねているんだ。我々の質問に答えなさい！」

「ですから、諏訪の話をしているんです」

「そんなことはまたの機会でいいから、今は事件の話をしなさい！」

「当然、事件の話でもあります」

「なんだと？」

「さて――」と崇は顔色一つ変えずに続ける。「昨日もチラリと言いましたが、国譲り神話に関して『古事記』にはこうあります」

崇はノートをパラリと開いた。

「『ここに天鳥船神《あまのとりふねのかみ》を建御《たけみ》雷神《かづちのかみ》に副《そ》へて遣はしたまひき。ここをもちてこの二《ふたはしら》の神、出雲国の伊《い》耶《ざ》佐《さ》の小浜《おばま》に降《くだ》り到りて、十《と》掬剣《つかのつるぎ》を抜き、逆《さかしま》に浪の穂に刺し立て、その剣の前《さき》に趺《あぐ》み坐《ま》して、その大国主神に問ひて言《の》りたまはく――』

ここからは口語訳にしましょう。

『「私は、天照大神と高木神の仰せによって、あなたの意向を訊くためにお遣わしになった者である。あなたの領有している葦原中国《あしはらのなかつくに》は、わが御子の統治する国として御委任になった国であるが、あなたの考えはどうなのか」と仰せになった。その時大国主神は答えて「私にはお答えできません。私の子の八重事代主神がお答えするでしょう。ところが今彼は、鳥狩《とが》りや漁《すなどり》をして、美保の崎に出かけてまだ帰って来ません」と申した。そこで天鳥船神を遣わして、八重事代主神を呼び寄せて、意向をお尋ねになったところ、その父の大国主神に語って事代主神は、「畏《かしこ》まりました。この国は天つ神の御子に奉りましょう」と言って、ただちに乗って来た船を踏み傾け、天の逆手《さかて》を打って、船を青葉の柴垣に変化させ、その中に隠《こも》ってしまった』――というわけです。

　そこで建御雷神が大国主命に向かって『今、あなたの子の事代主神が、このように申した。ほかに意見を言うような子がいるか』とお尋ねになった。すると大国主命が『もう一人、わが子の建御名方神がおります』と申している間に、その建御名方神が、千人引きの大岩を手の先に差し上げてやって来て、『誰だ、私の国に来て、そのようにひそひそ話をするのは。それでは力競べをしてみよう。では、私がまずあなたのお手をつかんでみよう』といった。それで建御雷神が、そのお手をつかませると、たちどころに氷柱《つらら》に変化させ、また剣の刃に変化させてしまった。それで建御名方神は恐れをなして引き下がった。

　今度は建御雷神が建御名方神の手をつかみ、葦の若葉をつかむように握りつぶして放り投げられたので、建御名方神は逃げ去ってしまった。

　やがて信濃国の諏訪まで建御名方神を追いつめて、殺そうとした時、建御名方神が言った。

『恐《かしこ》し。我《あ》をな殺したまひそ。此地《ここ》を除《お》きては、他《あたし》処《ところ》に行かじ。また我が父大国主神の命《みこと》に違《たが》はじ。八重事代主神の言《こと》に違はじ。この葦原中国は、天つ神の御子の命のまにまに献《たてまつ》らむ』——つまり、この国は全てあなた方にお譲りしましょうと誓ったというわけだ」

「…………」

「さて一方『日本書紀』はこうです。

『故《かれ》、天照大神、復武甕槌神《またたけみかづちのかみ》及び経津主神《ふつぬしのかみ》を遣《つかわ》して、先《ま》づ行きて駈除《はら》はしむ。時に二《ふたはしら》の神、出雲に降到《あまくだ》りて、便《すなわ》ち大己貴神《おおあなむちのかみ》に問ひて曰《のたま》はく、「汝《いまし》、此の国を将《も》て、天神《あまつかみ》に奉らむや以《い》不《な》や」とのたまふ。対《こた》へて曰《もう》さく、「吾が児事代主、射鳥遨遊《とりのあそび》して、三津《みつ》の碕《さき》に在《お》り。今当《まさ》に問ひて報《かえりごともう》さむ」とまうす。乃《すなわ》ち使人《つかい》を遣《つかわ》して訪《と》ふ。対へて曰さく、「天神《あまつかみ》の求《こ》ひたまふ所を、何《いかに》ぞ奉らざらむや」とまうす。故、大己貴神、其の子の辞《ことば》を以て、二の神に報す。二の神、乃ち天に昇りて、復命《かえりこと》をもて告《もう》して曰《もう》さく、「葦原中国は、皆已《みなすで》に平《む》け竟《お》へぬ」とまうす』——。

このように、偉大なる軍神・建御名方神は全く登場しません。本居宣長《もとおりのりなが》も『古事記伝』の中に、『書紀に此ノ建御名方ノ神の故事をば略き棄て記さざるはいかにぞや』と疑問を投げ掛けています。

しかしその答えは、実に単純なことだと俺は思います。建御名方神は、朝廷からの『正当でない』攻撃に遭って討ち滅ぼされたからです。だから、書紀に表立って記すことができなかった」

「…………」

「しかしそうであれば、建御名方神は怨霊《おんりょう》になってもおかしくありません。ところが彼は、怨霊にならなかった。ではそれは何故か？」

無言のまま腕を組んでいる戸塚の前で、翔一が困惑顔で答える。

「いきなり、何故かと訊かれても……」

「これも簡単な話なんだよ。建御名方神は殺されなかったからだ。しかし自分は殺されなかったとはいえ、親神である大国主命と兄神である事代主神は事実上殺されて、自らも出雲を追われるというとても非道な目に遭っている。しかし彼は、何とか諏訪まで落ち延びて、天竜川河口で先住民族であった洩矢《もりや》神たちを撃ち、この地に落ち着いた。その時の双方の武器が――」

「洩矢神の『鉄の輪《かぎ》』と、建御名方神の『藤の蔓《つる》』だね。でも、それってどういう意味だったんだろう？」

「洩矢が鉄製の武器、そして建御名方神が『藤原』つまり朝廷の力を借りたという話も聞いたけれど、時代が違いすぎる。しかし、もちろんこの話は後世――室町時代に小坂円忠らによって編纂された『諏《す》訪大明神画詞《わだいみょうじんえことば》』に書かれているエピソードだから、あくまでも象徴的に『朝廷』を表しているとも考えられるけれどもね。ちなみに『つる』というのは『鉱脈』あるいは『血統』という両方の意味を持っているから、そのどちらかだったんだろう」

「なるほど……」

「とにかくこの戦いに於いて、洩矢神は『ミシャグチ神』となってしまった。この神は、日本各地でみられるけれど、例外なく滅ぼされてしまった神々だな。『御石神』――つまり、物言えぬ石にされた神、というわけだ。ちなみに神長官守矢家では、このミシャグチ神の祭祀法は、『真夜中、火の気のない祈禱殿の中で、一子相伝により「くちうつし」で伝承され』たという。それほどまでに、公にできない神となってしまったんだ」

「……それは良いんだがね」ついに戸塚が痺《しび》れを切らして口を挟んできた。「一体、いつになったら事件の話になるんだね？　知っていることを全部喋って構わないとは言ったが、さすがに我々も時間が有り余っているというわけじゃないからね」

「もうすでに事件の話に入っています」

「えっ」

「さて――」と崇はお茶を一口飲んだ。「そこで残された人々は、建御名方神によって滅ぼされてしまった洩矢神を、ミシャグチ神として祀る必要性が出てきたわけです」

「あのね――」

「そしてそれが、上社の春の御頭祭と、秋の御射山祭だ」

「…………」

諦めたように口を閉ざした戸塚を尻目に、崇は再び続けた。

「この御射山祭は、上社、下社共に行われる。現在は祝詞《のりと》をあげて玉串を捧げるという程度になってしまっているようだけれど、昔は何千という人々が集う大きな祭だったらしい。どんな感じだったか簡単に説明すると――。まず、生き神である大祝《おおほうり》が神長官を始めとした神職や氏子たちを従えて、山へ向かう。途中、狩りなどをしながら三里もの山道を登り、到着するとそこでまた改めて狩りや神事が執り行われたという――。この神事の盛大さは、平安の当時、京の都にまで鳴り響いていたというから大したものだ」

「やはり……」奈々は一応戸塚に気を遣いつつ尋ねる。「狩りなどをするということは、そのお祭も、御頭祭のように血生臭《ちなまぐさ》いお祭だったんでしょうか？」

「血生臭い祭といってもね、下総国――千葉県一の宮に、香取神宮があっただろう。主祭神は経津主神なんだが、毎年秋に執り行われる大饗《たいきょうさい》祭では、雌雄の鴨の活き作り――さばいた鴨の首と翼と尾を竹串で聖護院大根に刺して飛ぶ姿を形作り、大根のまわりには鴨肉を撒いて、その背には胃と内臓を置くものや、短冊切りにした鮭の肉を大根の輪切りに重ねて盛ったもの。その他にも、サンマや鮒やサメなどが並べられるんだ」

「それもまた……随分生臭いですね……」

「いや、奈々くん」

崇は言ってノートを広げた。そしてそこに、ペンで文字を書き連ねる。

「もともと『祭』というのはね、『夕――肉』と『又――手』と『示――机』からなっていて、これは神に捧げるために肉を手に持って机の上に置く――ということを表している文字なんだ。だから昨夜も言ったように、本来は血生臭くて当たり前なんだ」

「そういえば！」翔一が叫ぶ。「桑原は昨日、御頭祭の謎が解けたと言っていたじゃないか。あれはどうなったんだ？」

ああ、と崇は頷く。

「解けたと思ってる。しかし今は、事件と直接に関係ないから止めておこう」

関係ない？

ということは、今までの話が事件に関わっていたということなのか？　それこそ全く関係ないような気がしていたけれど……。

首を捻る奈々の横で、崇は続ける。

「ただ、この御頭祭のポイントの一つとして『御神――おこう』という存在があります。今もその名残として、八歳くらいの紅の着物を着た子供が、御杖という柱に手を添えさせられますが、これは別名『御贄柱《おにえばしら》』とも呼ばれていて、かつてはこの柱に、その御神――子供を縛り付けたと伝えられています」

「縛り付けた？」小松崎が尋ねる。「縛り付けてどうするんだよ？」

「打ち殺されたという。生け贄として」

「ええっ！　そんな――」

思わず声を上げてしまった奈々に向かって、翔一が、

「いや……」と静かに言った。「これは本当にあったらしいんだ。もちろん言うまでもなく、遥か昔の話のようだけれど」

「昔は日本各地で、こういった生け贄の儀式が見られたしな」

「しかし……そりゃあ辛いな」小松崎が唸った。

「だが言われてみれば、その名前もズバリ、御贄柱だからな……」

「そしてこの祭には」一方崇は、淡々と続ける。『大祝』が深く関わってくる。昨日も言ったように、上社には御神体が無く、神別である大祝が神として祀られる。そしてこの『大祝』が八歳の子供であるということは——」

「今の、生け贄の子供か！」

「そういうことだろうな。以前にも言ったように、『祝——ほうり』は『屠《ほふ》り』という意味だ。敵を屠って——あるいは崖から『放』って——お祝いをするという意味だからね」

「そいつはまた……」

「そしてこの大祝は、童子を以てこれにあてる、と定められている。その他にも色々と規定があるんだが、その中には『不出諏方郡外』——つまり、郡外に出てはならないというものまである」

「この地から一歩も出さないなんて、建御名方神と同じじゃないか！」

そうだな、と崇は頷いた。

「ちなみに、世が下って上洛したり禁を犯したりしたために『身を滅ぼし』てしまった大祝たちも実際にいたようだがね。また下社には『売神祝印《めがみほうりのいん》』という物がある。これは、大鳥居の手前左手にある千《ち》尋《ひろ》池の中で発掘されたという神宝だ。社伝では『大同年間（八〇六〜八一〇）、平城天皇下賜』と記されているという。これもまた同様の意味だろうな。おそらく『八坂刀売神』を『ほう』ったんだろう」

「生け贄を……神としてお祀りするということですか」奈々は嘆息した。「そのことによって、自分たちが平穏に過ごすことができると考えられたんでしょうね……」

「まさに、その通りだな」

「さて——」と戸塚はゆっくりと目を開いた。「ぼくはちょっと用事を思い出してしまった。県警に戻らなくちゃいけないから、これからも話題が諏訪大社だけに留まっているようならば――」

俺は、と崇は戸塚を、そして溝口を見た。

「これが、今回の事件の本質だと思っているんですが」

「なんだと？」

「生け贄です。そして同時に、それを神として祀るんです」

「生け贄？」溝口は、じろりと崇を睨んだ。「どういうことだ、それは？」

「生きたまま、もしくはそのために命を絶ったモノを、神に捧げることです」

「だから！　そんな言葉の意味を訊いてるんじゃないっ。この事件のことを言ってるんだ。どこが生け贄だって？」

「亡くなった方たち全員が、です」

「どうして！」

「その理由までは分かりません。想像はできますけれど……今は口に出せません」

「じゃあ、その理由――動機は別として」戸塚が尋ねる。「一体どこが生け贄なのか、それを説明してくれないかな。あ、いや、簡潔にね」

はい、と崇は頷いた。

「先ほど言ったように、栗山さんの死は全て『白』で彩られていました。白兎の鬼であり、清めの塩であり、八白の木――松であり、そして『栗』の『西』であり。これは一種の、見立て殺人といえるでしょう」

「ちょっと待ってくれ」戸塚が軽く手を挙げた。「ということは、もしかして栗山さんが燕沢さんの家で殺害されたというのも……」

「そうでしょうね。燕沢さんの家が、あの区画の『西の端』だったからでしょう」

「でも桑原」翔一が異議を唱える。「昼間は、麻紀ちゃんの家が、あの区画の一番端だって――」

「それは国道の南東側、九軒の家だけで見た場合だ。しかもそれは、何度も言ったけれど完璧ではな

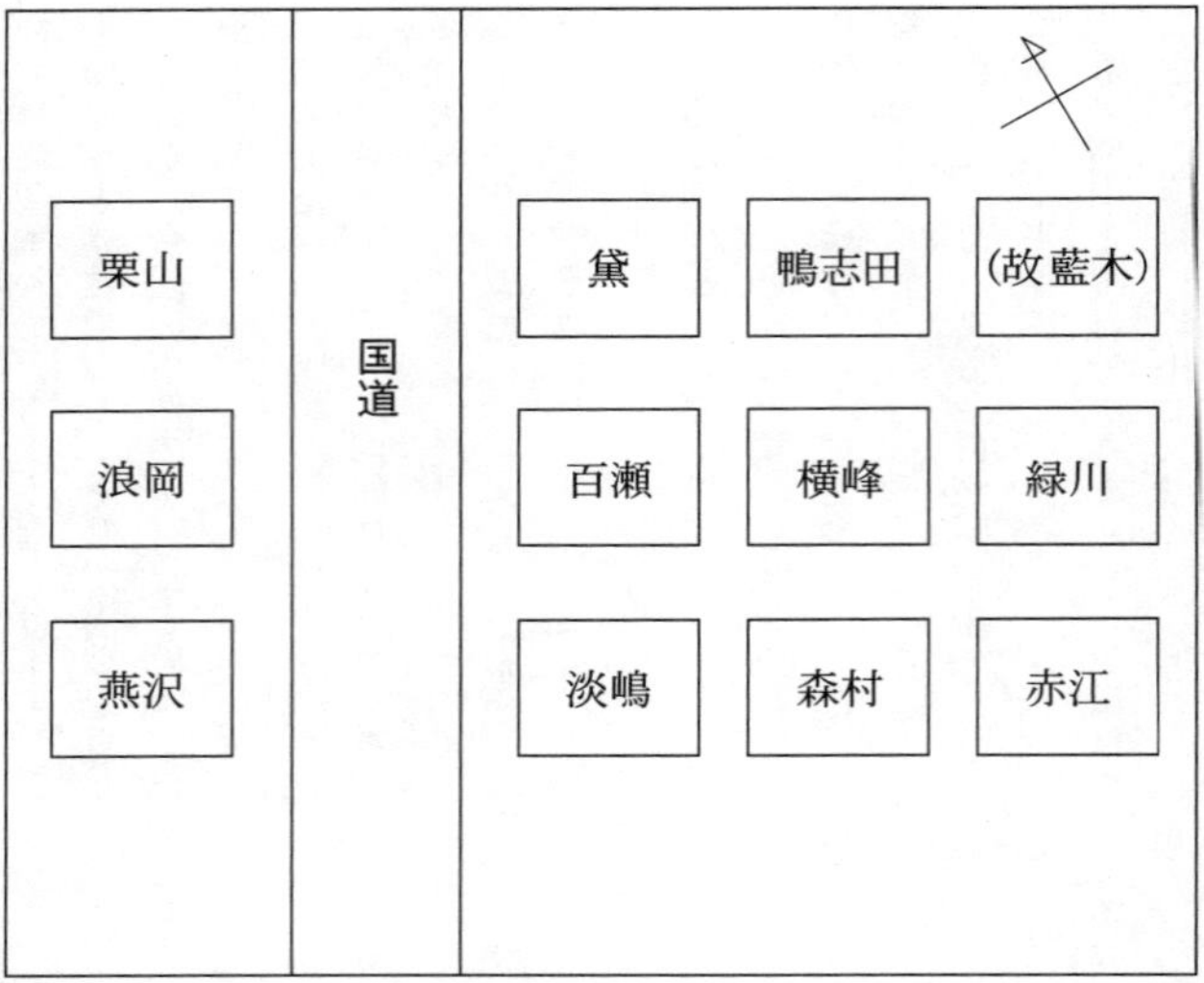

かった。ところが、国道を挟んで十二軒で考えてみると……」

崇はノートを広げた。

「燕沢さんの家が、西の端になるんだ。栗山さんが殺害された家がね」

「まあ、そう言われればそうだが」戸塚はその図を覗き込んで言った。「ということは……燕沢さんが、一番北に位置する栗山さんの家で殺害されたということにも、意味があるときみは言うのかね？」

「もちろんです。殺害状況を思い出して下さい。犯人はわざわざ雪をかいて『黒』い土を露出させたんです」

「あれは、ただ単に足跡を誤魔化すためだろうが」

「それが目的ならば、苦労して土が見えるまで雪かきをする必要もないでしょう。自分たちの歩いた場所だけ雪をどければ良い。誰かに見られるかも知れない危険を冒してまでしなくてはならなかったんです、しかも女手で」

「女手だと！」

「さらに――」と崇は溝口の叫びを無視して続けた。「犯人は、わざわざ黛さんまで呼び出して殺害した。黛さんが何か真相に近付いたのかどうか、それは分かりませんが、とにかく巻き込まれた。そしてそれは、犯人にとって願ってもないことだった」

「何故だ。まさかきみは……」戸塚が睨む。「功さんの名字が『黛』――『黒』だからと言うんじゃないだろうな。そんなつまらない理由で……」

「おそらくそういうことでしょう。『黛』――『黒の代わり』という意味で。しかもここでは丁寧なことに『黛』の首から上――頭部が切り離されている。つまり『黛』から『代』が切り取られて『黒』になっていた」

バカなっ！　戸塚は叫んだ。

「そんなくだらない理由でっ……どうして功さんが殺されなくちゃならないんだ！」

「でも、それも理由の一つだと思います」

「信じられるわけがないだろう！」

「俺は理解できます」

「どうしてだっ。犯人の肩を持つのか！」

「お気持ちは分かりますが」珍しく激昂してしまった戸塚に向かって、崇は冷静に言った。「落ち着いて考えて下さい。最初から言っているように犯人が必要としていたのは『生け贄』なんです。そこでは、人間性を含めて一切の理性、感情、人格、全てが否定されてしまいます。その人間は、ただ『生け贄』になるためだけに、その場に立っているとしか認められません。当然ですね。殺戮《さつりく》しようとする側にとって、余分な感情や感傷は自分の目的の邪魔になるだけなんですから。その人間にとって目的は一つ。そして手段もたった一つ。逡巡する理由など、どこをさがしても微塵《みじん》もないんです。そして、またそうしなくては目的を遂行できないんです」

「しかし……」

「もちろんこの行為の善悪について議論しているわ

けじゃありません。ただ俺は、目の前に横たわっている『事実』を述べているだけです」

「…………」

戸塚はハンカチを取り出して、額の汗を拭った。

そして、

「失礼した」と崇に弱く笑いかけた。「一般人のきみにたしなめられるとは、ぼくも年老いたもんだね。すまなかったね、思わず感情が高ぶってしまって」

「お気持ちは察します」

「それで……話はどこまで行ったっけね」

「黛さんが『黒の代わり』で殺害された」

「ああ……。じゃあ、続けてくれ」

はい、と崇は頷く。

「そして現場には、亀の死骸が落ちていたということでした。これもまた、あらかじめ犯人が用意していたモノです。つまりこれで、この殺人事件も計画的に行われたのだということが分かります」

「亀が？」

「北を司る神——『玄武』を表したんでしょう」

「えっ」

「本来の玄武は、亀と蛇が合体した架空の生き物と考えられていました。しかし、当時は冬でしたから季節的にも蛇は無理だったんでしょうね。とはいうものの燕沢さん一人でも、条件を満たすことはできていたんでしょうが」

「どういうことだね？」

「『燕』の中には『北』という文字が含まれているじゃないですか」

あ……。

燕——確かに、中央の「口」を挟んで「北」の文字が見える……。

「それに、燕といえば黒い小鳥のイメージもありますからね」

なるほど。

今度は全て「黒」で「北」というわけか——。

「それじゃきみは……」戸塚が尋ねる。「赤江さんの事件も、やはり同じような意図の下に行われたと言うのか？」

「もちろんそうです」

「『南』で——」翔一が叫んだ。「『赤』か！」

「ああ。刺されて血を流して」

「じゃあ、現場に落ちていた殺された雀は——」

「全て、喉を切られたり首を落とされたりしていたからな。赤い雀——朱に染まった『朱雀』だね」

えっ——。

「朱雀は、京の都の朱雀大路でも知られているように、南を護る神だ。赤い鳥のような形状をしているとされ、ガルーダというインドの神——鳥とも同一視されている」

「そして今度は」翔一は顔を歪めた。「東の藍木さんの家で緑川さんが……。じゃあ、あの蛇の死骸は『青龍』を表しているというんだね」

「見立てだな。この一連の事件は、一種の『見立て殺人』ともいえるかも知れない」

「ということは、彼女は本当に自殺じゃないと思っているのかね、きみは？」

「ええ。そう思っています。ただ、断定するにはまだ少し根拠が薄弱なので、明日彼女の回復を待ってからでも良いと考えます」

「なるほどね」

「しかし」小松崎は腕を組んで唸った。「四神相応で殺されていったっていうのかよ。いくら生け贄云々と言ったところで、こいつはちょっと変だぞ」

しかし……、と翔一が嘆息する。

「本当なのか。本当に犯人は、そんなつまらない理由で殺人を犯していったと思うのか？」

「それは『犯行動機』ということか？」

「ああ。そういうことだ」

「本職の刑事さんたちを前にして言うのもどうかと思うが」と崇は苦笑いして答えた。「つまらないとか、つまらなくないとか、理解できるとかできないとか、そんなことは殺人事件において、誰にも判定できはしないんだよ、鴨志田」

「どういうことだ？　人間が動くためには動機が必要だろう」

「その詮索は無用だと言ってる」

「どうして？」

「たとえば、殺人を犯した男が『思わずカッとなって殺してしまいました』という。この場合の動機は何だ？　カッとなったということか？　それとも、それ以前に犯人が被害者に抱いていた感情か。もしくは、その感情を抱かせるに至った被害者の行動か。あるいは、その行動を取らせることになった犯人の行為か」

「……それは、誰にも分からない。しかし桑原、そんなところまで遡《さかのぼ》ってしまったら、誰にだって何も分からなくなるよ」

「まさにそういうことだ」崇は笑う。「だから、こちら側にいる人間たちは、ある程度の所——自分的に納得のできる場所——に落ち着こうとする。決してこの世には、とんでもない動機——自分の理解の範疇《はんちゅう》を超えた動機は存在しないし、認められないというわけだ。しかし数学的に考えても『そんな単純な理由で人を殺してしまうのか？』という意見の存在と同程度の確率で『そんな面倒臭い理由で人を殺してしまうのか』という事件が存在していてもおかしくはないだろう」

理屈は分かる——。

でも……。

「でも、タタルさん」奈々も尋ねる。「そうだとしても、余りにも極端ですよ……。いくらなんでも、限度があるんじゃないですか」

しかし崇は、あっさりと答えた。

「どこが極端なんだ？」

「え」

「人間の数だけ価値観があれば、行為だってそれと同じ数だけ存在する。その行動が極端か極端じゃないかなどというのは、自分の立地点をどこに置くかというだけの違いにすぎないだろう。俺たちの視点からだけ見ているからおかしいと思うんであって、犯人の側から見れば、全く通常の出来事なのかも知れない」

「それにしても、偏執的すぎて……」

「偏執的というのは、偏った意見しか持っていないということだが、この場合の犯人は、古来から存在している伝統的な思考に則って行動している」

「でも……」

「奈々くん、ちょっとニュアンスが違うけれど誤解しないで聞いて欲しい。この犯人は、あくまでも『形式』や『伝統』に則って動いている。これは、言ってしまえば、お茶や能などと同じなんだ。どうしてそんなところにまで拘《こだわ》るのか、招かれた客の目には絶対に留まらない……という部分にまで気を遣ってセッティングし、演じる。それは何故か。『形式』だからだ。そしてお茶や、能に携わる人々は、そこに『美』を見いだす」

「……じゃあ今回の犯人は？」

「俺には分からない。しかし拘っているということは確実だ」

納得できないね、と溝口は嗤った。

「いくらそんなことを言おうが、それはただの理屈だ。そして人間というものは常に理性的であるとは限らない。特に人を殺そうとしている時に、理性的でいられるはずはないじゃないか。それに、動機は当てにならないといっても、現実的に事件が起これば、必ず動機があるんだよ。ないなどというのは、それこそ屁理屈だ」

「動機が存在しないとは言っていませんが」

「同じようなことを言っただろう」

「『同じこと』と『同じようなこと』では、全く違います」

「ごちゃごちゃと、小うるさい男だなお前は」溝口は祟を睨んだ。「とにかく、そんなつまらない動機じゃ、人は殺人など犯さないということだ。これだけは間違いなくね」

「動機の軽重《けいちょう》などは、その当人にしか分からない問題です。俺たちから見て、実にバカバカしいと思っても、当人にしてみれば重大なことかも知れない。自殺してしまった人間に向かって『どうしてそんなつまらない理由で死んだんだ』とは決して言えないはずです。当人にのしかかっている黒い雲は、当人にしか見えない。そしてまた同時に、日本の、いや世界の歴史の中で、いかにつまらない理由で多くの人たちが殺されてきたかということを、少しでもご存知ならば」

「く……」

思わず一歩踏み出しそうになった溝口の肩を後ろから抑えて、

「分かったよ」戸塚が静かに頷いた。「それじゃあきみは、一体どんなことがこの事件の裏にあると考えているのかな」

はい、と崇は答える。

「おそらく、この事件の犯人の意図は――」

崇が言いかけた時、
急に外が騒がしくなった。


人々が集まっているようだった。そして口々に、

「火事だっ」

「あの家だぞっ!」

「早く、消防車を!」

と叫んでいた。

「火事だとっ」

戸塚と溝口は、イスを蹴って立ち上がる。小松崎も崇も翔一も、そして奈々も部屋を飛び出す。そして靴を履くのももどかしく、玄関から表に出た。

「どっちだ?」

「あそこですっ、警部」

「誰の家だ、あれはっ」

「赤江です！　赤江初子の家だ」

「なんだって」

見れば、赤江の家はすでに紅蓮《ぐれん》の炎に包まれていた。真っ黒い煙が渦を巻くように、夕暮れの空に立ち上っている。

「消防署には連絡した！」

「隣の緑川さんはっ」

「大丈夫、もう避難してる」

人々が叫び合っていた。

熱気がここまで伝わってくる。火の粉がハラハラと降り注ぎ、バチバチと木の爆《は》ぜる音が響いた。炎は益々勢いを増して、家の周囲をぐるりと舐めるように取り巻く。

奈々たちは、ただ呆然とその真紅の、そして紅緋色の、山吹色の炎の龍を見つめていた。

その時――。

「誰かが家の中にいるぞっ！」

という大声が聞こえた。

「なんだと？」

「そんなバカなっ」

「しかし、あそこに！」

一人の男性が、炎で顔を赤く染めながら指をさして怒鳴った。

「二階の窓だ！」

「女の子じゃないかっ」

奈々たちも、もうもうと黒い煙を吐き出す二階の窓を見上げた。するとそこにチラリと見えた人影は――。

「麻紀ちゃん！」

翔一が絶望的な声を上げた。

「どうしてそんな所にっ。死んじゃダメだ、戻って来い！」

血を吐くように怒鳴り、家に向かって突進しようとした。

「バカっ、止めろ！」

小松崎が後ろから羽交い締めにする。しかし翔一は、それを振り切ろうともがいた。物凄い力だ。体育会系空手部主将、三段を持つ小松崎が押さえ切れていない。急いで崇と戸塚が加勢する。そして必死に翔一を引き戻す。翔一は、何かわけの分からない叫び声を上げながら、なおも炎の中に向かおうとした。

「もう無理だっ！」

「放せっ。麻紀ちゃんが——」

小松崎は、ぐっ、と翔一の胸ぐらをつかみ、有無をいわさず足払いをかけ、路上に仰向けに倒した。しかしなおも暴れる翔一に向かって、大声で怒鳴りつける。

「死にたいのかっ」

戸塚も翔一の腕を押さえつけて、振り向いた。

「溝口！　溝口はどこだっ」

すると溝口は——。

ただ呆けたように立ち竦んでいた。体中がぶるぶると震えている。

「何をしてるっ、溝口。この男を押さえろ！」

その言葉に、ハッと我に返った溝口は、ヨロヨロと頼りなく翔一に近付いて来た。しかし目は虚ろで、燃えさかる炎を見つめている。

「…………」

一体どうしたというのだろう。魂が抜けてしまったようだ……。

すると、

「笑ってるぞ！」

男の声がした。

「あの女の子、笑ってる！」

えっ——。

振り向く奈々の目に、渦を巻く炎の中、満面の笑みを浮かべながら何かを自分の胸の前で抱きしめるように立ち尽くす麻紀の姿が映った。

その時、けたたましいサイレン音と共に、消防車が到着した。消防隊員がバラバラと機敏に消火態勢に入る。その姿を奈々は、まるで違う世界の出来事でも見るように、ただ呆然と眺めていた。

足が竦んで、体が震えて、意味もなく涙が溢れ出してきて――。

「全部終わった……と言った」

麻紀の姿が炎の中に引き込まれるように消えた瞬間、崇が言った。

「えっ……？」

声にならない声で尋ねる奈々に、崇は呟くように言う。

「最後に彼女は、そう言った……」

炎に照らされた崇の顔を見ていた奈々は、急にぐらりと地面が傾くように感じた。そして気が、ふっと遠くなって――崇の胸の中に倒れ込んだ。

＊

溝口は思いきりアクセルを踏み込む。

霧雨がかかった山道だ。タイヤが水たまりに入り込むたびに、車は上下左右に大きく揺れた。一気に山を越えてしまえば、あとは舗装された広い国道が続いているはずだった。

しかしまた……。

溝口は唇を噛みしめた。

どうして、彼女はあんなことを——。

彼女が死んでしまっては、一体自分のやってきたことは何だったというのだろう。

百瀬麻紀。

八歳も離れていると言うべきか、八歳しか離れていないと言うべきか。本当に可愛らしい女の子だった。ちょっと性格的には暗いところがあったけれど、それが心をくすぐった。しばしば一人で落ち込んでいたけれど、その姿を目にする度《たび》に、何とかしてあげたいと思ったものだ。

その麻紀が、どうして——。

自殺などしなくとも、あの一連の事件の犯人は他にいるということで決着しそうだったのに。例えば、鴨志田翔一とか……。

麓ではそれほどでもなかった雨が、山道を行くに従って強く車の屋根を叩き始めていた。その音をイライラと聞き流しながら、溝口は思う。

だが、犯人が本当に麻紀かも知れないと知った時は心底驚いた。それは、赤江初子を一人で訪ねて行った時だった。彼女は溝口の顔を見るなり言った。

「あなたにだから言えるんだけれど、あの日私はね、麻紀ちゃんが栗山さんの家の側を歩いているのを見たの」

「えっ」

「もちろん誰にも言わないけどね。あなた、麻紀ちゃんのことが好きなんでしょう。私のためならば何でもしてくれる刑事さんがいる、っていう話をあの子から聞いたわよ」

溝口を見て意味ありげに笑った。

当然、戸塚に報告はしていない。

いや、できるものか。捜査の情報も折に触れて流していたのだから。当然、赤江初子が救急病院の何号室に入院しているのかも……。

しかし、忍び込んでまで殺害するとは思ってもいなかった。どうしてそんなに、何がそこまで彼女を駆り立てたのか。

溝口は、ふっと麻紀の笑顔を思い出す。

初めて見たのはいつだったたか。

そう——六年前。

彼女の父親に相談を持ちかけられたのだ。御柱仲間の燕沢義夫の紹介だった。燕沢は溝口と同い年。その夜は、御柱祭の話をしながら三人で飲み、異常に盛り上がった。そして散々酔った時に、

「ちょっと木落しで騒ぎを起こしてもらえると嬉しいんだが……」

父親はそう言った。

自分の娘——麻紀が、悪い男に引っ掛かってしまっている。だから少し、その男にお仕置きをしたい。刑事さんにこんなことを頼むのは筋違いかも知れないが、それ以前に同じ御柱仲間として聞いてもらいたい。

「藍木は、絶対に御柱の上に乗せない」

これが最終目的だった。

御柱が木落坂を下り切った時、その時点で御柱の上に跨《また》がっていたかいなかったか。これは大きな違いだ。七年ごとに一度、しかもたった十秒ほどしかチャンスはない。その時、御柱の上にいられたのかいられなかったのか——。

父親は、何があっても引きずり下ろすと言う。

そして麻紀の写真を見せられた。可愛い一人娘なんだよ。燕沢も言った。親孝行な良い子なんだが、

変な男に騙されていてね。でも警察ではどうしようもないだろう。

もちろん、事件にならない以上、何も打つ手がないと答えた。しかし、溝口の目は麻紀に引きつけられたままだった。ぽっちゃりとした色白の顔。愛くるしい瞳。そして親孝行——。

溝口には娘がいた。可愛がっていたのだが、離婚した時に母親について行ってしまった。確かに離婚の原因を作ったのは自分だったけれど……。あんなにあっさりと、父親を棄てられるものかと悩んだ。

麻紀は娘というには年が上だったけれど、何となく思いだしてしまったのだ。

そこで酔いに任せて溝口は、お安いご用と引き受けた。最初は固辞していたものの、いくばくかの金銭も受け取ってしまった……。

そして御柱祭の当日。辺りは騒然としている。砂埃と歓声と木遣歌とラッパの響きと……全てが渾然一体となっていた。

物凄い勢いで木落坂を下る御柱に、藍木と燕沢は跨っていた。そこに溝口が割り込む。

藍木は御柱にしがみつき、燕沢はその後ろから追い落とそうとする。溝口は、藍木の足を引っ張った。するとちょうど、御柱が大きく跳ねたのだ。

溝口に足を取られていた藍木は、御柱から振り落とされた。そして地面に叩き付けられ、その上を重量十トンの御柱が転がり落ちて行った……。

殆ど即死だったという。

そして、全ては「事故」で片付けられた。

それから以降の話は、何も聞いていないに等しい。一時期落ち込んでいた麻紀も、すっかり立ち直って明るく生きていると聞いた。

藍木の家族には申し訳なかったけれど、しかしあれは、本当に半分事故だった。不可抗力だった。

溝口はそう思う。

麻紀の父親も、燕沢もそう言った。

「仕方ないよ。一歩間違えれば、俺もあんたも巻き込まれていたんだから」

仕方のないことだ——。

あっさり言う燕沢を見て溝口は、
ひょっとしたら最初から殺すつもりで——。

そう思ったけれど、口には出さずに、事故だったんだと自分にずっと言い聞かせてきた。

しかしここにきて、例の連続殺人事件。

まさか、麻紀が犯人だったとは……。

これから調べが入れば、自分が麻紀に情報を流していたことが明るみに出てしまう。そして、もしも麻紀があの日の御柱祭の事故を恨みに持って行動していたとすれば——。

当然、溝口まで調べているだろう。

そういえば、今日も麻紀から携帯に連絡が入っていたはずだ。着信履歴を消しておかなくてはいけない——。

そう思って溝口は携帯を取り出した。


その時。

目の前を何かの生き物が走り抜けた。

鹿か！

危ないっ。

溝口はハンドルを切る。すると前輪が大きな水たまりにはまった。車が大きく跳ねる。

溝口は体勢を立て直そうと、逆にハンドルを切った——つもりだったが、携帯を手にしていたために滑った。

あっ！

車はそのまま物凄いスピードで森の中に突っ込む。そして、大きな樅の木に頭からぶつかっていった。

＊

緑深い山の中を一人、
奈々は延々と歩いていた。
水の音に気付けば、
はるか遠くに民家の明かりがチラリと見える。
その前に祟がぶっきらぼうに立っている。
急いで近付いていこうとしたら、
足元に大きな蛇がとぐろを巻いていた。
大声で叫ぶと祟は消え、
民家は火事になっていて、
赤い龍が家の周りに巻き付き、
奈々に向かって「ごう」と吠えた——。

そこで目が覚めた。

長い長い夢を見ていた気がする。

ゆっくり目を開けば、

白い天井。

白い壁。

クリーム色のカーテン。

救急病院の病室だ。

右腕には、点滴の痕がある。

隣の部屋には緑川由美子が、そして違う階には鴨志田翔一もいるはず。三人揃って、仲良く入院してしまった……。

朝食まではまだ早い。

カーテンの隙間から覗けば、外は大荒れの天候のようだった。まるで台風のようだ。

昨日、あの後そのまま動けなくなってしまった奈々は、鴨志田と共にこの救急病院に運ばれた。手足が震えて、冷や汗が出て、体温が急激に下がってゆくのを自分でも感じた。

「血圧の上が九十を切っているね」

と救急車の中で言われた。そのまま病院で点滴を受け、一晩入院することになってしまったのだ。

すると、崇と小松崎も駅前のビジネスホテルに一泊すると言い出した。崇は、

「どっちみち、改めて事情聴取を受けなくてはならないだろうからね。全部用事を済ませてから、東京に帰ろう」

などと言った。

小松崎と二人で色々と積もる話もあるし、まず何よりも奈々を一人残して帰れないとも言った。

申し訳ない……。

そして今日。

朝食後、全員の体調を確認してから、この病院内で事情聴取が行われることになった。異例のことらしいが、入院患者用の談話室を借りるらしい。一体何を訊かれ、そしてどう答えれば良いのか想像もつかなかったけれど……。

奈々は、ベッドの上で嘆息した。

実に消化の良さそうな朝食を終え、身支度を調えて談話室に向かう。看護婦さんに案内されて部屋の前まで行くと、関係者以外立ち入り禁止の紙が貼られていた。

奈々はふと、以前に崇と一緒にまわった神社で「立ち入り禁止」の札を無視してずいずいと奥に入り、ドキドキしながらも、二人で勝手に色々と見物したことを思い出した。奈々が咎めると、

「この立ち入り禁止の札は、祭神が変更になって以降の物だ。もともとの祭神には関係ない」

と言っていた。そういうものなのだろうか。

そんなことを意味もなく回想した……。

ドアを開けると、部屋の中にはすでに崇と小松崎、そして県警からは昨日の戸塚警部と、今日は溝口ではない若い刑事がやって来ていた。

「おう、奈々ちゃん。どうした大丈夫か?」

小松崎の言葉に奈々は、「はい……。ご心配をおかけしました」と頭を下げて、崇の隣にゆっくり腰

を下ろした。

やがてフラフラと鴨志田翔一が、そして看護婦に付き添われて緑川由美子が到着した。戸塚は奈々たち三人の体調を看護婦に確認すると、全員の顔を見回した。

「さて……」静かに口を開く。「みなさんそれぞれに大変な状況とは思いますが、あと少しだけ協力していただきたい」

誰もが無言のまま頷くと、

「まず、ご報告ですが」悲痛な顔で言う。「百瀬麻紀さんは、昨夜亡くなられました。現場検証の結果、彼女が自ら赤江さん宅に火を放ち、焼身自殺を図ったものと思われます」

「あっ……」

由美子が両手で顔を覆った。肩が大きく震えている。看護婦が、そっと背中を抱いた。

翔一も唇を噛みしめたまま、じっと俯いていた。膝の上で握り締めている拳が白くなっていた。


「その際、うちの溝口もちょっと怪我をしまして、今日は彼の代わりに船山が来てくれていますので、よろしく」

若い刑事は「船山ス」と言ってお辞儀した。奈々たちと同年代くらいだろうか、なかなか精悍《せいかん》そうな男性だった。

「では、そろそろ始めましょうかね」

戸塚が言って、船山が手帳を取り出す。

「まず、昨日、故藍木氏の家で一体何があったのか。緑川さん、それをあなたにお聞きしたいんですが。あなたは、本当に自殺しようと思ったんですか?」

「い、いいえ……」緑川は俯いたまま答える。「まさか、そんな……」

「では、どうしてあの場所に?」

「実は……何も覚えていないんです」

「覚えていない?」

「はい」

「そう言われてもね」戸塚は苦い顔をする。「実際にあなたは、あの家に入って行かれたわけですし。では、何故そんな行動を取られたんですか？」

「……それも余り……」

「記憶が曖昧というわけですか？　それとも喋りたくないとか？」

「そういうわけではありません……。本当に、何が何だか……」

由美子が、か細い声で答えた時、小松崎がそっと崇を見た。

「ちょっと鼻がムズつくぞ」

「分かってる。そう言うと思っていた」

「じゃあ、何とか言え」

「順番がある」

「構わねえだろう、そんなもの」

「ダメだ」

「おい、きみたち」戸塚がそれを見咎めた。「勝手に話をしないでくれないかな。それとも言いたいことがあれば、ぼくに言ってくれ」

「いえ、この男がね」小松崎が崇を指差す。「何か話があると言うんですよ」

「何もない」

「あるだろうが、山ほど」

「今は、何もない」

こら、と戸塚は小松崎を睨んだ。

「きみは、警視庁の岩築竹松《がんちくたけまつ》警部の甥御《おいご》さんということで、特別に同席を許可しているんだ。電話で確認して、よろしくと頼まれたからね。しかし、余り勝手なことをされると退席してもらうよ。大体、あんな怪しげな変装をして捜査を混乱させたという罪もあるし。しかも病院の周りまでうろついた」

「だからあれは、この男たちに気付かれないようにと配慮したんですよ」

「どうして知られたら困るんだね？」

「まあ、いいじゃないですか、そういうプライベートなことは。それより、事件の方をお願いします」

「…………」戸塚は、苦虫を噛みつぶしたような顔で小松崎を見た。「とにかく、こちらで尋ねたことだけに答えなさい。まず……百瀬麻紀さんが、あんな行動に出る理由に、何か心当たりは？」

「いえ、何も……」

「ぼくも……特に何も」

「何でも良いんだがね。きみは？」

尋ねる戸塚に崇は言う。

「もちろん『火』でしょう。『南』は『火』。それ以外に考えられない。それで『赤江』さんの家に火をつけたんです」

「まだそういうことを言っているのか……」

「まだも何も、真実なんだから仕方ないですよ」

「じゃあ、どうして自分も死ななくてはならなかったんだね？　放火だけすれば良いじゃないか」

「その理由は分かりません。彼に訊いてください」

翔一を見たけれど、ただ俯いていた。

「そして、緑川さんが襲われた理由も」

「でも——」奈々は尋ねる。「緑川さん、本当に襲われたの？」

「…………」

沈黙を守る由美子に代わって、戸塚が答える。

「現場検証の結果ですがね、単刀直入に申し上げて、どう見ても自殺未遂の現場ではなかったですな」

「え……」

「自殺未遂にしては、現場が少々荒れすぎていましてね。かなりみなさんで暴れたような靴の痕もありましたし、特に鴨志田さんが相当にバタバタされたようで良く判別できていないのですが、血痕なども見られました」

「血痕？」

「今、分析中です」

「蛇の血じゃないんですか？」

「そうかも知れません」

「今、警部さんは」小松崎が尋ねる。「『みなさん』

とおっしゃいましたよね。——ってことは、三人以上の人間が関与していたってことですかね？」

「そういうことスね」船山が代わって答える。「おそらく三人じゃないかという鑑識からの報告があったスから」

「じゃあ、やっぱり現場に百瀬麻紀がいたっていうことか」

「まだ確定はしていませんが、間違いないところじゃないスか」

「ねえ、緑川さん」戸塚は由美子を見た。「百瀬さんを庇《かば》いたいという気持ちは良く分かります。しかしあなたは、彼女に襲われて、殺されそうになったんじゃないんですか？　そして彼女は亡くなっている。もう、本当のことを話して下さい」

「…………」

静かな沈黙。

どうして由美子は口を開かないのか。

おそらく……麻紀のことを妹のように可愛がっていたと思える翔一に対して気を遣っているのか？

困りましたね、と戸塚は嘆息した。

「まあ、もう少し状況証拠が整ったら、改めてお尋ねしますけれどね」

戸塚と船山が目で合図をして、船山がメモ帳を閉じようとした時、

「鴨志田に、一つ訊きたい」

唐突に崇が言った。

「疑問があるんだ。いいかな？」

「えっ」翔一は顔を上げた。「あ、ああ、もちろん構わないよ」

「鴨志田は、緑川さんを助けようとした時に、首を吊っていたロープを切っただろう」

「ああ、切ったけれど……」

「どうしてハサミで切ったんだ？」

「え？　どういう意味だ？」

昨日も尋ねていた質問だ。

一体それがどうかしたのだろうか？

するとやはり、

「それが――」戸塚も尋ねてきた。「何かおかしいのかね？」

ええ、と崇は言う。

「何故、彼の持っているナイフで切らなかったのかと思って」

「は？」

「鴨志田は、いつもサバイバルナイフを持ち歩いているんです。『苦無《くない》』という」

ああ。

一昨日、そんなことを言っていた。彼が昔から、ずっと愛用しているナイフ……。

「咄嗟《とっさ》の場合であれば、周りを見回して探すよりも何も、おそらく無意識のうちにそちらに手が伸びるのではないかと思ってね。それに、現場に落ちているハサミなどに手を触れたくもないだろう。後から、ややこしいことになるかも知れないんだから」

「なるほどね……。しかしそれは、冷静さを失っていたからとも考えられないかね？」

「逆ですね。気が動転していればいるほど、そちらのナイフを取ったでしょうね。幼い頃からずっと愛用していたし、もしかしたら無意識のうちに精神の安定を求めて握ろうとした可能性もある」

「一理あるね――。鴨志田くん、今の彼の質問については？」

「いえ……本当に動転していて……というより、持って出なかっただけです……」

「ほう」むず痒《がゆ》そうに鼻を掻く小松崎を横目で見ながら、崇が驚いたように言う。「俺はてっきり、蛇の頭を切ったのは、鴨志田だと思っていた」

「なんだって？」

「変わった切り口だったしね」

「見て分かるのか？」

「少し考えたんです。まずあの現場に落ちていたという――『青龍』を表わす――蛇は、最初から頭を切られて持ち込まれた物ではありませんでした。血痕が部屋以外の場所に落ちていれば、すぐに気付いたでしょうから。とすれば、あの部屋で首を落とされたに違いない。何を使って？　もちろんハサミではありません。ハサミにもロープの切り口にも血痕が付いていませんでしたから。ということは、誰かが持っていたナイフのような物だろうと思ったんです。そこですぐに鴨志田の苦無——サバイバルナイフを思いついたんです」

「…………」

「しかし鴨志田は、緑川さんを襲った犯人ではあり得ない。もしも彼が犯人ならば、ロープなど切らずに俺たちが踏み込むのを待っていれば良いんだから。ほんの数分だけ時間を稼げば、それで目的が達成されるんだからね。しかし俺たちが踏み込む以前に、鴨志田翔一は彼女をロープから外して命を救った。ということは、彼は犯人じゃない。とすれば、この二人が庇っている第三者は——」

「百瀬麻紀だ」

「そうだ、熊つ崎。おそらく彼女しかいないだろう。違うか、鴨志田？」

「…………」

相変わらず鴨志田は口を閉ざしていたが、肩が小さく震えていた。

〝そういうことか……〟

戸塚は密かに得心した。

この事件に関しては、百瀬麻紀の犯行であることは火を見るよりも明らかだ。昨夜、重傷を負って警察病院に運び込まれた溝口の携帯にも、彼女からの着信履歴があった。

彼ら二人の関係はこれから調べなくてはならないが、どちらにしてもまだ公にはできないから、この場でももちろん口にしていない。

〝さて、どうするか〟

心の中で思案した時、

「もう、全部話しても良いよ……由美ちゃん」鴨志田が諦めたように弱々しく微笑んだ。「きっと桑原には隠し通せないような気がする」

いや、と崇は真顔で言う。

「俺なんかよりも、もっと嘘を隠し通せない珍しい人種の男女がここにいる」

「えっ？」

「まあ、とにかく」崇は鴨志田を、そして由美子を見た。「全部、話してくれないか」

「はい……」

鴨志田を見ながら由美子は頷いた。そして俯いたまま、ポツリポツリと話し始めた。

「昨日……家に帰ると、麻紀ちゃんから電話があったんです。事件についてどうしても話したいことがある、と。私は犯人でも分かったの？　と尋ねました。すると、まあそんなことだ、と言います。でも電話じゃ話せないから、近くの空き家——藍木さんの家まで来てくれないかって」

「家の鍵はどうしたんだね？　それとも、掛かっていなかったのかな」

「藍木さんは、赤江さんととても親しくて……もうずっと古くからの幼なじみだったようです。だから実は赤江さんと藍木さんは、お互いの家の合い鍵を持っていたんです。そして麻紀ちゃんは——」

「赤江さんと、とても仲良くしていたんだね」

「ええ」崇の言葉に由美子は顔を上げた。「ご存知だったんですか」

「昨日彼女だけが、赤江さんのことを『初子オバサン』と名前で呼んでいたからね」

「ああ……」

「続きをどうぞ」

「は、はい……。それで、実は赤江さんから合い鍵をこっそり預かったままだったんだ、と。そこで私が藍木さんの家に出かけて行くと、応接間に呼ばれて……麻紀ちゃんの告白を聞いたんです」

「告白？　事件のかね！」

「はい……。もう重さに耐えられないと言いました。鴨志田さんのお友だち」崇をチラリと見た。「桑原さんにも、何となく疑われているようだし——ということで、話を聞かされました。私はとても驚いてしまって」

「月見ヶ丘の事件は、全て彼女の犯行だったのか？」

戸塚は船山を見た。船山は必死にメモする。

「はい……。でも、最初の二つの事件は、赤江さんとの共犯だった、と」

「やはりそうか——」

予想通り赤江が絡んでいた。

「完璧な結界を張るには、きちんとした位置に生け贄を置かなくてはならない。その説明を懇々と受けて、二人で実行した」

「生け贄とはどういうことだ！　生身の人間を殺すということか！」

「はい……」

「バカげてる」船山は叫んだ。「一体、いつの時代の話なんスか？　未開の時代じゃないんだから」

「ちょっと待って下さい」崇は船山を制した。「個人的な感想を述べる前に、まず彼女と、そして鴨志田の話を」

「なに……」

睨む船山を無視すると、崇は頷いて由美子を促し、彼女は再び話し始めた。

「その目的のために、彼女たちは栗山さんを、燕沢さんを、そして黛さんを殺害したんです。全員を麻紀の名前で、どうしてもこっそり相談したいことがあると呼び出して」

「それじゃ」と戸塚が尋ねる。「赤江さんはどうだったんだ？」

「自殺だった、と」

「自殺？」

「正確に言えば、麻紀に刺させたそうです。藍木さんを事故で失ってから、すっかり元気もなくなられて、ご自分ももう長くないんだと、勝手に思い込んでしまっていたようで」

「そりゃあ、また——」

「しかし麻紀は、さすがに動揺してしまったようで、うまく刺せなかった」

「そこで改めて病院に忍び込んで、赤江さんを殺害したんだと——」

「なるほど」崇が頷いた。「それで百瀬くんは一昨日の夜着替えて来ていたんだな」

「えっ」

「ずっと病院に忍んでいたから、消毒薬の臭いが染みついてしまったんじゃないかと気にしたんだろう。そして念入りに入浴して頭も洗った。そのために、夕食を摂る時間がなくなってしまったんだろう」

そういうことだったのか——。

そして、麻紀を尾行していた鴨志田は、病院近くで帰宅途中の看護婦に目撃されてしまった。

しかしその日、小松崎も病院の辺りを——変装して——うろついており、こちらもまた誰かに目撃されてしまう。その二つの情報が県警の戸塚の許に入ったというわけだ。

「しかし……」戸塚は嘆息する。「いくら自分の愛する人を失ったからといって、どうして周りの人間を殺さなくちゃいけないんだろうな。その考えが分からないね……」

その言葉に船山が「本当スね」と頷いた時、

「いや、違うんです」と鴨志田が口を挟んだ。「そうじゃない」

「何がそうじゃないんだ?」

「あれは——藍木さんの件は、ただの事故じゃなかったようなんです」

「えっ」

「事故に見せかけた殺人だった」

「嘘でしょう」

「いや、本当なんだ、由美ちゃん。ぼくは少し調べてみたんだけれど、どうみても怪しいんだよ。しかもその事件には、麻紀ちゃんのお父さんや、燕沢さんたちも絡んでいたらしいんだ……。いや、刑事さんの前で口にするような話じゃないんだけれど。でも、これはまた改めて追及したいと思ってる」

「じゃあ、もしかして」小松崎が言う。「赤江さんと百瀬さんの行為は、復讐――？」

「だが」船山は首を振る。「赤江さんが勝手にそう思い込んで行動に移したっていうのは、何となく分かりますけれどね、百瀬さんが何故付き合わなくちゃならないんですか」

「そりゃあ、そうだな。いくら親しく付き合っていたからといって、一緒に殺人者になる必要は全くないはずだ」

「そんなに深い間柄だったんスかね」

「麻紀の家は……」

鴨志田が、ゆっくり口を開いた。

「麻紀の先祖は……遠い昔、この村を代表して殺されていたんです」

えっ――。

麻紀ちゃんの先祖が？

「ど、どういうことだ？」

目を丸くして尋ねる船山に、鴨志田はゆっくりと、そして静かに言う。

「この村では昔、天変地異が起こるたびに誰かが人柱になっていた。台風で大きな被害が出てしまった時や、洪水、冷害、日照り、大嵐などの時も。そして実際に、人柱をたてることによって災害から逃れてきたんです」

「迷信だろう、そんなことは！」

「ぼくに言われても困ります」鴨志田は弱く微笑んで船山を見た。「その当時の人たちに言って下さい」

「い、いや、それはそうだが――」

そして――、と鴨志田は続ける。

「その風習が続くに従って、天変地異が来る前に、毎年人柱をたててしまおうという習慣に変わっていったんです。しかも、必ず同じ家から出そうということになった。一番立場の弱い家から出せば、他の家の人々は安心して暮らせるし、その家の家族は村一番の待遇を受けることができる。また、犠牲になって死んでゆく人間も、自分の死が家族全員だけでなく、村の人たち全てを救うことができる。最大級の感謝もされる。崇め奉られる――つまり、神にな﹅い﹅れたんです」

「…………」

「もちろん時代が下るにつれて、そういった風習は消えて行きました。でも、言い伝えは残る。どこかで一旦消されたはずだったんですけれど、それでもまたどこからともなく湧いてくる……。麻紀は、というよりも麻紀のお父さんたちは、どこかに何となくそういう意識を抱いていた。だから麻紀を、この土地とは関係のない場所に行かせてあげたかったようなんです。ところが麻紀は、赤江さんを通じて藍木さんと親しくなり……。それを知った彼女の父親が、藍木さんの家に怒鳴り込んで。それでも赤江さんとも仲の良い麻紀は、あくまでも藍木さんの味方をしていて――。それで藍木さんをどうにかしようと思っていたお父さんと、しばしば衝突していました。と言うより、麻紀は以前に藍木さんの子供を身籠もっていたんです」

「あっ。鴨志田さん――」

「もう隠していても仕方ないじゃないか」翔一は弱々しく由美子に向かって微笑んだ。「しかし彼女は、周囲の反対で無理矢理に中絶させられたと言っていました。そこにもってきて、例の事故で藍木さんは亡くなってしまった……」

闇だ――と奈々は思った。
動機云々の詮索は無用だと崇は言った。

確かにこれは、一体どこまで掘り下げれば良いのか分からない。奈々の想像を絶している。

強いて挙げれば、犠牲者は麻紀も含めた全ての亡くなった人々。

そして加害者は……誰だ？

最も責任を取るべき人物は……誰なのだ？

やり場のない怒りが胸に湧いてくる——。


「やはり、あれは事故じゃなかったかも知れない」鴨志田が辛そうに呟いた。「もしも可能ならば刑事さん、あの時の御柱祭を調べ直して下さい」

「……分かった」戸塚は頷いた。「そうしてみよう。何か飛び出してくるかも知れない」

「よろしくお願いします」

船山にメモをさせて、戸塚は再び尋ねる。

「それで——事件の話はどこまでいったかな？」

「緑川さんが、百瀬さんの告白を聞いたというところス」

「そうか。じゃあ、続きをお願いします」

はい、と由美子は言って話し始めた。

すると突然、麻紀は「蛇が！」と叫び、指差す方を見れば本当に蛇が見えた。一瞬それに気を取られた由美子に向かって麻紀が泣きながら「ごめんなさい」と言って由美子の首に、梁に通したロープを巻き付け、引っ張り上げようとしたのだという。叫ぼうにも声も出ず、必死にもがいていたという。体が宙に浮き、目の前にチカチカと小さな光が輝き、ああ、人はこうやって死ぬんだ——と諦めたらしい。

そこに鴨志田がやって来た。

麻紀がちょうどロープの端を重いテーブルに結びつけ終わった時だったという。

驚いた鴨志田は、麻紀と言い合いになった。そしてとにかくロープを切らなくてはと思い、すぐに苦無《くない》を取り出して断ち切った。

「やっぱりそうだったか」崇が呟く。「そうしないはずはないと思っていた」

「ああ……」鴨志田は苦笑いした。「反射的に、手が苦無を握っていたんだよ」

しかしその時、振るった苦無で麻紀の腕を傷つけてしまった。麻紀はしゃがみ込む。

一方鴨志田は、床に倒れ伏している由美子の介抱をした。人工呼吸を繰り返すと、何とか息を吹き返したようだった。そこで鴨志田は麻紀に、

「ぼくの家に行くように命令したんです。傷の手当をしなくてはならないと思ったんで。でもぼくはその場を離れられないから、彼女に鍵を手渡し、人目に付かないように早く行けと」

「その時、俺と出会ったんだ」小松崎は言う。「何か妙な雰囲気の女の子が、藍木さんの家の方から走って来たじゃねえか。こいつは臭うと思った。最初は女の子を追おうかとも思ったんだが、考えを変えて取り敢えず藍木さんの家に向かったんだ」

「そこで我々と遭遇したんだな」今度は戸塚が言った。「そして一緒に、現場に向かった」

「人の気配がしたんです」鴨志田が続ける。「そこでぼくはロープの端を、落ちていたハサミでもう一度切り落としました。おそらく麻紀ちゃんが使った物だろうと思ったから、握っておけば指紋も残らないだろうと」

「冷静だったな」

「いや、そんなことはない。かなり焦っていたよ。だって、もうその時は、表で人の声がしていたんだからね——。あとは血痕だった。麻紀ちゃんの血がわずかだけれど、床に落ちていた。どうしようかと思った時、彼女が持ってきたと思われる死んだ蛇の入ったビニール袋が目に入った。もちろんその時は、それが『青龍』の見立てだとは気づかなかったけれど——」

「そこで、頭を落として血をばら撒いたのか」

「ああ」

「やっぱり、落ち着いていたな。色々と経験していると違うもんだ」

「え？」

と不思議そうな顔をする戸塚たちを放って、崇は先を促した。

「それで？」

「あとは桑原たちが目にした通りだよ。わざと物音を立てて、たった今、由美子ちゃんを下ろしたふりをして——。しかし、桑原がぼくの家に行こうと提案した時は、さすがに焦った」

それはそうだったろう。

何しろ、腕に傷を負った麻紀がいたのだ。しかも携帯などで連絡を取る暇もない。

そこで何とか理由を付けて一足先に戻った鴨志田は、あわてて麻紀を部屋に隠したのだという。

しかしそこで、崇たちの話を耳にした彼女は、もう逃げ切れないのではないかと覚悟を決めたのだろう。ここから先は想像でしかないのだけれど、それならば最後に完璧な「結界」を作り上げようと思ったのか、それとも単に、仲の良かった赤江の家を燃やすその炎の中で死を選ぼうと考えたのか……。

ただ、鴨志田にしてみれば、何とか麻紀に自首させて、少しでも罪を軽くしたかったのだという。そして、その意図を汲み、なおかつ鴨志田に命を救ってもらった由美子も、彼に協力したのだという。もちろん鴨志田に対して、個人的に好意を抱いていたという理由もあるにせよ。

「納得しました」戸塚は言って、船山を振り返った。「こちらでも色々と情報が集まっていますし、今の話をもとに、もう一度事件を全て振り返ってみたいと思っています」

船山も頷いてメモ帳を閉じ、解散となった。

＊

戸塚と船山が帰ってしまうと、談話室には崇と小松崎、鴨志田と由美子、そして奈々が残された。看護婦さんにも、もう大丈夫ですからと由美子が言って、通常の仕事に戻ってもらった。

「さて——」崇が言う。「どうする。俺たちも解散するか」

「バカを言うなよ、桑原！」その言葉を聞いて、翔一がいきり立った。「諏訪大社の話が終わっていないじゃないか！　それを聞くまで退院できないぞ」

「耐えられるのかな、鴨志田？」

「舐めるな。伊達《だて》に伊賀出身じゃない」

しかし、と小松崎が言う。

「奈々ちゃんや、緑川さんはどうかな。また日を改めるか？」

「大丈夫です」由美子は全員を見回した。「ぜひ聞かせて下さい。もしも、その諏訪の話が今回の事件の根底にあるものならば、どうしても聞いておきたい。少しでも、麻紀に近づける気がしますし」

「私も」奈々も力強く頷く。「もちろん平気です」

よし、と小松崎は崇の肩をバンと叩いた。

「頼んだぞ、タタル」

「ああ、分かった。じゃあ、話そう。誰がどこまで知っているかは分からないけれど」

「そうだね」翔一が呟いた。「それこそ、赤江さんはどの程度知っていたんだろうか。そして、一体何を麻紀ちゃんに告げたんだろう」

「それは全く分からないが……とにかく、今から話すことが諏訪の根幹だと思う」

「大きく出たな。いつ気が付いた？」

「電車の中でね。そしてこの解答は、実は今回の事件の中にあったんだ。百瀬くんたちが、教えてくれた」

「へえ……」と翔一の瞳が光った。「じゃあ頼む」

では——と崇は話し始めた。

「前回までの話でネックになっていたのはただ一点、御柱とは何モノなのかということだった。ただおそらくこの四本の柱は、建御名方神を見張る神だろうと思われる」

「しかし、それにしてはちょっと弱すぎる——ということだった」

「そうだったな。さて、御柱祭ではそれらの柱を深い山から招《ま》いてくるわけだが、ここに『招《ま》ぐ』という言葉がある。これは『覓《ま》ぐ』ということであり、『追い求める』『探し求める』という意味だ」

「『求《ま》ぐ』と同義語だね」

「そうだ。しかしその他にも『有無を言わさず引っ張ってくる』『引きずってくる』という意味も併せ持っている」

「えっ」

「『古事記』には、天《あめ》の岩屋戸《いわやと》に天照大神《あまてらすおおみかみ》が隠れられた時、『鍛人天津麻羅《かぬちあまつまら》を求《ま》ぎて……』とある。この場合も、天津麻羅は無理矢理に引っ張って来たわけだ。そしてまさにこの言葉通り御柱は、薙鎌《なぎがま》を突き立てられ、直接道の上を引きずられ、急坂を落とされ、極寒の川を潜《くぐ》らせられ、ようやく建てられたものの、頭を三角形に削られ、雨ざらしにされるという散々な扱いを受ける。これらはどう見ても、とても『神』に対する態度じゃない。しかし、これら御柱こそが『諏訪明神の御本体』だという。この矛盾を奈々くんは『御柱はミシャグチ神だから』だろうと言った。実際に御用材は、ミシャグチ神の旧地から運び出されて来ているしね。非常に象徴的だ」

「それでもやはり、最初の疑問に戻ってしまうんだろう」翔一は言う。「建御名方神相手じゃミシャグチ神は、見張りとしてはちょっと脆弱《ぜいじゃく》だ」

「そういうことだ。さて、一昨日俺は『御頭祭』に関して、ふと気付いたことがあった」

「そうそう。それも聞きたかった！」

「ええ、私も」由美子も頷く。「結局、どんな意味を持っていたんでしょうか？」

「あの祭は、言ったように『太古から脈々と続いているという雰囲気もなければ、自然の恵みに感謝するという素朴』さもないといわれている。では一体何のために行われるんだろう」

「何のためだ？」

「見ての通り、鹿を殺すためだ」

「はあ？」

「そんなことは分かってるよ、桑原」翔一が脱力したように言う。「諏訪大社には『鹿食免《かじきめん》』という御符がある」

「かじきめん？」

「ああそうだ、棚旗さん。これは、江戸時代から明治の中頃まで肉食の習慣が途絶えていた我が国に於いて、御頭祭が行われるこの地だけは鹿の肉を日常的に食べていた。そこで諏訪大社の御師《おし》――いわゆる神職――が、肉食を許されるというこの御符を売り出したんだ。そこには、『日本一社　鹿食免　諏方宮神長官』と書かれている」

「確かに」崇も言う。「熊や猪と違って、鹿は狩人への反撃が少ない上に、その肉は臭気が少なく柔らかくて美味しいからな。そしてまた、その毛皮からは衣服、鞴《ふいご》、靫《ゆき》――矢の入れ物――などの道具が作られる。時代が下って、室町・江戸時代には鹿の需要が予想以上に大きくなってしまって、国内だけでは賄いきれずに、東南アジアから二、三十万枚もの鹿皮が輸入されたという事実があるほどだ」

「それは良いけれど……だからどうしたんだ？」

「鴨志田は『鹿』といわれたら、何を想像する？」

「奈良……かな。春日大社の使神？」

違う、と崇は言った。

「この場合の鹿は――鹿島神宮だろう」

「あっ」翔一は叫んだ。「建御雷神か！」

「そうだ」

建御名方神を倒した神――。

「で、でも……」奈々は尋ねる。「その頃からもう、鹿島神宮が創建されていたんですか？　そして、一般的に認識されていた？」

「鹿島神宮の創建は、神武天皇元年（前六六〇）といわれている。そして諏訪大社は、今から約二千年前といわれている。しかしこれらは伝承だから、年代特定はできないにしても、鹿島神宮の方がかなり古いだろう。ちなみに、前に話した洩矢神と建御名方神が争ったという天竜川の辺りにあると言った『藤島明神』は『藤原と鹿島』のことだという言い伝えが残っていると聞いた」

「藤と鹿島……」

「そうだな。その言い伝えを信じると、やはりこれも前に言ったように、建御名方神には藤原氏、つまり朝廷の後押しがあったのではないかとも思えてくるな。とにかく――。この祭では、建御雷神の象徴ともいえる『鹿』が捕らえられ、首を落とされて生け贄にされ、脳みそや内臓を抜かれ……とにかくバラバラにされて、諏訪の神に捧げられるんだ」

「諏訪の神――つまり、建御名方に……」

「そしてまた同時に『耳裂鹿』の件もある」

「そうだ。それはどういう意味だ？」

「この耳裂鹿は言ったように『ミシャグチ』とも呼ばれている。そこであの神長官守矢史料館の壁に貼られていた、

『耳裂鹿
神の矛に
かかったという』

という文章の意味は、『ミシャグチ神』が、神の矛――つまり八千矛の神にかかって殺されたんだ、ということじゃないか」

「八千矛の神というと……」

「あっ」奈々は叫ぶ。「大国主命！」

来る前に、沙織にレクチャーされていた。

大国主には色々な別名があって――。

「そうだ」と崇は奈々を見て頷いた。「いつかも言ったように、大国主の八つある別名のうちの一つだ。つまりここでは『ミシャグチ神は、大国主命――の子孫――の手にかかって殺された』という意味になる。そういうことを伝承しつつ、自分たちは同時に『鹿島』に見立てた膨大な数の鹿を、生け贄として諏訪の神に捧げるというわけだ」

「なるほどな……」翔一は大きく頷いた。「確かに言われてみれば、守屋氏は建御名方神よりも古くから諏訪に住んでいたんだ。そして追い出された。ということは、彼らが建御名方神を祀ることは考えにくい」

「大祝《おおほうり》も同じだな。聞けば大祝は、もう八十六代も続いているという。ということはつまり、大和朝廷並みに古い家系ということになる。それならば、彼らがあえて建御名方神を祀ることもないだろうな」

「それが……御頭祭の本質というわけですね」由美子が溜め息をついた。「でも、かなり粘着質のような気がするんですけれど……。どうしてそこまで延々と恨み辛みを残さなくてはならなかったのか……」

「そこに、御柱祭の謎が関与してくるんだ」

えっ。

ついに、御柱の謎が――。

息を呑む奈々の横で、崇が口を開いた。

「今も言ったように、これは百瀬くんたちがヒントをくれた」

「ヒントを？」鴨志田は変な顔をした。「しかし、ぼくは何も分からなかったけれど……」

「殆ど当事者だったからな。第三者として眺められなかったんだろう――。さて、ここから『どうして弱い神が、軍神の建御名方神を見張ることができるのか』という、御柱の本質の話になるわけだ。確かに、戦いに敗れてしまったミシャグチ神は、建御名方神よりも弱い。だがここで、その彼らが一気に強力な神へと変身する方法があった」

「何だと？　どういう方法だ！」

それは——、と崇は全員を見た。

「怨霊になる」

「怨霊！」翔一は思わず叫び声を上げた。「いや、確かに怨霊は強いかも知れないが……。しかし、一体どうやって怨霊になる——？」

あっ！

奈々は震えた。

怨霊になるためには、方法は一つ。

恨みを呑んで亡くなることだ。

つまりこの場合は——。

「生け贄だよ」と崇が言った。

「生け贄だって！」

「そうだ。生け贄となって命を差し出し、そして怨霊になるんだ」

「し、しかし……。じゃあ桑原は、人々が怨霊になるために、自ら生け贄となって——」

「そんなこと、あるわけがないだろう」崇は小さく笑う。「殺されたに決まってるじゃないか。無理矢理に」

「え……」

「だからこそ、建御名方神を見張ることができる強い神——怨霊ができあがった。今思えば『薙鎌』の『なぎ』は、確かに一面では『神を慰める』という意味を持っているけれど、また一方では『草を刈る』——つまり、一般の人間を殺すという意味を持っていたんだろうな」

「殺されたのか……」

「今言った御頭祭でも『御神《おこう》』という八歳の生け贄の童子がいた」

「ああ……。紅の着物を着せられて、柱に縛り付けられて打ち殺されたという……」

「そうだ。そしてその『御神』が縛り付けられたのは『御贄《おにえ》柱――おんね柱』だった。つまりこれは『怨念柱』のことだ」

「怨念――だって！」

「素直に読めばそうじゃないか。だとすれば『御柱』も同時に『怨念柱』と考えられるだろう」

御贄柱が、怨念柱。

そして同時に――御柱。

「でも……」と由美子が声を上げた。「まだ信じられません。だって、そんな怨念が込められた柱に、氏子たちが必死に取りすがるなんて……。そんなことはあり得ないんじゃないですか？」

「そうだぞ、タタル。そんな恐ろしいことは、さすがの俺だってできやしねえぞ」

「違うんだよ」崇は冷静に二人を見る。「いいか。まずミシャグチ神の旧地から、生け贄となるべき人々が『招《ま》いで』こられる。綱を付けられて引きずられ、坂を転げ落とされ、冷たい川を潜らされて禊《みそ》ぎされてね――。そういえば、その次に彼らを迎えるのは何だった？」

「舟だ！　舟形の神輿《みこし》が迎える！」

翔一は叫び、
奈々は……、
その用意周到さに、ただ驚いた。

「そうだ、舟だ。『あの世』――彼岸へと彼らを送り出すための舟が待っている。しかもその後、境内に到着すると、先端を三角に削られてしまう。この『三角』というと、何か想像できないか？」

「三角形の紙――紙冠《かみかぶり》！」

由美子が叫んだ。

「そうだな。死者の頭を飾る白紙だ」

「それじゃやはり、川を渡っての禊ぎは、ある意味で正しかったんですね。死ぬ前の清め……」

「ああ。その通りだ。そして、おそらくその後で命を絶たれたんじゃないかな。つまり逆に言えば、それまでは生きていたということになる」

「そうか……」

しかし。

御柱が……生け贄で……怨霊。

本当なのか。

あの勇壮な姿の裏には、そんな秘密が隠されていたというのだろうか。千二百年の秘密が。

「でも……まだ信じられません」由美子は頭を振った。「だって、そんな……御柱のあの派手なお祭が、実は怨霊のためのお祭だったなんて」

「日本の祭は、殆どが怨霊たちのためにあるようなものだよ」崇が言った。「八坂神社や熊野から始まって、祇園山笠、三社祭、天満宮、日吉神社、倭文《しずり》神社の蛇祭では、その名も『ヒトミゴク』という神《しん》饌《せん》が捧げられる。そしてまた、ここ諏訪の蛙狩神事」

「そうです！　その蛙狩神事は結局どうなんでしょうか。例の『警蹕《けいひつ》』」

ああ、と崇は頷く。

「その意味も同時に解けるね。つまり蛙——河衆が生け贄となり、怨霊神となる。そのために人々から敬われて『神』『貴人』扱いになる。そのために『警蹕』の声が発せられるというわけだ」

「なるほど……」

「一昨日も言ったが、諏訪の地は一種の結界だ。全てにきちんと意味が通っている」

「その結界を、怨霊となったミシャグチ神たちが護っているというわけですね……」

「そうだな。特にミシャグチ神の怨霊は、建御名方神にとってはとても手強い。何しろ自分の手で滅ぼした人々が、朝廷の命令によって生け贄とされ、自分たちの周囲に配置された。そうなると、殺して逃げ出そうにも殺せない。彼らはすでに死んでいるわけだからね。そしてこの方法は朝廷にとって、一石三鳥の利点があった」

「三鳥だって？　そいつは何だ？」

「その一――。まず直接的に、ミシャグチ神を信奉する人々の力を削ぐことができる。七年ごとに十六人もの生け贄を差し出させるわけだからね。これはかなり精神的にも肉体的にも、ダメージが大きかっただろうな。

その二――。その祭を執り行うために、今度は諏訪の人々が大きな負担を強いられる。昔は社殿の建て直しも行われていたようだから、大変な財力の消失だ。しかも祭の際には、必ず重傷者、あるいは死者が特に若者に多く出る。これも、ある意味で膨大な財産の損失になる。

その三――。祭であるからには当然、日頃の鬱憤《うっぷん》の発散になる。いわゆる『ガス抜き』だ。酒を飲んで大暴れしてストレスを解消して、またおとなしくしていなさい、ということだ。

これこそまさに四方八方から手を尽くされた――完璧な結界じゃないか」

確かにこれは……。

完全なる、諏訪包囲網だ。精神的な面でも、また肉体的な面でも。建御名方神の言ったように、決して朝廷には逆らえない……。

ということは逆に言えば、朝廷はそれほどまでに建御名方神を、諏訪の人々を恐れていたということに他ならない。きっとそれは、山での狩りや肉食にあったのかも知れない。勇猛果敢な戦士たちが揃っていたのだろう。だからなおさら、彼らを「彼岸」に閉じ込めておく必要があった。

ああ……。

奈々は納得した。

これで、出雲の国譲り神話――建御名方神の話と、天下の奇祭――「御柱祭」の存在意義が繋がるではないか。

当初からの謎が、ようやく解けた！

「それで、御頭祭があるんだね」翔一が崇に言った。「御柱祭で、自分たちあるいは自分たちの仲間が生け贄にされてしまったことへの怒りと反発から」

「そうだな。いきなり『生け贄を差し出せ』と言われて、はい畏《かしこ》まりましたなどと受けられるわけもない。かといって、それを拒むだけの力はない。泣く泣く命令を受けて、しかし秘密裏に相手を呪っていたというわけだ」

「もしかして……」由美子がポツリと言った。「麻紀ちゃん――百瀬さんは、こちらの家系だったのかも知れませんね。元々の諏訪の人たち。そして、御柱にされてしまった人たち――」

「可能性はあるな」

「不条理な命令に従わされた人々ってことかね」

「ああ、そうだ」崇は頷いた。「御柱は基本的に樅《もみ》の木だろう」

「うん、その通りだけれど」

「『樅』という文字は木偏に『従』――従う木ということになる。だから『従臣』といえば、家来。『従人』は主君の共をする者。つまり樅の木は、従順になってしまった木――ここでは柱――生け贄だ。ちなみに、一の御柱から四の御柱まで、その一から四までの数字を足すと『十』――『従』になる」

えっ。

本当なのか。

いや、きっと本当だろうとしか思えない。

しかしそれにしても。

崇の言う通り、首尾一貫している。

これが諏訪の結界――。

「なあ、桑原」

「なんだ、鴨志田」

「お前は、麻紀ちゃんたちがここまで知っていたと思うか？」

「全てを知っていたとは思えないな。しかし、ある程度までなら赤江さんという人は気付いていたんじゃないかな。例えば、樅の木の意味なんかは」

「どうしてそう思う?」

つまり、と崇は翔一を、そして由美子を見た。

「結局百瀬さんは、自分の家——家系を閉じ込めたかったんじゃないかな。結界を張って封印したかったんだろう。彼女がその意味を知っていたかどうかは分からないけれど、少なくとも赤江さんは自分を厄介者扱いする近所の人たちを憎んでいた。だからこそ、栗山さんや燕沢さんを生け贄にして、その中心にある百瀬家を閉じ込めようとしたんだ。理由は知らないが」

「ぼくはその理由が分かる。なんとなくだけれど……」翔一は辛そうに答えた。「きっと彼女は、自分を取り巻く『血』が嫌になってしまったんじゃないかと思う。何かそんなことに縛られて生きて、そして——彼女的には無意味に——死んでね……。とても他人事とは思えないよ。でもきっと、第三者から見ればバカらしい理由だと思うんだ。しかし、当事者にしてみればたまらない。たとえば、此岸——こちら側に生き残っている人間が少しでも自省の心を持っていれば、彼岸——自殺者に向かって『全くそんなつまらない理由で……』などと言えないようにね」

「そうか。じゃあ、おそらくそういうことだよ」

「でも……」今度は由美子が尋ねる。「そう断定する根拠はあるんですか? 想像だけではなく」

「きみは——」崇は由美子を見る。「どうして自分が、百瀬くんに狙われたのかという理由に気付いていなかったんだね」

「えっ——。だってそれは、私の名字が『緑川』だったからでしょう。緑——」

「もちろんそれもある。しかし、青や緑で良いならば『森村』さんや『淡嶋』——青嶋という意味だね——さんでも構わなかったんじゃないか」

「そう言われても……。じゃあ、どうして?」

「それはまさに『樅』だからだ。従う木」

「え?」

「一＋二＋三＋四が綺麗に『十』――『従』になるのと同様の発想で、きみたちを足して『百』――百瀬の百にしたかったんだろう」

「百？」

「『赤江』さんには『十』の文字が入っている」

「おお」小松崎が頷く。「『赤』の上の部分が」

「そして『燕沢』さんの『燕』には『廿』――二十が」

「本当だ！」

「次の『栗山』さんには『四十』」

「『栗』の真ん中の部分！　しかし……『緑川』さんには『十』しかないぞ。二十足りない」

「『由美子』まで考えれば、ちょうど三十になる」

「あっ」

だから――、と崇は言う。

「俺は、狙われるとしたらてっきり鴨志田だろうと思っていたんだ。『鴨志田』で、それぞれの文字に一つずつ、十がちょうど三つあるからな」

「しかしぼくは、青くないよ」

「鴨の雄を『青首《あおくび》』とも言うじゃないか。だから心配だった」

「ああ……」

「しかし鴨志田を襲うのは物理的――肉体的に無理だったのかも知れないな、百瀬くん一人では――。鴨志田――」

「ん？」

「忍者をしていて良かったな、今回は色々な面で」

「でも……」と翔一は複雑な表情で由美子を見た。「ぼくの代わりに由美子ちゃんが、命を狙われてしまったと思うと……何とも言えないよ」

「でも鴨志田さん、私を助けてくれたし。人工呼吸までしてくれて」

「いや……それは、咄嗟の場合だったので」翔一は急に照れた。「ごめん……。しかし――もっと早く気付いてあげられれば、麻紀ちゃんは死ななくても済んだんじゃないか」

翔一は唇を噛んだ。

「今時、こんな怨念にとらわれてしまうなんて、バカげてる！」

いいや、と崇は言う。

「人間は、過去の出来事から完全に解き放たれて生きることはできないんだ。しかしそれは、考えようによっては決して悪いことじゃない。問題は、俺たちがどこで折り合いを付けるかということだ。つまり——過去の出来事の善悪は、現在生きている俺たちが確定することになるんだよ、鴨志田」

「自家撞着《じかどうちゃく》だ。それじゃ、現在のぼくらは一体どう定義されるっていうんだ」

「現在などと言うからおかしくなるんだ。俺たちには、過去と未来しかない。現在というのは、いつのことだ？　さっきのことか？　それとも今から一億分の一秒後にやって来る未来のことか？」

「そいつは詭弁だ。じゃあ桑原は、現在なんてものは存在しないって言うのか？」


「そんなことはない。それはかつてあっただろうし、今すぐにやって来るだろう時だ」

「相変わらずどうしようもなく理屈っぽい男だな」翔一は笑った。「じゃあ、現代——現実の話に戻ろうか桑原。それで桑原。お前はどうなんだ？」

「どうって、何が？」

「いや、棚旗さんとは」

「え？」

「言ってやってくれ、どんどん」小松崎が翔一の肩を小突いた。「この際だ、もう一泊して語り合おうか」

「バカなことを——」

崇は苦い顔で言って、小松崎を睨んだ。

＊

駅前で信州蕎麦《そば》の昼食を摂って、奈々たちは帰りの「あずさ」に乗り込む。あと二時間と少しで東京に帰れる。

三人で向かい合うよう腰を下ろし、今回の旅行のことを語り合った。諏訪で出会った彼ら——特に百瀬麻紀のことなどを……。

やがて小松崎が「ビールでも飲むか」と言って、車内販売の缶ビールを六本買った。そして三人で、麻紀に献杯する。

「しかし、タタルの同級生の男」小松崎はビールを一口飲む。「大丈夫かね。かなりショックを受けていた様子だったぞ」

「鴨志田ならば大丈夫だ。ああ見えて、意外に強い男だから」

「まあ、緑川さんの妹もいるしな」

「そうですね。彼女もしっかりしているから」

「俺もそう思うよ、奈々ちゃん。さすが血は争えねえな。女傑だ」

「そんなこともないでしょう」

「しかしあの男、本当に忍者だったのか。俺はてっきり冗談だと思ってたが」

「ああ」崇は缶ビール片手に頷く。「伊賀出身で、親父さんは『出賀茂《いずかも》神社』の神職で、地元では古くからの名士だ」

「じゃあ忍者屋敷に住んでるのか」

小松崎は笑ったけれど、

「そうだよ」と崇は真顔で頷いた。「一度だけ遊びに行ったことがあるが、隠し階段や抜け道や隠し刀入れや、本物のどんでんなどがあったし、今で言うと、隠しロフトのような部屋まであった」

「本当かよ！　そいつは凄い」

「そして、伊賀出身だからこそ鴨志田も、今回の問題にあれほどの関心を示していたんじゃないかな」

「え？　諏訪と伊賀とは、何か関係があるんですか？」

「大ありだよ、奈々くん」崇は横目で奈々を見た。

「後白河法皇編纂の今様歌謡集『梁塵秘抄』には、

南宮《なんぐ》の本山《ほんざん》は
信濃国とぞ承《うけたば》る
さぞ申す
美濃国には中《なか》の宮
伊賀国には稚《おさな》き児《ちご》の宮

と謡われている。また『大日本国一宮記』にも、

『南宮本山の信濃国は諏訪大明神、美濃国は不破郡の南宮神社』とあり、伊賀国の稚児の宮については、

『敢国《あえくに》神社　南宮と号す
祭神・金山姫命《かなやまひめ》　伊賀阿閇《あえ》郡』

とある。つまりこれが、諏訪大社の移動ルートだったのではないかといわれているんだ」

「諏訪大社の移動ルート？」

「そうだ。つまり、建御名方神の逃避行ルートだ」

「ええっ」

「ちなみにこの『南宮神社』というのは、岐阜県不破郡垂井町に鎮座する美濃国一の宮で、主祭神は金山彦の命だ。この神は、伊弉冉尊《いざなみのみこと》が軻遇突智《かぐつち》の神を生んで亡くなった際に、金山姫命とともに生まれたとされる神で、山の神、また製鉄・鋳物の神とされている。社伝によれば、神武天皇東征のおり、金《きん》鵄《し》——金のトビ——を助けて、大いに霊験を顕したという。また、相殿《あいどの》には彦火火出見命《ひこほほでみのみこと》——山幸彦、見野命《みののみこと》が祀られている。この見野命は、美濃国の国魂と仰がれる大神なんだ。この神社の由緒も古くて、壬申の乱の時、天武天皇が吉野より伊勢国に入り、この神社に祈願し、この場所で即位されたというほどだ。ちなみにこの神社の数キロ西には、古戦場・関ヶ原があるね」

「そうなんですか……」

「それこそ『南宮』というのは、製鉄炉を取り囲む四本柱のうちで、南方を最も神聖視していたためにできた名前——という説もあるな」

　ああ、なるほど。

「南」は……「火」の神の座というわけか。

「『敢国神社』は」と崇は続けた。「三重県上野市一之宮に鎮座する、伊賀国の一の宮だ。

　主祭神は、大彦命《おおひこのみこと》で、この神は孝元天皇第一皇子であり、四道《しどう》将軍の一人として活躍し、北陸の地を教化したといわれている。その後、伊賀の国に在住して、その子孫は阿拝《あえ》郡を中心に居住したため、後に、敢・阿閉・阿部・安倍と呼ばれるようになり、アベ氏の総祖神となった。ちなみに『四道将軍』というのは、以前に岡山でも説明したけれど、崇神天皇十年（前八八）九月に、各地の『鬼』征伐のために遣わされた神々のことだね。北陸へは大彦命。東海へは武渟川別命《たけぬなかわわけのみこと》。西道へは吉備《きび》津《つ》彦命《ひこのみこと》。丹波へは丹波《たんば》道主命《みちぬしのみこと》を遣わしたといわれている。またこの神社では、少名彦命と金山姫命を配祀している。そして、こちらの金山姫は、もともと南宮山に斎《いつ》かれていたが、後に麓に下ろしたという。そしてその神は『蛇身』であったというんだ」

「蛇神！　またしても、蛇ですか」

「そうだ。あと重要なポイントは、この神社には例の『甲賀三郎』が祀られているということなんだ」

「諏訪大社の御本体ともいわれていた……」

「そういうことだ。ちなみに甲賀三郎は、伊賀・甲賀両国を支配していたとも伝えられている。それに関係してこの地域は、松尾芭蕉の出身地としても有名だな。芭蕉の『手はなかむ音さへ梅の匂ひかな』という句碑も、境内に建っている」

「ああ。芭蕉ですね。芭蕉も忍者なのではないかという話は聞いたことがあります」

「まあ、そんなこともあるだろう」崇はサラリと流した。「だから鴨志田にとって今回の話も、全くの他人事というわけではなかったんだろう」

しかし——。

またしても、奈々の知らない歴史があった。

何歳になっても、知らないことばかり。

いや。崇が言っていた。

知らないことは何でもない。知れば解決する問題だから。それよりも重要なのは、自分の頭を使って考えることだ、と。

でも考えるといえば……。

結局分からなかったことがある。

「あの……タタルさん」

「なに」

「昨日言われた、どうして下社は『春宮』と『秋宮』なのかという話なんですけれど」

ああ、と崇はビールを飲んだ。

「分かったか？」

「いえ……残念ながら」

何だ何だ、と尋ねてくる小松崎に、奈々は説明した。諏訪大社上社は、本宮と前宮なのに、どうして下社は春と秋なのか——。

「そりゃあ……分からねえな。不思議だ」

「それはね」崇は言う。「神別と皇別だからだよ」

「え」

「上社は神別——ミシャグチ神や建御名方神の子孫であり、下社は皇別——朝廷の人たちの社だ」

「……だから？」

「『春』は『青』だと言っただろう。そして『秋』は——」

「白？」

「そうだ。『白』は同時に『日』だったね。とすれば、春と秋——つまり『青』と『日』で、『晴』になるじゃないか」

「ああ……」

「これはつまり『ハレ』のことだ。もちろん、公《おおやけ》という意味も持ってる。とすれば当然、上社は『ケ』——『褻』だろう。公ではないという意味だ。しかも『ハレ』と『ケ』には、また違う意味もある。それは『此岸』と『彼岸』だ。つまり、下社はこちらの世界、そして上社は『州の端』——あの世として閉じ込めておきたかったんだろう、結界の中に」

「あっ」

　驚く奈々をチラリと見て崇は言った。

「これで——証明終わり《Q.E.D.》」


「あずさ」は快調に飛ばしていた。美しい田園風景が次々に現れては、後ろに飛んで行く。

　一瞬林の間から、青い山が見えた。頂上は白く煙っていたけれど、あれは八ヶ岳だったのだろうか。綺麗に晴れていれば、もっと遠くまで見通せるのだろう。ミシャグチ神の、洩矢の山も見えるのだろうか。どんな山々なのだろう。でもきっと、とても深く美しく佇んでいる違いない。

　そんなことを思いながら、奈々は崇の隣で揺られていた。

《エピローグ》

結局私は諏訪を出ることにした……。

あの日、桑原崇という一風変わった友人のおかげで、長い間私の頭の中で澱《よど》んでいた諏訪の謎が解けたような気がした。私はそれまで、てっきり諏訪の神が生け贄を、そして血を欲するものとばかり思っていたが、どうやらそれは勘違いだったようだ。実のところは、彼らによって血を流させられた者たちの、密かなる復讐だったのだ。

しかもそれを表立って行えなかったために、秘密——謎の神事として残し、こっそりと伝えていった。これもまた恐ろしい執念だ。延々と伝承されて行く行事は、その裏に怨念なくして成り立たないということなのかも知れない。

そして、血を流させられた者たちといえば——。

百瀬麻紀たちの家。

そして彼女の行動……。

麻紀はもちろん、御柱の深い謎については本当に知らなかったのだろう。彼女は四神相応になぞらえて生け贄を探していっただけだ。それがたまたま御柱の深秘《じんぴ》と、ある部分でそっくり重なった。無意識のうちに。これはもしかして、赤江初子の怨念の為せる業《わざ》だったのかも知れない。

それにまた、親しい人間の殆どいなかった初子は、藍木と麻紀がどんどん親しく深い仲になっていくのを、一体どんな気持ちで見守っていたのか。心からの祝福を以て見つめていたのか。それとも。

しかし、もう今となっては分からない。下手な憶測ならば可能だけれど、それは全く生産的ではない行為だ。初子も藍木も、そして麻紀もこの世にいない今、その考察は何の意味もなさない。

そして私は思い切って退職し、伊賀に帰ることにした。緑川由美子は、熱心に引き留めてくれたけれど、同時に私の心も彼女に向かって少し揺れたけれど、でも——帰ろうと決めた。

そしてまた、きちんと一から勉強し直して実家の神社を継ぐのも良いし、それが叶わなければ、どこかの博物館で学芸員として雇ってもらおう。

私は周りの人間に、口先では父親に反発しているなどと言っていたけれど、本心では、ただずっと逃げ続けていただけかも知れない。

何から——？

もちろん、日本の歴史が孕《はら》んでいる暗い闇からだ。

でも、これからは目を逸《そ》らさず、事実を事実として捕らえてみよう。真実はきっと、冷厳な扉の向こうに隠されているのかも知れないけれど、きちんと向き合ってみよう。もう逃げることなく。

そう思いながら私は、月見ヶ丘の社宅から「鴨志田翔一」と書かれた表札プレートを、ゆっくりと外す。その時、ふと意味もなく桑原のことを思い出した。そして——何一つ根拠はなかったけれど——またいつかどこかで再び出会うだろうと確信した。

振り返れば遠く、八ヶ岳が青く輝いて見えた。

参考文献

『古事記』 次田真幸／講談社学術文庫
『日本書紀』 坂本太郎・家永三郎・井上光貞・大野晋校注／岩波書店
『梁塵秘抄』 新間進一・外村南都子校注・訳／小学館
『諏訪大社』 三輪磐根／学生社
『諏訪大社と御柱の謎』 守屋隆／諏訪文化社
『諏訪大社』 諏訪大社
『諏訪大社由緒略誌』 諏訪大社
『お諏訪さま——祭りと信仰』 諏訪大社監修／鈴鹿千代乃・西沢形一編／勉誠出版
『おんばしら　山出し編』 信州・市民新聞グループ
『おんばしら　里曳き編』 信州・市民新聞グループ
『日本地名大事典』 吉田茂樹／新人物往来社
『日本山名事典』 徳久球雄・石井光造・武内正／三省堂
『全国一の宮めぐり』 学習研究社
『日本廻国記　一宮巡歴』 川村二郎／講談社文芸文庫
『日本の神社がわかる本』 菅田正昭／日本文芸社

『日本の神々の事典』薗田稔・茂木栄／学習研究社
『仏尊の事典』関根俊一／学習研究社
『鬼の大事典』沢史生／彩流社
『日本架空伝承人名事典』大隅和雄・西郷信綱・阪下圭八・服部幸雄・廣末保・山本吉左右／平凡社
『神々と肉食の古代史』平林章仁／吉川弘文館
『謎解き　祭りの古代史を歩く』オフサイド・ブックス編集部／彩流社
『謎解き　日本古代史の歩き方徹底ガイド』オフサイド・ブックス編集部／彩流社
『神長官守矢史料館のしおり』茅野市神長官守矢史料館

その他
DVD『御柱祭　上社編・下社編』LCV株式会社
諏訪市観光課
茅野市観光連盟
下諏訪町教育文化振興課

この本の執筆にあたりお世話になりました、
講談社文芸図書第三出版部・蓬田勝氏。
相も変わらず、日々叱咤激励をいただいています、石川奈都子氏。
地元であるのを幸いと、多々お話を伺いました、文庫出版部・唐木厚氏。
そして今回もまた、諏訪でお会いした全ての方々に、
この場を借りて深謝致します。ありがとうございました。

なお「看護婦」という名称が「看護師」に変更されたのは、
平成十四年（二〇〇二）三月以降のことですので、本書では往時のままとさせていただきました。

この作品は完全なるフィクションであり、
実在する個人名、地名等が登場することに関し、
それら個人等について論考する意図は全くないことを、
ここにお断り申し上げます。

定価はカバーに
表示してあります

KODANSHA NOVELS

QED《キューイーディー》　諏訪《すわ》の神霊《しんれい》

二〇〇八年一月十日　第一刷発行

著者―高田《たかだ》崇史《たかふみ》

発行者―野間佐和子

発行所―株式会社講談社

東京都文京区音羽二・一二・二一

郵便番号一一二・八〇〇一

編集部〇三・五三九五・三五〇六
販売部〇三・五三九五・五八一七
業務部〇三・五三九五・三六一五

本文データ制作―講談社文芸局DTPルーム

印刷所―凸版印刷株式会社　製本所―株式会社国宝社

N.D.C.913　316p　18cm

ISBN978-4-06-182577-2

KODANSHA NOVELS 講談社ノベルス

ミステリー・フロンティア
蒼い千鳥 花霞に泳ぐ 薬屋探偵妖綺談 高里椎奈

ミステリー・フロンティア
双樹《そうじゅ》に赤 鴉《からす》の暗《くろ》 薬屋探偵妖綺談 高里椎奈

ミステリー・フロンティア
蟬《せみ》の羽 薬屋探偵妖綺談 高里椎奈

ミステリー・フロンティア
ユルユルカ 薬屋探偵妖綺談 高里椎奈

ミステリー・フロンティア
雪下に咲いた日輪と 薬屋探偵妖綺談 高里椎奈

ミステリー・フロンティア
海紡《つむ》ぐ螺旋《らせん》 空の回廊 薬屋探偵妖綺談 高里椎奈

シリーズ初の短編集！
深山木薬店説話集 薬屋探偵妖綺談 高里椎奈

〝薬屋探偵〟待望の新シリーズ!!
ソラチルサクハナ 薬屋探偵怪奇譚 高里椎奈

創刊20周年記念特別書き下ろし
それでも君が ドルチェ・ヴィスタ 高里椎奈

〝ドルチェ・ヴィスタ〟シリーズ第2弾！
お伽話のように ドルチェ・ヴィスタ 高里椎奈

〝ドルチェ・ヴィスタ〟シリーズ完結編！
左手をつないで ドルチェ・ヴィスタ 高里椎奈

新シリーズ、開幕！
孤狼と月 フェンネル大陸 偽王伝 高里椎奈

〝フェンネル大陸 偽王伝〟シリーズ第2弾！
騎士の系譜 フェンネル大陸 偽王伝 高里椎奈

〝フェンネル大陸 偽王伝〟シリーズ第3弾！
虚空の王者 フェンネル大陸 偽王伝 高里椎奈

〝フェンネル大陸 偽王伝〟シリーズ第4弾！
闇と光の双翼 フェンネル大陸 偽王伝 高里椎奈

〝フェンネル大陸 偽王伝〟シリーズ第5弾！
風牙天明 フェンネル大陸 偽王伝 高里椎奈

〝フェンネル大陸 偽王伝〟シリーズ第6弾！
雲の花嫁 フェンネル大陸 偽王伝 高里椎奈

〝フェンネル大陸 偽王伝〟シリーズ第7弾！
終焉の詩 フェンネル大陸 偽王伝 高里椎奈

王道ファンタジー新章開幕！
草原の勇者 フェンネル大陸 真勇伝 高里椎奈

第9回メフィスト賞受賞作！
QED 百人一首の呪《しゅ》 高田崇史《たかふみ》

書下ろし本格推理
QED 六歌仙の暗号 高田崇史

書下ろし本格推理
QED ベイカー街の問題 高田崇史

書下ろし本格推理
QED 東照宮の怨《えん》 高田崇史

創刊20周年記念特別書き下ろし
QED 式の密室 高田崇史

書下ろし本格推理
QED 竹取伝説 高田崇史

書下ろし本格推理
QED 龍馬暗殺 高田崇史

書下ろし本格推理
QED～ventus～ 鎌倉の闇《くらやみ》 高田崇史

書下ろし本格推理
QED 鬼の城伝説 高田崇史

書下ろし本格推理
QED～ventus～ 熊野の残照 高田崇史

書下ろし本格推理
QED 神器封殺 高田崇史